I VIAGGIATORI

BARBARA MOROSINI

LIBRO 1.IL LUX

Pubblicato da
Hasmark Publishing International
www.hasmarkpublishing.com

Copyright © 2020 Barbara Morosini
Prima edizione

L'autorizzazione deve essere inviata per iscritto a Barbara Morosini all'indirizzo bmorosini.cr@gmail.com

Editor: Francesca Andreini
francescandreini@me.com

Artista layout: Dave Falle
dave@hasmarkpublishing.com

ISBN 13: 978-1-989756-35-5
ISBN 10: 1989756352

Dedicato a tutti i sognatori

«*Stai per entrare in un altro mondo, lo sai vero?*»
Lei respirò a fondo e annuì. «*Sì, lo so.*»

«*Sai che forse non ci sarà modo di tornare indietro?*» *Lei annuì di nuovo.* «*Che cosa ho da perdere?*» *aggiunse.*

«*Quel poco che ancora ti resta.*»

Il suo atteggiamento cambiò e divenne fermo e deciso. «*Non ho più niente qui per cui valga la pena tirarsi indietro. Meglio l'ignoto al nulla.*»

La voce scomparve e Victoria scivolò lentamente nel sonno, con la vaga consapevolezza che questa volta, forse, il viaggio sarebbe stato di sola andata.

Il Limbo

Victoria era una donna di trentacinque anni che viveva una vita noiosamente normale. Infatti, negli ultimi mesi, aveva cominciato a soffrire di depressione. La routine la stava uccidendo poco per volta, in modo quasi indolore.

Lavorava da dieci anni nello stesso posto e con la stessa mansione, viveva nello stesso appartamento, faceva la stessa strada in auto per recarsi e tornare dal lavoro, aveva gli stessi hobby da anni e la sua vena creativa si era quasi completamente prosciugata: lei, che aveva fatto una scuola d'arte, ora si ritrovava ad avere a che fare, per molte ore al giorno, con un lavoro che di creativo non aveva assolutamente nulla.

Come ci era finita lì? Ultimamente se l'era chiesto spesso. Pensava e ripensava alle scelte che aveva fatto e non riusciva a capacitarsi della situazione senza uscita nella quale si era andata a cacciare volontariamente.

Victoria era una bella donna, intelligente, con molti interessi; tuttavia, negli ultimi tempi, si era auto isolata e, lavoro a parte, non usciva quasi più di casa se non per fare sempre le stesse cose, negli stessi identici posti, negli stessi giorni e orari. Si era incatenata in un loop senza uscita.

Ormai Vee non aveva più la voglia di andare avanti, riusciva a farlo solo ed esclusivamente per un atto meccanico, la sua vera natura persa chissà dove nei meandri della sua mente o in qualsiasi altro posto che lei non riusciva a raggiungere.

Aveva provato a cercare strade alternative per ritrovare sé stessa o per trovare il modo di ridare un senso alla sua vita, ma nulla aveva sortito qualche effetto. Ormai si sentiva a proprio agio solo durante il sonno e l'incoscienza: un po' troppo poco per considerarla vita.

Tuttavia, aveva scoperto che i sogni, nell'ultimo periodo, erano diventati molto più vividi, talmente tanto da esserlo quasi più della realtà stessa. Si trovava spesso in posti nuovi, a volte assurdi, e dove le regole che di solito si applicavano alla realtà non valevano; luoghi incredibilmente belli o, al contrario, straordinariamente brutti.

In ogni caso, per quanto brutta fosse la situazione, c'era sempre il modo di uscirne grazie ad un atto di volontà: bastava desiderare di cambiare scenario e il gioco era fatto.

Semplice, immediato ed estremamente liberatorio.

Più i sogni diventavano vividi però, più difficile diventava rientrare nella realtà: ritrovare la strada di casa assomigliava sempre più ad un percorso in mezzo ad un labirinto, mentre navigare in mezzo ai sogni diventava sempre più facile.

Una notte finalmente sentì quella voce lontana e fredda che l'avvertiva che questa sarebbe stata la notte del passaggio: stava a lei decidere se affrontare il viaggio o tornare alla vita reale.

Victoria non ebbe dubbi e imboccò la strada senza guardarsi indietro.

Entrò così nel suo primo sogno reale, o nella sua nuova realtà.

La foresta

Victoria si ritrovò all'interno di una fitta foresta; una luce fosca ammantava gli alberi alti e scuri, quasi ci fosse una tempesta in arrivo: il cielo, quasi completamente oscurato dalla boscaglia, aveva sfumature plumbee. La vegetazione a terra aveva un aspetto marcescente, e piccoli stagni di acqua scura e ferma si intervallavano tra gli alberi.

La donna si avvicinò ad una delle pozze scure e, fissando l'acqua con gran disgusto, vide corpi bianchi giacere sul fondo. Victoria rabbrividì e si disse che era meglio girare al largo dai laghetti e rimanere sul sentiero battuto che si snodava attraverso la foresta.

Cominciò ad avanzare in una delle direzioni, quella che sembrava andare verso una luce meno fosca. La temperatura si stava abbassando e un vento freddo e tagliente cominciò a spirare. "Non un gran posto in cui capitare", pensò la donna mentre si stringeva addosso gli abiti per proteggersi dal freddo.

Provò a uscire da quello scenario utilizzando la tecnica che aveva sempre usato nei sogni, ma questa volta non funzionò: provò più volte, ma il suo corpo e la sua coscienza rimanevano bloccati all'interno di questa dimensione.

Victoria sentì l'ansia pungere. "E adesso?"

Si disse che farsi prendere dal panico non serviva a nulla e si impose di rimanere tranquilla. Era entrata in qualche modo in questo posto quindi doveva anche poterne uscire.

Si guardò intorno in cerca di qualche indizio. Gli alberi torreggiavano sul sentiero, ricoperti di muschio, e le pozze di acqua melmosa punteggiavano i bordi della via. Ad un certo punto, però, Victoria si accorse che, tra il sentiero e l'acqua, crescevano ciuffi d'erba alta e, tra le foglie verdi, occhieggiavano dei fiori bianchi molto belli e simili a calle. Vee si mosse in avanti e i fiori sembravano spuntare al suo passaggio quasi a indicarle la via.

Il sentiero si biforcò più volte durante l'avanzata ma Victoria continuò a seguire i fiori e in poco tempo gli alberi cominciarono a diradarsi, il vento a diminuire d'intensità e la luce a schiarirsi. Ne stava uscendo? Sperò di sì con tutto il cuore.

Camminando e continuando ad avanzare, finalmente giunse al limitare del bosco: il sentiero si interrompeva, e un prato verde e profumato si stendeva appena fuori dalla foresta.

Era notte, una limpida notte d'estate; stelle punteggiavano il firmamento e due lune si rincorrevano all'orizzonte.

Proprio un altro mondo rispetto a quello precedente!

Victoria superò il confine della foresta e si sentì trasportare via.

Città lagunare

assò un bel po' prima che la donna riprendesse conoscenza, molte immagini le stavano passando davanti; la mente completamente satura non trovava una via di fuga.

Quando si riebbe, Vee si ritrovò in un posto che conosceva bene ma sembrava in qualche modo diverso, spezzato, senza una continuità.

Calli, palazzi antichi, ponti, ma sotto ad essi non scorreva acqua, solo il vuoto e le nuvole, come se la città fosse sospesa nel nulla.

Il cielo era nero e tempestoso anche qui, come nel sogno precedente; nuvole plumbee in movimento e un vento tagliente che spazzava il paesaggio.

Victoria sapeva di essere nella città lagunare che conosceva bene, ma in una dimensione del tutto diversa. Non c'erano altre persone in giro, come nel mondo precedente, e la città sembrava disabitata e abbandonata.

Con circospezione mosse qualche passo all'interno del campo in cui si trovava e verso il ponte che, più in là, superava il canale e tagliava in due la piazza. Salì i gradini del ponte e guardò in basso. Non c'era acqua, solo vuoto e le fondamenta dei palazzi denudate e a vista: pali di legno e strati di traverse che si aggrappavano al nulla, come alberi le cui radici fossero state esposte e si attorcigliassero all'aria.

Victoria stava osservando un mondo che usciva da uno dei suoi sogni notturni.

La donna avanzò in mezzo alle folate di vento e lungo le calli e, mentre arrancava un passo dopo l'altro, si chiese: se per errore fosse finita in uno dei canali che fine avrebbe fatto? Sarebbe precipitata? Si mosse con circospezione in una calle molto stretta che costeggiava da un lato una serie di palazzi color rosa antico e dall'altro il vuoto. Dopo molte svolte Victoria sbucò in quello che sembrava il Canal Grande. All'improvviso il vento cambiò direzione diventando molto più violento e Vee si ritrovò ad avanzare piegata in due.

Il vento ululava e le nuvole stavano assumendo una colorazione verdastra; erano talmente basse che sembravano toccare le punte dei palazzi. Victoria si disse che doveva trovare il modo di entrare in uno dei palazzi prima che si scatenasse la tempesta. Tuttavia, gli edifici sembravano non avere ingressi o porte accessibili.

Dopo aver imboccato l'ennesima calle e percorso qualche decina di metri, Victoria si riparò per un momento all'interno dell'androne di un palazzo. Non era un vero e proprio riparo, però meglio di niente. Con il diminuire delle raffiche di vento la donna approfittò del momento di calma per guardarsi intorno. Un paio di edifici più in là Vee scorse la cinta muraria di un palazzo dall'aspetto trascurato, il cui cancello d'ingresso era inaspettatamente aperto.

Victoria si chiese se fosse saggio provare ad entrare, ma non riusciva più a reggere il vento e doveva assolutamente trovare un riparo vero e proprio. Stringendosi addosso gli abiti leggeri si avviò per la calle e, dopo aver spiato il giardino interno del palazzo dalla cancellata in ferro battuto, prese una decisione e varcò la soglia.

Il vento cessò immediatamente: le sembrò di essere entrata in una bolla protettiva. Seguì il sentiero lastricato che attraversava il giardino verso l'ingresso del palazzo, guardandosi attorno. Tutte le piante del giardino erano morte e in stato di abbandono: un cimitero vegetale i cui tralci secchi si proiettavano verso il cielo grigio.

Victoria stava sperimentando ansia crescente proseguendo verso la casa e, infatti, quando si trovò davanti al portone accostato, ebbe qualche dubbio sul da farsi. Sarebbe potuta rimanere nel giardino, visto che il vento non soffiava più, ma doveva in ogni caso cercare la via di uscita da questo mondo e non avrebbe concluso nulla rimanendo bloccata lì.

Prendendo il coraggio a due mani salì i due scalini in pietra chiara e spalancò il portone di legno scuro e massiccio che si apriva sull'ingresso. Sbirciando dentro, l'interno del palazzo sembrava estremamente buio e sinistro e ci volle qualche secondo prima che Victoria superasse finalmente la soglia.

Quando la donna fu all'interno, la stanza sembrò improvvisamente mutare: la luce del sole che entrava dalle finestre illuminò ogni anfratto di quello spazio e i mobili e i tendaggi in colori chiari risplendettero a nuova vita. Vee mosse qualche passo all'interno dell'ingresso e notò una porta accostata sulla destra, in fondo all'androne. Si spostò in quella direzione, spalancò la porta e di nuovo l'atmosfera cambiò.

Victoria si ritrovò in un salone molto grande con il soffitto alto e l'aspetto lussuoso. Il pavimento era in palladiana e c'erano affreschi in stile conviviale a coprire le pareti, intervallati da grandi specchi racchiusi dentro cornici barocche, mentre lampadari di cristallo brillavano alla luce delle decine di candele accese. Sul lato opposto dal quale era entrata, una grande vetrata si affacciava su un canale piuttosto ampio e da essa entrava una luce rossa e calda, la luce dell'imbrunire di una sera d'estate.

Victoria pensò che la cosa più sorprendente alla quale stava assistendo erano le persone che si stavano riversando nel salone: indossavano abiti settecenteschi e maschere elaborate coprivano parzialmente i loro volti.

Vee osservò i propri abiti e realizzò di essere abbigliata come loro, con un abito maschile sulle tinte dell'argento. Victoria lanciò uno sguardo ad uno degli specchi appesi alla parete di fronte: aveva i capelli incipriati, una maschera elaborata in seta e argento a forma di falco, la giacca e i pantaloni dello stesso colore della maschera. Una camicia con jabot e un gilet argento scuro damascato spuntavano dalla giacca lunga. Calze bianche e scarpe con la fibbia completavano l'abbigliamento.

Victoria si chiese perché fosse vestita da uomo, non sembrava ci fossero altre dame abbigliate come lei. Che si trattasse di una festa in maschera? In effetti anche le maschere degli altri invitati avevano forme strane: gatto, cane, coniglio, farfalla.

Il salone si riempì molto velocemente e poco più tardi un'orchestra d'archi, posizionata in fondo al salone, cominciò a fare musica, mentre camerieri azzimati giravano per la sala carichi di vassoi con i rinfreschi. I primi danzatori affollarono la pista danzando sulle note di un minuetto.

Victoria cercò di non dare nell'occhio: rimase a lato della stanza e raccolse un calice di vino bianco dal vassoio di uno dei camerieri, assaggiando il liquido chiaro e frizzante. Era buono ma le dette subito alla testa.

La sensazione di ottundimento si manifestò all'istante insieme ad uno stato allucinatorio: le sembrava di indossare un paio di occhiali con lenti prismatiche che trasformavano la realtà in una serie di immagini dall'aspetto grottesco.

La stanza prese a vorticare. Victoria cercò di spostarsi barcollando per trovare un posto a sedere e poco più in là scorse un divanetto vuoto sul quale si affrettò a sedersi. La situazione stava precipitando, girava tutto in modo vorticoso, talmente tanto che alla fine si sentì svenire.

Quando riprese i sensi c'era un uomo che la stava osservando, non indossava maschere e i suoi occhi chiari la stavano scrutando attentamente. Era seduto su una sedia barocca, a fianco del divano scomodo sul quale lei era stesa, e le stava tenendo la mano.

Non si trovavano più nel salone ma in una saletta più piccola dalle pareti coperte interamente da arazzi sulle tinte del rosso e dell'oro. Le finestre aperte si affacciavano sul canale e la luna crescente faceva capolino dalle nuvole basse. Si sentiva musica di sottofondo, quindi probabilmente la festa era ancora in pieno svolgimento.

Victoria sentiva la testa pesante e aveva ancora qualche difficoltà a mettere a fuoco.

«Vi ho dovuto portare fuori dal salone, siete svenuta, non respiravate quasi, motivo per cui vi hanno dovuto allentare il corsetto.»

La donna sgranò gli occhi. Che corsetto? Era vestita da uomo poco prima... Fissò gli abiti che indossava e constatò che effettivamente era abbigliata da donna, con uno scomodissimo vestito ampio verde smeraldo, la crinolina e un corpino che era stato effettivamente allentato.

"Ma che sta succedendo? E chi è quest'uomo?"

Era giovane, indossava una parrucca bianca, abiti grigio azzurri dello stesso colore degli occhi, un viso molto bello e armonioso.

«State bene Victoria?»

E conosceva anche il suo nome...

«Sono ancora un po' confusa...»

Lui sorrise. «Non dovevate bere, il vino è stato adulterato. I soliti scherzi di Contarini.»

«Me lo ricorderò per la prossima volta», rispose lei. «La festa è ancora in corso?»

«Sì, al culmine direi, tutti i pavoni della città che stanno facendo la ruota e il Doge dovrebbe essere qui a momenti. Senza contare che vostro padre, mio padre e Grimaldi stanno facendo a gara per essere al centro dell'attenzione.» Il giovane sembrava un po' disgustato mentre ne parlava.

«Non è una novità», azzardò Victoria.

Lui sorrise. «No, infatti.» Poi il suo sguardo si fece più intenso.

«Allora, Victoria, avete pensato alla mia proposta? Speravo che stasera ne avremmo potuto parlare, non mi auguravo certo di vedervi svenire ma mi sembra un'ottima occasione da sfruttare.»

"Accidenti... proposta? Di matrimonio?" Lei cercò di rimanere calma e neutrale, abbassò gli occhi e rimase in attesa senza rispondere.

«So che mi avevate chiesto un po' più di tempo per pensarci, ve l'ho chiesto solo l'altro giorno, ma vorrei veramente che accettaste di sposarmi. Non potrei più pensare alla mia vita senza di voi.» Fece una pausa e poi aggiunse: «E non tollererei il pensiero di vedervi finire tra le grinfie di quel Grimaldi, quel vecchio pervertito...»

Lei rabbrividì. «No, nemmeno io. Ma la famiglia...»

«La famiglia se ne farà una ragione. Certo, non sono ricco come Grimaldi ma la mia famiglia ha un'ottima posizione, qui a Venezia, e il Doge tiene in gran conto i consigli di mio padre.»

"Mi piacerebbe proprio capire meglio le trame che stanno dietro a questa faccenda. Però solo a sentire nominare questo Grimaldi mi vengono i brividi. Forse questa donna è stata promessa a lui, in quest'epoca era piuttosto normale combinare i matrimoni. E se lei non si volesse sposare? Difficile, i figli erano considerati merce di scambio dalle famiglie ricche e, considerato l'abito che indosso e i discorsi di quest'uomo, probabilmente questa Victoria appartiene a una famiglia del patriziato, chissà, magari ad una delle famiglie apostoliche."

Vee ci pensò su. Che fare? Doveva dare una risposta all'uomo e, allo stesso tempo, trovare il modo di uscire da questa realtà. Quindi che percorso seguire? Andò d'istinto e, anche se non conosceva il nome dell'uomo che aveva davanti, decise di fare la cosa che sentiva giusta.

«Sì, accetto la vostra proposta», gli disse.

Lui si illuminò. «Non ci speravo proprio Victoria, mi state rendendo l'uomo più felice di tutta la città!» Le strinse le mani e la guardò intensamente.

«Posso darvi un bacio Victoria? Poi mi affretterò a comunicare la notizia a mio padre che informerà subito vostro padre e il Doge, così giocheremo d'anticipo sui piani di Grimaldi.»

Come funzionava nel Settecento? Si poteva oppure no? Be', perché no. E annuì.

L'uomo si avvicinò e posò le labbra sulle sue in modo molto casto. Poi le accarezzò una guancia, si alzò e, sorridendo, uscì dalla stanza.

Victoria sperò di non aver smosso un vespaio, non aveva idea delle dinamiche politiche che stavano alla base di questa situazione, e non voleva mettere nei guai il tizio che era appena uscito dalla stanza. Si chiese anche perché fosse entrata in questo mondo a interpretare la parte di una persona che già esisteva: aveva pensato che facendo il salto avrebbe visitato mondi diversi ma che avrebbe mantenuto la sua identità. Quantomeno aveva mantenuto la sua coscienza e questo era confortante.

Ma adesso, che fare? Si alzò dal divano, la testa ancora un po' pesante. Si avvicinò ad una delle finestre e si affacciò respirando la brezza fresca della sera e l'odore salmastro proveniente dal canale.

Venezia era magnifica: un fiore di pietra sospeso sull'acqua. Non aveva più davanti la città spezzata di quando era arrivata in questa realtà: l'acqua, come sangue vivo e pulsante, aveva ridato vita alle fondamenta e ai palazzi. Osservando le gondole che scivolavano silenziose, accarezzando l'acqua, Victoria si chiese perché fosse finita in questa ambientazione, nel passato del suo pianeta. Era convinta che la sua nuova vita l'avrebbe portata su mondi diversi e, possibilmente, nel futuro. Poi si chiese se effettivamente si trattasse di passato o semplicemente di un mondo parallelo.

Persa nei suoi pensieri, sobbalzò quando la porta della stanza si aprì, ed entrò un uomo attempato, la faccia rugosa e cascante, il corpo rinsecchito paludato in abiti molto sfarzosi ed elaborati. Indossava una parrucca dai capelli lunghi e neri arricciati in boccoli, un vano tentativo di mitigare il suo aspetto decrepito.

«Eccovi qui Victoria, vi state nascondendo da me?» E, dicendo questo, il tizio chiuse a chiave la porta.

"Questo deve essere Grimaldi e sembra proprio un vecchio pervertito." Vee strinse gli occhi a fessura e lo fissò disgustata.

«Il vostro innamorato, quel bamboccio di Lorenzo Gradenigo, ha appena dato la notizia del vostro fidanzamento a vostro padre, il quale l'ha detto al Doge, che a sua volta ha informato tutti i partecipanti alla festa. Quel bastardo vuole portarvi via da me, proprio ora che ero quasi riuscito a convincere vostro padre. Solo perché quel ragazzino adesso partecipa alla Seduta pensa di avere il diritto di passarmi davanti.»

Victoria stava osservando il vecchio che disquisiva e che si stava avvicinando sempre di più a lei. Che cosa si era messo in testa?

«Sarà molto interessante quando entrerà qui e ci troverà insieme, in casa sua, e scoprirà che non siete più vergine. Siete mia Victoria, da quando siete nata.» E così dicendo si avventò su di lei.

Ma Victoria era pronta e, dopo avergli mollato un manrovescio, gli tirò un calcio alle parti basse.

In quel mentre Lorenzo cominciò a bussare alla porta e, trovandola chiusa, la tempestò di colpi chiamando Victoria a gran voce. Lei riuscì a fatica a scrollarsi di dosso Grimaldi, che era crollato su di lei urlando e stringendosi i testicoli, e si diresse caracollando verso l'uscio, aprendolo e finendo tra le braccia dell'uomo.

«Cos'è successo?» le chiese concitato.

«Quel bastardo ha cercato di mettermi le mani addosso. Spero di averlo sistemato.»

Mentre Victoria stava spiegando a Lorenzo l'accaduto arrivarono anche altri due uomini attempati di cui uno era sicuramente il padre di Lorenzo, vista la somiglianza, e l'altro immaginò fosse suo padre. I due ascoltarono le spiegazioni, e il padre di Victoria entrò nella stanza come una furia, prese il Grimaldi per la collottola e lo trascinò fuori aiutato da Gradenigo padre.

Victoria sospirò e Lorenzo la strinse a sé. «Siete piena di sorprese mia cara, non sapevo foste in grado di difendervi.»

«Certo che sì, non sempre si può sperare nell'intervento del salvatore di turno, no?»

Lui rise. «Non vedo l'ora di sposarvi Victoria, il Doge ha dato l'assenso e il matrimonio si terrà tra un mese. Siete felice?»

Victoria sorrise. Sì, si sentiva felice per questa donna che avrebbe avuto la speranza di una vita migliore a fianco di quest'uomo piuttosto che insieme a quel vecchio decrepito.

«Sì, molto, non avrei potuto sperare di meglio.»

Lui la baciò e poi le disse: «Venite, dobbiamo tornare alla festa, così i partecipanti potranno festeggiarvi, ma prima è meglio se vi sistemate. Vi mando qualcuno ad aiutarvi con il corsetto.»

«Sì ma, per favore, potete aspettare fuori dalla porta?»

«Ma certo mia cara, qualsiasi cosa per tenervi al sicuro.» Lorenzo si allontanò un minuto e poi tornò con una delle cameriere della madre.

«Vi aiuterà Elisabetta, che vi ha già dato una mano quando vi siete sentita male. Io aspetto qui.» E lasciò le due donne nella stanza.

Elisabetta le strinse i lacci del busto - una tortura immane - e l'aiutò a rimettere il corpino.

Dopo qualche minuto, uscirono dalla stanza e Lorenzo accolse Victoria con un sorriso radioso. Insieme raggiunsero la sala da ballo e raccolsero le felicitazioni di tutti i partecipanti alla festa, oltre a quelle del Doge. Un po' più tardi il padre di Victoria l'avvicinò e le chiese di fare due parole, accompagnandola ad uno dei tavoli del rinfresco e offrendole un bicchiere di sidro.

«Siete dispiaciuto, padre, per la proposta di Lorenzo?»

Lui sorrise. «No, anzi, era quello che io e tua madre ci auguravamo che accadesse. Sapevamo naturalmente che non sei molto propensa al matrimonio e che non avresti accettato di sposarti se non per amore. Avevo molte remore infatti a concederti a Grimaldi, nonostante le sue insistenze. Tua madre non ne voleva sapere, ma sai com'è, purtroppo tra famiglie patrizie ci si deve alleare. Il matrimonio con i Gradenigo sarà la cosa migliore sia per noi che per loro.»

Victoria si sentì sollevata ma improvvisamente si chiese: quando lei avrebbe lasciato questo mondo cosa sarebbe successo? La vita sarebbe andata avanti o si trattava solo di un episodio confezionato a suo uso e consumo? C'era qualcosa che doveva imparare da queste esperienze oppure erano solo salti incontrollati che la buttavano in pasto a mondi a caso? Si chiese se effettivamente stesse saltando o solo sognando e se prima o poi sarebbe rientrata sul suo mondo. Finora questa realtà le piaceva e sarebbe voluta rimanere qui almeno un altro po'.

Poco dopo il padre di Victoria venne requisito da un altro ospite e la donna si spostò verso l'uscita del salone: aveva cominciato a sentire caldo e sentiva il bisogno di una boccata d'aria. Uscì dalla sala verso quello che ricordava essere l'androne della casa che si apriva sul giardino e, arrivata alla porta d'ingresso, con sollievo, vide altre persone che passeggiavano tra le siepi. Stava per uscire quando Lorenzo la raggiunse.

«Avete caldo Victoria?»

«Sì, molto, ho bisogno di un po' d'aria fresca, senza contare che quest'abito mi sta uccidendo...»

Lui sorrise e la prese per mano. «Venite, vi accompagno.»

Si sedettero su una panchina in pietra in mezzo al giardino, tra le piante fiorite e odorose, sotto ai raggi di luna. A ben pensare, quando era giunta in quella casa, il giardino sembrava completamente spoglio, tuttavia, in quel momento, era rigoglioso e in fiore. Dopo averle chiesto il permesso, Lorenzo la strinse a sé. Vee, colta da sonnolenza, chiuse gli occhi per un attimo, o quello che a lei sembrò fosse tale.

Quando li riaprì era giorno fatto e la donna si ritrovò seduta sulla stessa panchina che aveva condiviso con Lorenzo ma era sola, il giardino di nuovo brullo, e i suoi abiti nuovamente contemporanei.

Victoria, con una sensazione di disappunto crescente, si chiese il perché di questi continui salti tra passato e presente. Avevano un senso? Sospirando si alzò in cerca di una via d'uscita e si diresse verso il cancello, che però trovò sprangato; così tornò nuovamente verso la casa: c'era qualcos'altro che doveva fare qui? Entrò nell'androne e questa volta era una porta sulla sinistra ad essere aperta. Vee la oltrepassò e si ritrovò in una sala un po' più grande dell'ingresso e nello stesso stile del salone. Una scala imponente, in pietra chiara, portava al piano superiore.

La donna iniziò la salita e giunse al primo piano dove, dal ballatoio, si dipartivano due lunghi corridoi sia a destra che a sinistra del pianerottolo. Victoria, per istinto, prese a sinistra e superò diverse porte di legno scuro, tutte chiuse a chiave. Dovette arrivare fino in fondo al corridoio prima di trovare una porta aperta. Entrò nella stanza; una camera da letto molto grande, con tessuti e tendaggi chiari, un letto a baldacchino appoggiato ad una delle pareti, di fronte ad un camino piuttosto grande dove un bel fuoco scoppiettava allegramente.

Sopra al camino era appeso un dipinto e, con stupore, Victoria vide sé stessa e Lorenzo che le sorridevano dal passato. In quel momento si sentì in pace e felice per i due coniugi di cui, probabilmente, questa era stata la stanza da letto. Si augurò che fossero stati felici, e che avessero vissuto una vita piena e ricca. Vee si voltò e tornò verso la porta dalla quale era entrata, ma la trovò chiusa. Fece un giro rapido tutto attorno alla stanza ma non trovò altre porte dalle quali uscire. Era in trappola? Quando realizzò di non poter andare da nessuna parte una forte sonnolenza le annebbiò i sensi: forse il sonno l'avrebbe traghettata via anche questa volta. Victoria si sedette sopra le coperte azzurre del letto a baldacchino e poi si stese, incapace di rimanere eretta. Il sonno arrivò subito dopo aver posato la testa su uno dei cuscini, trasportandola immediatamente nell'incoscienza.

Rimase assente a lungo, con la coscienza che riaffiorava a tratti. Brandelli di sogni passarono quasi senza coinvolgerla.

Un uomo dai capelli scuri e gli occhi blu la stava chiamando in mezzo ad una tempesta, ma Vee passò oltre e tornò nel limbo.

Di nuovo lo stesso uomo seduto ad una scrivania di un ufficio con grandi vetrate la stava osservando, i lineamenti confusi; indossava un completo anni Sessanta e l'arredamento della stanza rispecchiava l'epoca. Si alzò dalla sedia e cercò di raggiungerla, ma lei stava già passando oltre e l'immagine svanì per fare posto di nuovo al buio.

Dopo molto tempo Victoria aprì gli occhi; non ricordava più dove fosse, i sogni mischiati a quella strana realtà. Lo sguardo si fissò sul baldacchino e improvvisamente ricordò il palazzo in cui era entrata, ubicato in quella strana Venezia. Si tirò a sedere:

dalle finestre filtrava una luce molto tenue, non riusciva a capire se fosse l'alba o il tramonto.

Si alzò e andò a guardare fuori: non c'erano palazzi tutto intorno ma la finestra si affacciava direttamente su una laguna sconfinata con un sole rosso molto basso ammantato nella nebbia. Victoria si chiese se il sonno fosse stato il varco che l'aveva portata in una nuova realtà.

La donna si diresse alla porta d'ingresso, che questa volta era accostata. Quello che vide fuori dalla porta la lasciò senza parole: si trovava all'aperto, gradini di marmo bianco scendevano verso un attracco dove l'attendeva una barca a remi, proiettata verso lo stesso paesaggio che aveva visto dalla finestra della camera, una distesa infinita d'acqua con il sole rosso all'orizzonte che si specchiava sulla laguna. Victoria si guardò intorno, inspirò a fondo il profumo salmastro e si fermò un momento a riflettere. "Dove sto andando? Mi sento come un topo chiuso in un labirinto. Vorrei sapere se questi salti mi porteranno da qualche parte o se è solo un girare in tondo senza meta. Forse devo chiedermi dove vorrei andare prima di lanciarmi nel prossimo salto, anche se in realtà non lo so... è più semplice lasciarmi trascinare dalla corrente, sempre che non mi porti in un pozzo senza fondo... finché non mi chiarisco le idee devo muovermi..."

Victoria scese i gradini e, dall'attracco, salì sulla barca, sciolse la corda che la teneva ancorata e lasciò che la corrente la portasse al largo.

Si voltò un attimo verso il palazzo che l'aveva ospitata, ma non c'era più nulla, solo la nebbia adagiata sopra alla distesa d'acqua infinita. La luce cominciò a scemare velocemente, e all'improvviso il sole tramontò. Rimase solo il buio, talmente profondo da non riuscire più a vedere nulla; gli occhi non riuscivano ad adattarsi alla totale assenza di luce: Victoria pensò di essere diventata cieca.

Il sacrificio

L'aria cambiò; non c'era più profumo di acqua salmastra ma odore di chiuso, di stantio e di pietra antica. Victoria rammentò improvvisamente quel sentore: lo aveva odorato anni prima quando aveva visitato una cattedrale a Edimburgo, un insieme di pietra, polvere e sofferenza. Esattamente quello che sentiva e provava adesso.

Cercò di muoversi ma si rese conto di essere bloccata, le braccia non si potevano scostare dal corpo e non era più seduta ma distesa e a contatto con la pietra dura. "Chissà in che incubo sono capitata adesso..." si disse Victoria cercando di mantenersi calma a dispetto della situazione contingente.

Dopo un po', percepì un rumore in lontananza: catene che stridevano contro la pietra? La sensazione uditiva era quella e a quel rumore il corpo reagì involontariamente cercando di muoversi; tuttavia la costrizione era talmente stretta da non poter alzare nemmeno un dito. Con trepidazione la donna attese, il rumore sempre più vicino e distinto. Un debole lucore apparve in lontananza: lo stava immaginando o era reale?

Con lentezza esasperante la luce e il rumore si fecero più vicini e Victoria cominciò a mettere a fuoco la scena. Quello che vide le gelò il sangue.

A un centinaio di metri alla sua sinistra individuò una specie di processione, una trentina di individui vestiti con tuniche informi, lacere e ingiallite, e apparentemente senza volto, che indossavano maschere bianche senza espressione. Reggevano globi di luce ed erano legati l'uno all'altro con catene brunite che strisciavano sul pavimento mentre la fila avanzava un passo dopo l'altro. Gli ultimi individui della processione cadenzavano l'avanzata battendo il tempo su tamburi rudimentali che pendevano dai colli taurini.

Mentre la processione di avvicinava la luce aumentò d'intensità e Victoria lasciò correre lo sguardo ansioso: era legata braccia e gambe ad una pietra piatta e circolare, una sorta di altare situato all'interno di una caverna molto ampia, il cui soffitto non era visibile; si scorgeva però una parete affrescata che scendeva alle spalle del masso su cui era bloccata. Si trattava di pitture rupestri, figure primitive che nuotavano, cacciavano o stavano sedute attorno al fuoco: la raffigurazione le ricordò un posto in cui era già stata o, forse, la scena di un film che aveva visto anni prima.

Victoria riportò l'attenzione sulla processione: si stava avvicinando ineluttabilmente, con passo cadenzato e ipnotico. Di una cosa la donna era certa: la situazione non prometteva nulla di buono. I suoi occhi cominciarono a schizzare in giro, in cerca di una via di fuga, e quando si posarono nuovamente sulla pietra che la ospitava notò che la superficie era macchiata in diversi punti: che fossero macchie di sangue? Il battito cardiaco di Victoria prese il volo, soprattutto quando la donna si rese conto che gli esseri informi erano quasi giunti all'altare e stavano lentamente accerchiando la pietra.

Un uomo molto alto che, contrariamente agli altri, indossava una maschera con le corna dall'aspetto piuttosto raccapricciante, e che reggeva in mano un lungo pugnale a lama sottile, si staccò dal cerchio e raggiunse la pietra. Victoria iniziò a sudare copiosamente mentre il cuore ricolmo di terrore stava per uscirle dal petto: sembrava che stavolta non ci fosse via di scampo. Era giunta la fine?

Gli individui stretti in cerchio cominciarono a salmodiare, e la creatura cornuta pronunciò frasi in un idioma aspro e sconosciuto mentre girava intorno alla pietra e i tamburi aumentavano il ritmo. Dopo un paio di giri, il carnefice salì in piedi sull'altare di fianco a lei mentre le urla provenienti dal cerchio salmodiante aumentarono di volume. Poi il tizio si accucciò sopra di lei, un olezzo immondo le ferì i sensi e da dietro la maschera Victoria fissò lo sguardo sugli occhi completamente neri di quel mostro. In quel momento la donna ebbe la certezza che la via d'uscita sarebbe passata attraverso il sacrificio umano: il suo.

Il mostro le appoggiò la punta del pugnale in mezzo al torace e Victoria sentì la lama tagliare la pelle. Stranamente però il taglio non le procurò dolore: forse il terrore le stava obnubilando i sensi?

All'improvviso la processione si zittì e i tamburi interruppero il rullio frenetico.

In quel silenzio solido il mostro cornuto, guardandola negli occhi, spinse la lama del pugnale in profondità.

Victoria sgranò gli occhi e sentì il cuore spezzarsi, una sensazione profonda e dolorosa, il petto squarciato, la vita che abbandonava il corpo.

La donna sentì la coscienza ritirarsi, come se si accartocciasse su sé stessa e sprofondò in un buio e in un silenzio accecanti.

Rimase nel limbo per un tempo indefinito, nessun dolore, nessuna sensazione, solo vuoto.

Potevano essere passati secondi, ore o anni, Victoria non avrebbe saputo dire, quando ad un certo punto si sentì tirare verso l'alto. Si lasciò guidare senza opporre resistenza e la sensazione del corpo di nuovo integro le saturò i sensi e la fece sentire pesante come un macigno. Rimase con gli occhi chiusi e subito dopo sprofondò in un sonno avvolgente e ristoratore.

Come in precedenza, schegge di sogni attraversarono la sua coscienza ma si sentiva troppo stanca per soffermarsi sui particolari.

Vide volti, luoghi e situazioni ma li lasciò andare senza trattenerli.

White world

Quando si svegliò si trovò in un luogo completamente bianco. Victoria aprì gli occhi e stavolta, rispetto al mondo precedente, riuscì a vedere, anche se in realtà non c'era nulla su cui fissarsi ma, quantomeno, riusciva a distinguere sé stessa. Si tirò a sedere e mosse gli arti. Poi si toccò il petto, ancora scossa dalle immagini dell'esperienza precedente di cui, purtroppo, ricordava tutti i particolari. Scostò la camicia bianca che indossava: il petto era integro, nessun dolore e nessuna cicatrice. Dopo un lungo sospiro di sollievo la donna si tirò in piedi e, nel limbo in cui si trovava mosse qualche passo, il corpo leggero e rinnovato.

Non riusciva a comprendere il luogo in cui era comparsa perciò cominciò a vagare in cerca di risposte. Camminò a lungo, senza una meta precisa, un passo dopo l'altro in quel lucore piatto, chiedendosi se quel luogo fosse reale o frutto della sua immaginazione: non c'era nulla, solo una distesa bianca, nessuno stacco tra cielo e terra e non si capiva se quel luogo fosse all'esterno o all'interno.

Poi qualcosa cambiò, una luce più intensa cominciò a illuminare la penombra e la speranza cominciò a riscaldarle il cuore. Continuò a camminare ancora a lungo fino a che, in lontananza, scorse una figura in movimento: qualcuno stava procedendo nella sua direzione, qualcuno di familiare anche se non seppe ancora dire di chi si trattasse.

La figura vestita di bianco si stava avvicinando rapidamente e quando riuscì a metterla a fuoco Victoria si rese conto che si trattava di una persona conosciuta ma della quale non ricordava il nome. Conosceva quell'uomo, riconosceva il suo volto, capelli scuri, occhi blu, carnagione chiara e sapeva che c'era stato un precedente, ma esattamente dove e quando non seppe dire. Sentimenti contrastanti si fecero strada nella sua coscienza e, pur non sapendone esattamente il motivo, temette quell'incontro.

L'uomo però aveva un'espressione rilassata e sorridente. Victoria gli corse incontro e si buttò tra le sue braccia.

«Victoria, non piangere, sono qui per aiutarti, per indicarti la via», le disse l'uomo dopo un po' che la teneva stretta.

«Mi sento in colpa, lo so di aver preso una decisione sbagliata ad andarmene dalla mia vecchia vita ma non ho potuto farne a meno.»

Lui la guardò negli occhi. «Lo so e non devi sentirti in colpa. Hai preso una decisione e hai dato una direzione diversa alla tua vita, ma adesso devi trovare la via per uscire da qui, sono qui per aiutarti perché non è questo il tuo posto.»

Il senso di colpa di Victoria aumentò di volume: nonostante tutto, lui le stava parlando con molto affetto. «Pensavo che mi avresti disprezzato quando ci fossimo incontrati.» Victoria si sentiva parlare ma non capiva da dove arrivassero quelle considerazioni: era il suo subconscio a comunicare in sua vece?

Lui sorrise. «Non potrei mai, qualsiasi cosa tu avessi fatto. La vita è tua, sei tu a decidere. Ma ora devi tornare indietro.» Lui si separò da lei trattenendola per le mani.

«No, non andare! Non posso tornare alla vita di prima, non ce la faccio, mi stava uccidendo», gli disse Victoria con la disperazione nella voce. «E poi mi sei mancato così tanto, dovevo trovare un modo per rivederti.» Ancora una volta le parole uscirono da sole, senza un senso apparente; ma lei sapeva che uscivano direttamente dal suo cuore, dove un senso ce l'avevano.

«Lo so che non ce la facevi più, ma devi trovare il punto esatto di salto, così riuscirai a uscire da questo loop. Sei bloccata in una dimensione intermedia, continui a spostarti in orizzontale ma devi invece trovare il modo per andare in verticale. Ti darò una spinta, ma devi capire da sola come trovare la strada. Adesso devi andare Victoria, non puoi tardare oltre.»

«Ti rivedrò?» gli chiese con un moto di disperazione, cercando di trattenerlo ancora lì.

«Sì, ci rivedremo, presto, prima di quanto immagini», le disse lui e poco alla volta la sua immagine cominciò a sbiadire.

Victoria si sentì perdere conoscenza e si chiese dove sarebbe sbucata questa volta e se avrebbe rivisto quell'uomo.

Cercò di focalizzare quello che le aveva detto circa una spinta in verticale anziché in orizzontale ma non le riuscì di direzionare il suo spostamento. E poi si disse che probabilmente aveva già saltato e non c'era modo di correggere la rotta a salto iniziato.

Avrebbe provato a dare un senso al suo girovagare alla prossima occasione.

L'uomo

Victoria si svegliò nel letto di una stanza grande e luminosa, la luce tenue di un'alba glicine che filtrava dalle vetrate, grandi finestre che lasciavano entrare il mondo esterno, un mondo di prati e alberi, silenzioso e in pace. Sentiva il corpo rilassato, rigenerato e avvolto in lenzuola morbide color antracite.

Aprì gli occhi e respirò profondamente, finalmente una sensazione di benessere e di calma.

Si girò sulla schiena e realizzò che c'era qualcuno nel letto con lei. Si voltò verso di lui: era un uomo sui quarant'anni, lineamenti piacevoli, capelli mossi, respiro leggero. Stava dormendo rivolto verso di lei.

Lo conosceva? Sembrava un volto familiare, lo fissò per un po' e poi sgranò gli occhi: l'uomo del mondo bianco. Ma era veramente lui? Qui sembrava un po' più vecchio, il viso un po' più segnato ma anche molto più sereno, forse era la tranquillità data dal sonno.

Dopo un po' lui le chiese con voce un po' impastata: «Guardi qualcosa di interessante?»

Lei sorrise mentre lui apriva gli occhi, occhi di un blu profondo. «Sì, qualcosa di interessante», rispose lei sottovoce. Lui sorrise di rimando e si avvicinò: con dolcezza le posò un bacio sulle labbra.

Lei sgranò gli occhi a quel contatto ma non si ritrasse: fu molto piacevole e lo accolse con gratitudine. Il bacio di lui divenne subito più intenso e il desiderio di Victoria si accese in un attimo. L'uomo le accarezzò la pelle nuda e prima di venire trascinata nel vortice del sesso la donna si chiese se fosse questo il percorso per uscire da lì. Poi l'istinto prese il sopravvento e Victoria si lasciò andare a lui, e l'uomo la amò in un modo così profondo che la donna quasi si perse tra le onde del piacere.

«Sembrava che non facessi sesso da anni», le disse l'uomo sottovoce.

Lei sorrise e pensò che era proprio così. Lo baciò e si strinse a lui. Si sentiva bene, esausta, appagata, felice e amata tra le braccia di quest'uomo e si chiese perché, visto che non sapeva chi fosse. Almeno non consciamente.

C'era qualcosa in lui che lo rendeva molto familiare agli occhi di Victoria, il suo aspetto, la sua voce, i suoi modi.

«Si sta così bene tra le tue braccia», gli disse in un sussurro. Lui le accarezzò i capelli e la donna, poco dopo, si addormentò.

Naufragio

Quando realizzò di essersi addormentata Victoria si arrabbiò con sé stessa. "Maledizione, non voglio andarmene, mi piace questa realtà e mi piace quest'uomo. Dopo tanti anni di disperazione un po' di serenità... Non voglio dovervi rinunciare..."

Ma non ci fu nulla da fare, e lo sforzo per non lasciare quel mondo non fece che peggiorare le cose.

Victoria infatti ebbe un brutto risveglio, si ritrovò in balia delle onde nell'acqua gelida.

"Dove cazzo sono adesso? Voglio tornare da dove sono venuta... voglio addormentarmi e risvegliarmi ancora tra le braccia di quell'uomo..."

Victoria stava quasi per piangere in preda alla frustrazione e al gelo.

Era in ammollo in mezzo all'acqua plumbea, aggrappata ad una scialuppa di salvataggio gonfiabile danneggiata e che stava affondando. Stava piovendo a dirotto e il cielo era grigio come il mare. Non c'era nessun altro in vista lì attorno e la scialuppa si trovava in balìa delle intemperie, sbattuta senza sosta dal vento tagliente e dalle onde grigie.

Un'altra bella situazione, si disse la donna mentre tremava di freddo.

Cercò di guardarsi intorno, nonostante la scarsa visibilità, per capire come fosse finita su quella scialuppa gialla, ma non c'erano indizi. Naufragio? Probabile, visto che indossava un giubbotto di salvataggio.

Dopo alcuni minuti in cui stava congetturando, cercando di mantenersi a galla, un rumore assordante che sovrastava anche quello delle onde le squassò il torace. Un elicottero di salvataggio si stava avvicinando a bassa quota.

Tramite l'altoparlante le dissero di stare calma, un soccorritore si sarebbe calato dall'elicottero e l'avrebbe aiutata a mettersi in salvo.

L'intervento fu piuttosto veloce nonostante Vee fosse ormai in stato di semi congelamento. Il militare che si calò l'aiutò ad indossare l'imbracatura e, a operazione conclusa, il verricello che la collegava all'elicottero fu messo in azione e Victoria fu tratta in salvo dentro al mezzo.

Due soccorritori l'aiutarono a togliersi le cinghie, le tolsero il giubbotto di salvataggio e poi la fissarono ad uno dei sedili e l'avvolsero con delle coperte. Provarono a farle delle domande ma, tra il frastuono e la stanchezza, Victoria non riusciva a connettere, così l'interrogatorio fu rimandato a dopo l'atterraggio. Quando il militare che si era calato per aiutarla fu issato a bordo, l'elicottero ripartì prendendo quota sopra al mare agitato.

Vee, cullata dal movimento del mezzo, si addormentò quasi subito e si risvegliò qualche ora più tardi. Era in ospedale.

Finalmente non sentiva più freddo, solo un tepore confortante e la sensazione delle lenzuola ruvide a contatto con la pelle. Quando tentò di girarsi nel letto si rese conto di essere ammanettata alla sponda di metallo del giaciglio ospedaliero.

Victoria ebbe un moto di stizza: questa cosa dell'essere legata stava diventando una brutta costante.

Si trovava in una piccola stanza quadrata un po' triste, con una parete a vetri che si sporgeva su una reception in legno e, sull'altro lato della stanza, finestre alte si affacciavano su un giardino interno immerso nel buio. Il locale conteneva vari display e apparecchiature mediche, una di queste era collegata ad un sensore pizzicato al suo indice.

Era notte fonda, l'orologio fissato alla parete di fronte al letto segnava le tre e non era presente personale al bancone della reception di reparto.

Victoria cominciò a sentirsi a disagio: era sempre stata ipocondriaca ed aveva sempre evitato di sottoporsi a tutte le procedure mediche che non fossero strettamente necessarie, soprattutto se prevedevano di recarsi in ospedale.

Chissà perché era capitata qui, e si chiese se si trovasse ancora nello stesso mondo in cui era stata tratta in salvo dalle acque turbolente di quel mare grigio e tempestoso.

Ma soprattutto si chiese perché fosse ammanettata al letto: era accusata di qualcosa? Aveva tentato di fuggire? O di farsi del male? Domande per le quali, al momento, non poteva avere risposta.

Si sentiva bene, a parte la testa confusa, e si chiese perché l'avessero ricoverata. La sua mente cominciò a vagare senza freni e Victoria ripensò a tutti i mondi che aveva visitato fino a quel momento, dopo aver lasciato la sua realtà. Le immagini del sacrificio umano irruppero brutalmente dalla sua memoria insieme a tutto il carico di terrore a cui erano associate.

A quel pensiero il battito cardiaco accelerò e il sensore collegato all'indice fece scattare un allarme su uno dei monitor di sorveglianza.

Dopo un paio di minuti un medico entrò di corsa nella stanza: indossava un camice un po' stropicciato e aveva gli occhi stanchi, gli occhi di chi era sveglio da molte ore.

Victoria lo osservò con attenzione: si trattava sempre dello stesso uomo che aveva incontrato in precedenza, quello del mondo bianco.

Era lui la chiave per uscire dal loop, lei ne era certa: le avrebbe dato qualche suggerimento anche questa volta? Lui però non sembrava averla riconosciuta in questa ambientazione: era intento a controllare la cartella medica e i dati sui monitor come se stesse davvero interpretando il ruolo di medico e non avesse consapevolezza di quello che era accaduto tra loro in precedenza.

«Come si sente Victoria?» le chiese con tono professionale e un po' freddo.

«In ansia», rispose lei e indicandogli le manette.

Lui non disse nulla.

«Sa dirmi perché sono ammanettata al letto? Non ricordo nulla, non so nemmeno cosa ci faccio qui.»

Lui continuò a scrivere sulla cartella. «Non spetta a me dirle che cosa è successo.»

Lei lo guardò con sguardo implorante, e dopo che l'ebbe guardata negli occhi il medico sembrò ammorbidirsi un po'.

«È qui da un paio di giorni, era in coma e non riprendeva conoscenza. Si è appena svegliata Victoria, è normale che non ricordi gli eventi degli ultimi giorni.»

Vee aveva gli occhi sbarrati e il battito cardiaco in aumento.

«Si deve calmare, sta andando in tachicardia e non voglio darle sedativi per il momento.»

Lei cercò di respirare profondamente e di tranquillizzarsi. Il battito un po' alla volta tornò nella norma.

«Bene, continui a respirare a fondo», le disse, e dopo un po' aggiunse: «Ha avuto un incidente in mare aperto, stava partecipando ad una gara di vela. Non ricorda proprio nulla?»

Lei scosse il capo in segno di diniego e lui continuò: «Sembra che la sua barca sia andata fuori rotta e che si sia imbattuta nella tempesta che l'ha fatta naufragare. C'era un'altra persona nell'equipaggio che però non si è salvata. Il corpo è stato ripescato ieri e ci sono ferite contrastanti, gli investigatori non sono sicuri ma sembrerebbe trattarsi di omicidio.»

Lei sgranò gli occhi. Omicidio? Aveva commesso un assassinio? Bene, mancava la galera al carnet, pensò lei. Ovviamente era stata catapultata in questo mondo dopo il naufragio e non aveva ricordi precedenti. Non ci sarebbe stato nulla da fare, non avrebbe mai recuperato la memoria perché non c'era nulla da recuperare. Le autorità avrebbero finito con il constatare che soffriva di amnesia, l'avrebbero trattata con psicofarmaci e forse sarebbe stata internata in qualche istituto di igiene mentale...

"Stiamo correndo troppo, vediamo che succede per un po'..." si disse cercando di ritardare il panico.

«Si ricorda il suo nome, dove abita?»

«Solo Victoria...» disse lei con lo sguardo perso nel vuoto.

«In che anno siamo Victoria?»

Lei scosse il capo, non lo sapeva, non poteva saperlo.

Lui aggrottò la fronte. Si avvicinò e le controllò il movimento delle pupille con una piccola torcia, e poi le sentì la fronte. «Raccomanderò che rimanga in osservazione ancora per qualche giorno. Sembra soffrire di amnesia ma non so ancora se sia temporanea, i riflessi sono a posto e non ha febbre e tutti i valori sono normali.»

Lei sembrava spaventata.

«C'è qualche problema Victoria?»

«Non amo gli ospedali... e nemmeno i medici se è per questo... non ce l'ho con lei dottore, i medici mi spaventato in generale...»

Lui, per la prima volta da quando era entrato nella stanza, sembrò mettersi nei panni della paziente. «Non si preoccupi, farò il possibile per non spaventarla ulteriormente. Ha bisogno di qualcosa?»

«Un po' d'acqua, per favore.»

Lui le porse un bicchiere che riempì d'acqua da una brocca appoggiata sul tavolino ai piedi del letto, e Victoria bevve avidamente.

«È di turno questa notte dottore?» gli chiese dopo aver appoggiato il bicchiere sul comodino.

Il medico, che stava finendo di compilare la cartella, non distolse lo sguardo dai documenti. «Sì e sono in servizio da quasi quarantotto ore.»

«Accidenti, deve essere dura.»

«Dopo un po' ci si abitua», disse lui cercando di mantenere le distanze. «La lascio riposare un altro po', se ha bisogno di qualcosa suoni, verrà qualcuno del personale.»

Lei non ebbe il coraggio di dirgli che non aveva sonno ma lo lasciò andare.

Quando il medico fu uscito Victoria si guardò intorno: non c'era nulla che la potesse distrarre ed era bloccata a letto. L'ansia ricominciò a fare capolino ma lei riprese a respirare a fondo per evitare di andare di nuovo in tachicardia: non voleva che le somministrassero calmanti, odiava quella sensazione di ottundimento.

Dopo dieci minuti, il medico di prima tornò nella stanza, aveva un libro in mano.

«Ho pensato che non avesse sonno. Le ho portato qualcosa da leggere.» E le tese il libro. Era una raccolta di lavori di Shakespeare. Victoria gli sorrise.

«Grazie dottore, un pensiero gentile, in effetti stavo andando di nuovo in ansia.»

«Sì, l'avevo intuito. Spero che le piaccia Shakespeare, è uno dei miei libri preferiti.»

La donna sgranò gli occhi. «È suo il libro?»

Il medico annuì. «Non lo sto leggendo al momento, glielo lascio finché non troverà qualcos'altro da leggere.»

Lei osservò il volume, un po' consunto. «Mi piace Shakespeare, lo trovo rilassante.»

Il medico sorrise. «A più tardi.»

Lei lo ringraziò e l'uomo uscì dalla stanza. Victoria sfogliò il libro e immaginò che fosse stato usato per studio: era pieno zeppo di passi sottolineati, note a margine e appunti. Sulla prima di copertina c'era scribacchiata una firma e una data, Jason Greene, 15 settembre 2002. Vee si chiese se fosse il nome del medico.

Victoria cercò l'indice e poi sfogliò le pagine fino a trovare *La tempesta*: le sembrava appropriato.

Lesse una quarantina di pagine e poi il sonno ebbe la meglio e si addormentò.

La risvegliò il medico; la luce filtrava dalle vetrate e fuori dalla stanza c'era un bel viavai di pazienti e di personale dell'ospedale.

«Buongiorno Victoria, vedo che *La Tempesta* ha avuto la meglio.»

«Buongiorno dottore, così sembrerebbe.» Vee si accorse di non avere più la manetta al polso e guardò il medico con sguardo interrogativo.

«Ho chiesto che le venisse tolta, almeno così potrà andare in bagno. Hanno messo una guardia fuori dalla porta nel caso le venisse voglia di scappare.»

Lei gli sorrise con gratitudine. «Grazie, mi stava mandando in paranoia.»

«E le ha lasciato un bel segno», disse lui strofinando i segni sul polso di lei. «Le farò portare una pomata lenitiva. Come si sente oggi? Le è tornato in mente qualcosa?»

Lei scosse il capo. «Nulla, vuoto totale.»

Lui segnò un paio di cose sulla cartella. «Vorrei provare a fare un paio di esami per verificare che a livello neurale sia tutto a posto.»

Lei lo guardò spaventata e lui sorrise. «Niente di doloroso Victoria, solo una tac e un elettroencefalogramma. Li prenoto per la tarda mattinata... e non vada in ansia, altrimenti sarò costretto a sedarla.»

Di nuovo in leggera tachicardia, Victoria ricominciò a respirare a fondo e il medico sorrise sotto i baffi. Dopo aver controllato un paio di monitor e trascritto dei valori sulla cartella medica, la salutò e uscì dalla stanza.

Qualche minuto più tardi entrò un'infermiera che le medicò il polso e poi le fece prendere un paio di pillole.

«Deve proprio aver fatto colpo sul dottor Greene», le disse l'infermiera. «Di solito è piuttosto burbero con i pazienti, specie quando è di turno da molte ore.»

«Lavora qui da molto, il dottor Greene?» le chiese Vee.

«Sì, da quasi otto anni, e non l'ho mai visto chiedere una pomata lenitiva per un livido!» rispose l'infermiera.

Lei abbassò il capo fissandosi le mani.

«Non si preoccupi, il dottor Greene è un bravo medico, molto coscienzioso. È in buone mani.»

Victoria le sorrise. Perché l'infermiera si sentiva in dovere di darle tutte queste informazioni?

Dopo aver terminato la medicazione la donna uscì e la lasciò ai suoi pensieri. Ricominciò a congetturare sulla sua attuale situazione. Vee si era già addormentata, in questa realtà, e il salto verso un nuovo scenario non era ancora avvenuto, non aveva ancora trovato il varco. Immaginò che ci fosse ancora qualcosa che doveva fare, forse doveva raccogliere qualche informazione in più. Ma come? Cercò di analizzare le esperienze che aveva vissuto finora, nei mondi alternativi che aveva visitato, ma non le venne in mente nulla che potesse esserle utile, tranne quello che le aveva detto l'uomo nel mondo bianco, cioè che doveva cercare la verticalità per uscire dal loop. Cosa significava? Si chiese se il medico avrebbe potuto aiutarla ma, come in quasi tutti gli altri scenari, lui sembrava semplicemente un personaggio della storia, senza capacità di trascendere.

Victoria continuò a rimuginare per un bel po', tanto che alla fine cominciò a sentire un mal di testa crescente farsi largo rapidamente. Si abbandonò sul cuscino e chiuse gli occhi in cerca di un po' di sollievo ma il dolore stava peggiorando esponenzialmente. Con tutta probabilità perse i sensi perché quando ritornò cosciente e aprì gli occhi si ritrovò a fissare il dottor Greene che le stava puntando la torcia negli occhi e le chiedeva se potesse sentirlo. Vee sbatté le palpebre più volte. Doveva essere stata una crisi piuttosto grave perché c'erano quattro persone nella stanza; oltre a Greene, due infermiere e altri due dottori, e di fianco al letto c'era un carrello delle emergenze con le piastre per la rianimazione abbandonate alla rinfusa.

«Victoria mi sente?» le chiese di nuovo il medico.

«Sì, la sento... mi fa male il petto e la testa mi scoppia...»

Il medico tirò un sospiro di sollievo. «È normale, ha avuto una crisi cardiaca, abbiamo dovuto rianimarla.»

Greene sembrava piuttosto provato ma congedò gli altri medici e chiese alle infermiere di spostare la donna in intensiva per qualche ora.

«La faccio spostare in un altro reparto per un po', così possiamo tenerla sotto controllo nel caso avesse altre crisi. La cefalea è sopportabile?» Ma Victoria stava perdendo conoscenza di nuovo.

«Victoria...Victoria... » Il medico la stava chiamando con tono di voce concitato ma lei ormai non riusciva più a rispondere. La voce però cambiò tono e Victoria captò altre parole.

«Devi darti una spinta verso l'alto, trova la piega, devi usare quella per uscire...»

Victoria cercò di seguire quelle istruzioni e improvvisamente capì cosa dovesse fare. Ecco la piega: era solo una sensazione ma un pertugio si aprì e Vee ebbe la prontezza di darsi una spinta, in che modo non seppe dire, ma si sentì spingere verso l'alto o comunque verso quel luogo che adesso la stava attirando. La donna si sentì precipitare e poi la coscienza le disse che era atterrata in un posto diverso. Aprì gli occhi e inspirò a fondo guardandosi attorno con curiosità.

Sembrava trovarsi in una città del futuro, grattacieli dalle forme arrotondate che spuntavano tra gli alberi alti di una foresta, le vie che correvano in mezzo agli agglomerati di legno e metallo, il tutto immerso nella luce dorata di un tramonto di fine estate. La temperatura era infatti molto mite e l'aria era carica dei profumi di quel periodo dell'anno. Vee si trovava a guardare questa città dal terrazzo di uno dei palazzi più alti, un panorama incredibile, da togliere il fiato.

Xenyum

A gglomerati di palazzi e boschetti di alberi, intervallati da
strade lastricate e ruscelli, si rincorrevano a costruire un
tessuto urbano molto innovativo agli occhi di Victoria. Non
aveva mai visto nulla di simile.

Aveva viaggiato spesso sul suo mondo, a Victoria piaceva
esplorare posti nuovi quando ne aveva la possibilità, e i ricordi
di viaggio erano quelli più vividi. Osservando il paesaggio
che aveva davanti, la sua mente cercava punti di contatto con
le immagini conservate nella sua memoria ma non c'era nulla
che potesse essere paragonabile a questo. Alla sua sinistra, gli
alberi erano talmente alti da superare in altezza il palazzo stesso
e sporgendosi dal parapetto Victoria era certa che avrebbe
potuto sfiorare le foglie dorate di quella chioma lucente. Mentre
osservava il tramonto si chiese che luce meravigliosa potesse
penetrare nei locali del palazzo, filtrata dalle ricche fronde degli
alberi.

La contemplazione di questo nuovo mondo venne però
interrotta bruscamente: uomini vestiti con tute rosse imbottite
le intimarono di rimanere dove fosse e di alzare le mani. "Era
troppo bello..." pensò Vee che si ritrovò a caracollare per il
terrazzo che correva attorno all'edificio per sfuggire alla guardia
rossa. "Un altro incubo?" si chiese mentre correva fluttuando,

sentendosi così leggera come non le era mai successo prima. C'era qualcosa di diverso in questo luogo rispetto ai precedenti, qualcosa di più reale, le sensazioni erano più vivide, si disse mentre fuggiva.

Il terrazzo si sviluppava come una sorta di labirinto che entrava ed usciva dal palazzo, a volte diventando architettura gotica e altre volte estremamente futuristica. Riuscì a scendere quasi fino al piano terra ma si ritrovò in un vicolo cieco e in pochi secondi fu circondata dagli uomini in rosso, i quali le ordinarono di stare ferma sul posto e di non muoversi. Victoria si sentì in trappola e poco dopo perse conoscenza.

Quando tornò in sé si ritrovò stesa su un letto in acciaio all'interno di una stanza color piombo, senza finestre, di tre metri per tre e con solo tre pareti; la terza mancante e aperta che si affacciava su un corridoio stretto. La luce proveniva da un pannello a soffitto che illuminava la stanza debolmente di una luce bianca e fredda.

Vee sentiva la testa pesante e confusa. Portò le mani al viso e si accorse di avere due bracciali di acciaio ai polsi: sembravano saldati, non erano visibili punti di apertura. In cuor suo la donna cominciò a chiedersi se avesse fatto la scelta giusta a saltare in verticale e si chiese quanto diversa fosse questa realtà da quelle che aveva visitato in precedenza: c'erano differenze? E in che cosa consistevano? Lei non si sentiva diversa, le sensazioni e la coscienza erano sempre le stesse e anche il circostante non sembrava più reale di quanto avesse sperimentato fino a quel momento.

La donna osservò i suoi vestiti, gli stessi che indossava prima di svenire quindi, molto probabilmente, il mondo era lo stesso di quando era comparsa in questa realtà. Victoria indossava pantaloni neri di un tessuto confortevole, una maglietta bianca attillata a maniche lunghe in materiale morbido e caldo, un giubbino nero con la zip, stesso tessuto dei pantaloni, e sneakers bianche. Un abbigliamento molto simile a quello che avrebbe indossato durante i weekend nella realtà, cioè la realtà dalla quale era originaria. Victoria si interrogò sul concetto di realtà: cosa significava reale? Qualcosa di vero per il corpo e la coscienza che lo abitava. Era reale questo? Si chiese Victoria toccando il metallo del letto sul quale era stesa. Sì, sembrava reale nel senso che i suoi sensi lo interpretavano come qualcosa di solido ma non aveva altri termini di paragone per definire la realtà in cui si trovava immersa.

Per evitare di impazzire decise di alzarsi a sedere, operazione che richiese fatica ed energia, la testa sempre molto pesante. Vee si fissò le mani, erano le stesse del corpo che aveva avuto nella realtà terrestre, stessa forma, colore della pelle e consistenza. Bene, almeno questo non era cambiato: poteva considerarlo un punto di partenza per definire la realtà?

Si toccò i capelli che erano raccolti con una treccia asimmetrica a lato del viso: il colore era lo stesso. Si toccò il viso e le sembrò che i lineamenti fossero rimasti immutati; peccato non avere uno specchio, chissà cosa vi avrebbe visto. Non si era preoccupata di questi dettagli quando era immersa nei mondi precedenti e si chiese come mai. Forse effettivamente qui c'era qualcosa di diverso che ancora non era riuscita a catturare. Concluse le elucubrazioni su sé stessa, Victoria cominciò a guardarsi intorno e a osservare la stanza in cui era rinchiusa. La parete aperta le dava brutte sensazioni, ricordava troppo quelle stanze di detenzione che erano tratteggiate nei romanzi di fantascienza, dove, al posto delle sbarre, c'erano campi di contenimento a sigillare le aperture. Peccato che non ci fosse nulla da scagliarci contro per controllare che effettivamente si trattasse di una parete di energia.

Victoria si chiese se potesse provare ad uscire. Era ancora indecisa sul da farsi quando due degli "uomini fragola" che l'avevano catturata comparvero davanti all'ingresso della cella. Indossavano effettivamente tute rosse imbottite fino al ginocchio e un casco dello stesso colore. L'aspetto era decisamente bizzarro ma non le venne da ridere quando le ordinarono di alzarsi in piedi; le voci leggermente metalliche parlavano una lingua che non le era familiare ma che capiva perfettamente.

«Detenuto A127 alzati e porta le mani in avanti.»

Vee si alzò a fatica dal giaciglio e osservando attentamente gli uomini in rosso fece come le era stato ordinato, portando le braccia in avanti. I due anelli di acciaio si attrassero e si congiunsero a formare un paio di manette. Una scarica di energia molto forte venne sprigionata dal nuovo dispositivo, probabilmente un campo di contenimento che le avrebbe impedito di scappare. Dopo che il campo si fu attivato i tizi in rosso entrarono nella cella e l'agguantarono per le braccia dirigendosi poi verso il corridoio. Era un tunnel lungo e scarsamente illuminato sul quale si aprivano molte celle simili a quella dove era stata rinchiusa, e all'interno delle quali si trovavano molte persone di età diverse, ma soprattutto anziani.

Vee avrebbe voluto parlare e chiedere dove la stessero portando ma non riuscì ad aprire bocca, probabilmente a causa del campo di contenimento.

Alla fine del corridoio si apriva un varco che dava l'accesso ad una ampia camera circolare, sempre di colore plumbeo e all'interno della quale erano fissate sedie tutto attorno alle pareti. Una porta molto grande, a doppio battente, si apriva di fronte al corridoio, sulla parete opposta della stanza, ed al momento era chiusa. Non c'era nessuno in attesa, e quando entrarono nell'anticamera la porta a doppio battente si aprì per farli passare. Vee si ritrovò trascinata in una stanza enorme, quasi un teatro greco di forma rotonda, con rivestimenti in pietra chiara e sedili bianchi che scendevano digradando fino al centro dove, dietro un tavolo lungo e rettangolare, erano seduti dieci tra uomini e donne di aspetto piuttosto vetusto. Avevano i capelli bianchi e lunghi lasciati sciolti sulle spalle e indossavano tuniche di seta grezza in vari colori. Gli "uomini fragola" accompagnarono Vee fino al fondo della sala e la portarono davanti alla consulta. La fecero salire su una piattaforma rotonda situata di fronte al tavolo e, nel momento in cui gli uomini in rosso si allontanarono, il campo di forza delle manette venne disattivato. La donna si chiese se ne fosse stato attivato un altro per contenerla. Avrebbe voluto scendere dal podio per testare la sua teoria ma uno degli anziani si rivolse a lei con tono accusatorio. Indossava una tunica grigio chiaro, aveva viso spigoloso ed occhi taglienti.

«Sei accusata di reato di clandestinità. Non succedeva più da moltissimo tempo. Vogliamo sapere come hai fatto.»

Vee li guardò sgranando gli occhi. «Non capisco di cosa stiate parlando.»

Un'altra degli anziani si alzò, tunica marrone bruciato e cipiglio ombroso. «Non appartieni a questo mondo. Come hai fatto a passare? Ma soprattutto da dove arrivi? Qual è il mondo dal quale provieni?»

Lei, di nuovo, li guardò esterrefatta. Di sicuro arrivava da una realtà diversa ma non riusciva a capire come l'avessero intercettata: come poteva spiegare di arrivare dai sogni? «Mi sono semplicemente addormentata e mi sono risvegliata sul terrazzo del palazzo dove sono stata catturata», disse alterando leggermente la versione dei fatti.

Gli anziani si fissarono l'un l'altro, sembravano atterriti. «Non è possibile, stiamo di nuovo rischiando una immigrazione di massa. Dobbiamo rinforzare le barriere.»

Continuarono a discutere tra di loro e poi la guardarono tutti insieme. «Deve essere reindirizzata prima che espanda il contagio», disse l'uomo in grigio ai guardiani rossi. Poi si rivolse alla donna: «Verrai portata alla stanza del congedo questa sera e tornerai da dove sei venuta.»

Vee sentì l'ansia mordere, non le piaceva molto la frase "stanza del congedo", suonava piuttosto sinistra e dubitava fortemente che l'avrebbero fatta tornare da dove era venuta, a meno che non riuscissero a mappare la posizione di origine partendo dalla sua traccia energetica, sempre che questo fosse possibile e non suonasse troppo fantascientifico.

Non ci fu comunque possibilità di replica, infatti le ordinarono di riportare in avanti le braccia e le manette si unirono di nuovo a creare il campo di forza. Le guardie la trascinarono fuori dal teatro e ripercorsero il tragitto dell'andata riportandola nella sua cella in fondo al corridoio. Appena ripristinato il campo di forza alla parete, le manette si aprirono e Victoria crollò sul pavimento. Si sentiva frastornata. In che diavolo di situazione si era cacciata? La voce era stata molto chiara, non avrebbe potuto tornare indietro alla sua realtà se avesse imboccato la via, e se questi tizi avessero messo in atto la procedura di congedo che fine avrebbe fatto? L'idea di "esecuzione" aleggiò tra i suoi pensieri. Molto corto questo viaggio, e poco fruttuoso, si disse. A fatica riuscì ad alzarsi dal pavimento e raggiungere il letto in acciaio sul quale si stese, la testa improvvisamente pesante e confusa.

Victoria si risvegliò più tardi, nello stesso letto. Aveva la certezza che, per tenerli calmi, i prigionieri venissero sedati:

infatti quando l'avevano portata nella stanza del consiglio e avevano percorso il corridoio che si apriva sulle celle, Victoria aveva osservato che tutti gli occupanti erano stesi sui loro giacigli e profondamente addormentati.

Le elucubrazioni della donna vennero interrotte bruscamente, infatti un minuto più tardi dal suo risveglio si ripresentarono nuovamente gli uomini in rosso: probabilmente era arrivato il tempo della procedura.

Le intimarono di alzarsi e di portare le braccia in avanti come aveva già fatto precedentemente. Di nuovo Vee venne imbrigliata nel campo di forza esploso dalle manette, e di nuovo le guardie in rosso entrarono nella cella per scortarla fuori. Percorsero il corridoio fino a metà, e poi presero un corridoio laterale sulla destra, che Victoria non aveva notato durante il primo passaggio. Il tragitto fu piuttosto lungo e labirintico; superarono molti corridoi e molte celle, e poi finalmente giunsero ad un'altra di quelle stanze d'attesa circolari. In questo caso però si apriva su un ascensore, molto grande e spazioso. Le guardie la trascinarono dentro e le porte si chiusero. Il tragitto fu molto breve: dopo pochi secondi le porte si aprirono su un'altra stanza d'attesa circolare; questa volta, però, molto popolosa. C'erano almeno una quindicina di persone anziane che, bloccate come lei dalle manette e dal campo di forza, attendevano sedute sulle panche.

Le porte a doppio battente di fronte all'ingresso dell'ascensore si aprirono e Vee fu trascinata all'interno. Dopo un corridoio di una cinquantina di metri la donna e le sue guardie sbucarono in una stanza dalla forma quadrata, anche questa molto simile ad una sala conferenze, dalle pareti chiare e dall'aria asettica. Parte della sala era occupata da sedie scure riservate al pubblico e rivolte all'immancabile pedana, sulla quale erano posizionati dieci scranni dall'aspetto regale sui quali erano seduti gli anziani che Victoria aveva incontrato nella visita precedente all'auditorium.

A lato del palco, sulla sinistra, era situata una piccola stanza con pareti in vetro e colonne nere agli angoli. Il pavimento sembrava di marmo e sullo sfondo era disegnato un paesaggio urbano. Mentre Victoria veniva accompagnata alla stanza, uno degli anziani cominciò a parlare; stava spiegando al pubblico le imputazioni della donna che veniva inviata al congedo.

Vee venne rinchiusa nella stanza, il campo di forza fu disattivato e i cerchi di acciaio che le serravano i polsi si smaterializzarono. Le guardie uscirono dalla stanza e le porte di vetro vennero chiuse ermeticamente. La donna cominciò a sentirsi male, era successo tutto talmente in fretta che non riusciva ancora a capire dove fosse capitata e che cosa sarebbe successo quando la procedura fosse stata attivata. La mente cominciò ad andare in loop sugli ultimi pensieri che aveva formulato. Rimase in attesa con il cuore in gola e i secondi passarono, lenti, lentissimi, ma non stava succedendo nulla. Ad un certo punto la donna vide gli anziani scambiarsi sguardi di sorpresa, e il pubblico cominciò a rumoreggiare. Victoria rimase in attesa, con il fiato sospeso, senza capire cosa stesse succedendo. C'erano luci che lampeggiavano all'interno della stanza di vetro ma, a parte questo, la situazione era rimasta immutata, mentre il tumulto in sala stava aumentando esponenzialmente. Ad un certo punto le luci nella stanza di vetro si spensero, gli anziani uscirono dalla sala e poi anche il pubblico fu fatto evacuare.

Quando la sala fu sgombra, le guardie in rosso si avvicinarono alla stanza a vetri, aprirono le porte e dissero a Victoria che la procedura era stata rinviata per un guasto tecnico all'impianto. Non la riportarono però nella cella che l'aveva ospitata ma la fecero uscire da una porta secondaria sul fondo della sala e la lasciarono, senza manette, in una specie di sala d'attesa con panche nere tutto attorno alla stanza e una scala che saliva verso l'alto. Le intimarono di attendere lì.

Vee cominciò ad andare in fibrillazione quando chiusero la porta e la lasciarono da sola in quello spazio vuoto e freddo.

Per distrarsi fece un giro della stanza anche se, scale a parte, non c'era nulla da scoprire. Si avvicinò ai gradini neri che salivano verso l'alto e notò che c'era aria che scendeva: poteva azzardarsi a salire? Al solo pensiero di arrampicarsi sulla scala, contravvenendo alle istruzioni ricevute, le gambe cedettero e la donna fu costretta a sedersi su una delle panche. Mentre riprendeva fiato e cercava di calmarsi, Victoria ripensò a quello che era successo nella stanza del congedo.

Non aveva provato nulla quando era stata rinchiusa: cosa sarebbe dovuto succedere? Una disintegrazione? E perché su di lei non aveva funzionato? E cosa l'aspettava adesso? Sarebbero venuti a riprenderla? Bloccata lì, non aveva nemmeno il conforto dell'incoscienza. Doveva provare a salire, non c'era alternativa. Ma non si sentiva ancora stabile sulle gambe e dovette stendersi.

Rimase stesa sulla panca dura e scomoda per minuti o forse ore: in ansia com'era la percezione del tempo risultava molto falsata. Quando il battito era quasi tornato alla normalità Victoria udì passi concitati scendere dalle scale e si tirò su a sedere. Erano venuti a prenderla? Rimase in attesa, guardinga; non c'era posto dove potersi nascondere, il cuore le aveva ripreso a galoppare. Si era preparata a vedere un guardiano rosso scendere dalle scale, ma quello che entrò nella stanza era qualcuno di totalmente inaspettato.

Enki

«Victoria? Mi chiamo Enki, sono venuto a portarti in salvo, non aver paura.»

Un uomo comparve nella stanza; era giovane, forse sulla trentina, anche se Victoria non seppe dargli un'età. Era alto, spalle larghe e fianchi stretti, ed era abbigliato con una specie di tuta nera da motociclista con alcune parti in metallo - sui gambali, sugli avambracci, sulle spalle e sul petto - la pelle diafana del volto e gli occhi chiari che spiccavano molto in contrasto con il colore della tuta. Aveva capelli ribelli color rame scuro, gli occhi blu, e un filo di barba a coprire la mascella volitiva. Indossava una sorta di corona, un cerchietto di metallo in acciaio che sulla fronte ospitava una pietra blu.

L'uomo si avvicinò a Victoria tendendole una mano, lei lo fissò sul chi vive. Non lo riconobbe anche se aveva qualcosa di familiare, cosa di preciso non avrebbe saputo dire.

«So che mi vuoi fare molte domande ma non c'è tempo adesso, dobbiamo andare prima che i guardiani rossi intervengano. Devo portarti fuori da qui, e dobbiamo fare in fretta. Ti prego, fidati, non voglio farti del male.»

Victoria pensò che sembrava sincero, e che lei non aveva molto da perdere in quella situazione: stava attendendo che la mandassero a morte perciò ogni piano di fuga era il benvenuto.

Si alzò dalla panca e raggiunse Enki che annuì e la prese per mano. Victoria si sentì un po' intimidita di fianco a lui, svettava quasi di una testa su di lei, ma l'espressione sul volto dell'uomo la tranquillizzò un po'.

«Vieni, dobbiamo salire sul tetto», le disse.

Salirono le scale di corsa, Enki che la teneva saldamente facendo strada.

Finalmente, dopo un numero imprecisato di scalini, raggiunsero il tetto dell'edificio, uno spiazzo enorme e completamente pavimentato ma senza parapetto. Era notte e l'aria era un po' fredda, tutto attorno luci pallide illuminavano debolmente le sommità dei palazzi.

Enki la fece avvicinare al bordo del palazzo e lei pensò che l'avrebbe scaraventata di sotto. Invece si fermò a mezzo metro dal ciglio e cominciò a estrarre delle cinghie dalla tuta, la fece voltare di spalle e le passò le cinghie attorno al corpo assicurandola a sé stesso. Quando ebbe finito strinse le cinghie finché il corpo di Vee non fu in contatto con il suo, e le strinse le braccia. «Non ti spaventare, adesso dobbiamo scendere, planeremo il più lontano possibile e spero che arriveremo molto vicino al varco, ma comunque dovremo percorrere della strada a piedi. Sei pronta?»

"Pronta per cosa? Cazzo..." «Ma ci dobbiamo buttare?» chiese lei con tono spaventato.

«Sì, ma ti tengo, l'imbracatura ti terrà stretta a me, ok? Pronta?»

«No, ma non c'è scelta vero?»

Lui sorrise anche se la donna non poteva vederlo in volto. «No, non c'è scelta. Trattieni il respiro, al tre si va.»

E al tre Enki si dette una spinta verso il vuoto e, tenendo stretta Victoria, precipitò con lei verso il basso. Due secondi dopo una struttura rigida si sviluppò dalla tuta di Enki e una specie di piccolo deltaplano si aprì dalla schiena della tuta dell'uomo, da una delle parti in metallo.

Iniziarono la planata. Victoria si sentiva in balia delle correnti, un granello di polvere sbattuto dal vento. Ogni tanto Enki le dava una stretta per assicurarsi che fosse tutto a posto. L'uomo stava cercando di sfruttare le correnti ascensionali per arrivare il più lontano possibile anche se, nel buio in cui galleggiavano, era difficile capire quale direzione stessero tenendo, almeno per lei.

Un paio di volte sfiorarono palazzi e alberi ed Enki fu molto abile a deviare all'ultimo minuto. Dopo un tempo di planata che sembrò non finire mai, finalmente il terreno cominciò ad avvicinarsi.

«Victoria, prima di toccare terra la vela ci farà da paracadute, perciò dovremo correre al contatto con il suolo. Dovrò sganciare sia la vela che la tua imbracatura per evitare di finirti addosso, ok?»

«Va bene!» urlò lei di rimando.

«Ricordati, quando ti dico "corri" tu comincia a muoverti.»

«Ok!»

Il terreno si avvicinava sempre di più, Enki stava cercando di planare in una zona libera da palazzi e bosco. Il deltaplano cominciò a scendere a piombo, la piccola vela che aveva cambiato forma e che aveva preso l'assetto di un paracadute. Vee si sentiva abbastanza spaventata ma stava cercando di mantenersi lucida per seguire le istruzioni di Enki. Ad un certo punto l'uomo le urlò: «Ora, corri!» E Vee sentì l'imbracatura sganciarsi e il terreno duro sotto i piedi.

La donna corse per un po' cercando di tenere l'equilibrio, ma dopo pochi passi non riuscì più a tenersi in piedi e ruzzolò in avanti cercando comunque di rotolare via. Enki poco dopo le finì addosso e insieme percorsero gli ultimi metri prima di fermarsi.

«Stai bene?», le chiese l'uomo dopo che si furono fermati.

Victoria, ancora sotto shock, rispose di sì. «E tu?» chiese di rimando a lui, braccia e gambe ancora attorcigliate a quelle di lei.

«Penso bene, forse la caviglia destra si è storta.»

Vee cercò di districarsi e di dargli una mano ad alzarsi. «Ce la fai?»

«Sì.» Anche se Enki sembrava zoppicare un po'.

«Dobbiamo allontanarci in fretta, ci saranno addosso molto presto.»

«Dove siamo?» gli chiese lei.

«Abbastanza vicino al portale, pochi minuti e dovremmo esserci. Siamo atterrati al velodromo, dobbiamo uscire tenendoci verso sinistra, percorrere la riva del fiume per un chilometro e mezzo e poi entrare nella vecchia zona industriale e trovare l'edificio giusto. Sei pronta?»

Vee non aveva molto chiaro l'obiettivo ma sentiva di potersi fidare di Enki e lo seguì senza remore. Mentre correva, pensò a quello che l'uomo le aveva appena detto: aveva parlato di un portale quindi questa volta, in questo mondo, aveva finalmente trovato qualcuno che parlasse la stessa lingua. Victoria cercò di focalizzarsi su Enki, stava cercando di capire dove lo avesse già visto ma più ci pensava più il ricordo diventava sfuggente. Per il momento decise di lasciare da parte i ragionamenti e si concentrò sul percorso.

Uscirono dal velodromo e si diressero verso il fiume, poco più in là. La strada davanti si snodava lungo un viale alberato. Raggiunsero un primo ponte e lo superarono proseguendo dritti e poi ne raggiunsero un secondo, e qui Enki si fermò un momento. «Stanno per raggiungerci. Dobbiamo nasconderci finché non saranno passati. Vieni, entriamo in acqua.»

E si buttarono nell'acqua gelida e scura, lanciandosi dal ponte e nuotando fino alle volte per nascondersi. Quando arrivarono al sicuro si issarono sotto ad una delle volte ed Enki passò a Victoria una piccola sfera.

«Schiacciala con forza e gettala in acqua. I cloni ombra verranno liberati in varie direzioni e dovrebbero riuscire a depistare i guardiani. Se tutto va bene tra poco potremo rimetterci in marcia.»

Victoria eseguì, e dopo aver lanciato la sfera in acqua varie forme che assomigliavano sempre più ai due fuggiaschi si mossero nell'acqua e si spostarono in varie direzioni. Subito dopo si sentirono voci concitate correre lungo il ponte. I guardiani rossi stavano inseguendo i cloni. Vee tirò un sospiro di sollievo e guardò Enki. L'uomo sembrava sofferente, gli occhi chiusi e l'espressione tirata in volto.

«Stai bene Enki?» gli chiese.

«Mi fa male la caviglia ma niente di insopportabile», rispose lui.

Victoria gli strinse la mano. «Grazie per avermi tirato fuori da quel palazzo.»

«Non siamo ancora al sicuro, mi ringrazierai quando saremo dall'altra parte, nel mondo dal quale provengo.»

«Sono molto confusa, non riesco a capire cosa sta succedendo...»

«Lo so ma quando passeremo dall'altra parte ti spiegherò tutto. Questo mondo è pericoloso, gli abitanti sono xenofobi e non tollerano invasioni straniere, anche se fortuite; devo portarti al sicuro», le disse Enki. Sembrava molto sofferente mentre parlava.

«Ti fa molto male vero? Sei molto pallido.»

«Spero che la caviglia non sia rotta, qui non posso usare il dispositivo di guarigione, sarebbe come accendere un faro...»

Victoria si maledisse per essere capitata in questo posto: come diavolo ci era finita? E adesso, oltre a sé stessa, stava mettendo in pericolo anche Enki, un uomo che non conosceva ma che aveva messo a repentaglio la sua vita per portarla in salvo. Sembrava che lui sapesse molto su di lei e questo la lasciava ancora più perplessa. Enki sembrava una brava persona, aveva uno sguardo aperto e occhi sinceri.

L'uomo interruppe le sue elucubrazioni: potevano lasciare il nascondiglio, la via era libera. Victoria lo aiutò a rientrare in acqua e poi nuotarono fino alla riva e ad un canale di scolo, dal quale risalirono sulla strada. L'uomo era sofferente, la caviglia gli doleva parecchio.

«Vuoi appoggiarti? Così non puoi camminare», gli disse la donna.

Enki si appoggiò a lei e ripresero la via verso la loro meta, cercando di rimanere nascosti il più possibile, evitando i lampioni. Ci volle molto tempo per percorrere il chilometro che li separava dalla zona industriale, Enki era sempre più sofferente e faticava sempre più a mantenere il passo. Un paio di volte rischiarono di essere scoperti dai guardiani ma riuscirono a nascondersi nell'ombra e a far passare le guardie senza essere visti. Possibile che una civiltà avanzata come quella che abitava il pianeta non avesse altri sistemi per inseguire dei fuggiaschi? Niente di più tecnologicamente avanzato che cercarli a vista? Quando fossero arrivati al sicuro avrebbe chiesto a Enki.

Finalmente il fiume si addentrò in mezzo agli edifici in abbandono della vecchia zona produttiva della città, e l'uomo si diresse verso un edificio basso e molto decadente. Si avvicinarono all'ingresso, un portone sbilenco che chiudeva un'apertura piuttosto grande e nera. Enki fece saltare i lucchetti arrugginiti e a fatica i due fecero scorrere il portone quel tanto che bastava per passare. Dopo essere entrati nell'edificio richiusero alla bell'e meglio il portone ed Enki accese una torcia da polso. L'ambiente era piuttosto grande e polveroso, e nell'aria aleggiava un vago sentore di muffa. Enki si diresse al centro dello stanzone e si fermò davanti ad una pedana rettangolare, alta pochi centimetri e grande due metri per due.

«Cos'è?» chiese Victoria mentre l'uomo digitava freneticamente su un terminale che aveva estratto da una delle tasche della tuta.

«È una pedana che amplifica le frequenze di varco. L'ho trasportata qui poco prima di arrivare», rispose lui mentre continuava a inserire istruzioni sul terminale.

«Non si poteva trasportare nel palazzo dal quale siamo fuggiti?» chiese lei immaginando già che la domanda avrebbe avuto una risposta molto banale.

«C'è un campo di smorzamento molto forte attorno al palazzo. Ho avuto molta difficoltà ad interrompere il campo abbastanza a lungo per potermi trasportare. Un oggetto così grande non sarebbe potuto passare.»

Victoria annuì e attese che Enki finisse quello che stava facendo.

Dopo un paio di minuti l'uomo finalmente annuì. «Bene, ci siamo. Tra un attimo attiverò il segnale e quando ti darò il via dovrai salire sulla pedana e attraversare la luce. Non tardare, il varco rimarrà aperto solo per un attimo. Sbucherai sul mio mondo e io sarò dall'altra parte ad aspettarti.»

Victoria lo fissò un po' spaventata. «Non passerai da qui?»

Enki scosse il capo. «No, per me è più semplice utilizzare le porte convenzionali che per te però non funzionano. Adesso attiverò il varco e quando ti darò il via dovrai passare, ok?»

Lei annuì e si preparò a salire. L'uomo eseguì alcune operazioni sul terminale e una luce accecante si sprigionò sopra alla pedana. Enki dette il segnale. Victoria salì il gradino e poi superò il varco entrando in quella luce bianca, sperando con tutto il cuore che il passaggio funzionasse e la portasse via da lì. Enki attese che il varco si richiudesse dietro a Victoria, poi trasportò via la pedana ed attivò l'applicazione di salto sul suo comunicatore, diretto finalmente verso casa.

Erinor

Victoria si sentì tirare in tutte le direzioni, quando entrò nella luce del varco, ed ebbe la sensazione di poter occupare più posizioni nello spazio, di essere in migliaia di posti diversi e in nessuno allo stesso tempo. Quando appoggiò il piede dall'altra parte si ritrovò in un mondo molto diverso da quello dal quale arrivava. Era giorno fatto, faceva molto più caldo, la luce era ambrata e un vento profumato spazzava la pianura sulla quale era comparsa. Non c'era nulla tutto intorno, solo un cerchio di megaliti grigio scuro che spuntava in mezzo all'erba e che contornava una pedana molto simile a quella presente nel magazzino abbandonato su Xenyum e sulla quale Enki l'aveva fatta salire per lasciare il pianeta. Questa aveva forma rotonda ed era molto più grande: che fosse un punto di attracco? Più in là, in lontananza e in mezzo alla foschia, si intravvedeva un agglomerato di torri in acciaio, probabilmente una città.

Dopo che si fu abituata alla luce, Victoria si guardò intorno in cerca di Enki: l'uomo era lì con lei, a fianco di una delle pietre del cerchio.

«Ben arrivata», le disse. Non sembrava più sofferente, il viso finalmente rilassato.

«Stai bene?» gli chiese lei.

«Sì, la caviglia era rotta ma adesso è di nuovo a posto», le disse scuotendo il terminale con cui aveva aperto il varco.

«Interessante quel dispositivo», disse lei.

Lui annuì: «Sì, non sai quanto.» «Stai bene? Com'è stato il viaggio?» le chiese poi.

Victoria ci pensò su un momento, prima di rispondere; si sentiva piuttosto frastornata. «Mi sento un po' sottosopra, come essere finita in una centrifuga e poi rilasciata a tutta velocità; non so definirla, ma è una sensazione strana.» Non aveva avuto ancora il coraggio di muoversi, non si sentiva molto stabile sulle gambe.

«Meglio se ti siedi un minuto per riprenderti dal viaggio», le disse lui.

Lei invece mosse un passo ma le gambe cedettero e si ritrovò seduta per terra con la testa che girava senza volersi fermare.

Enki si sedette di fianco a lei. «Rimani seduta per un po', un viaggio come quello che hai appena affrontato non è una passeggiata.»

Lei annuì e alla fine si stese, il senso di vertigine che stava peggiorando.

Enki accese il dispositivo e lo utilizzò come scanner su di lei. «Porta pazienza ancora qualche minuto, poi la situazione si dovrebbe normalizzare.»

Lei sospirò, il volto cereo.

«Dove siamo?» gli chiese poi.

«Siamo sul mio pianeta, Erinor.»

Lei chiuse gli occhi, la vertigine stava arrivando al punto critico, un altro po' e avrebbe dato di stomaco. Enki si incupì, le letture erano estremamente erratiche, come se la struttura della donna avesse difficoltà a mettersi a fuoco. Lui le poggiò una mano su un braccio e attese, gli occhi incollati allo scanner.

Dopo un po' Victoria cominciò a riprendere colore ed Enki interruppe il contatto.

«Meglio?» le chiese.

«Sì, adesso gira meno, grazie.»

Lui sembrò sollevato. Non aveva mai provato la procedura di salto a cui aveva sottoposto la Terrestre su nessun altro, soprattutto perché la fisiologia di lei aveva delle particolarità che al momento la rendevano unica, e finché la donna non era ricomparsa su Erinor non aveva avuto la certezza che il salto sarebbe andato a buon fine.

Victoria finalmente riaprì gli occhi e lo guardò.

«Come mi hai trovato? Nell'altro mondo, dico.»

Enki fissò l'orizzonte. «Ti stavo tenendo d'occhio da un po', non capita spesso di intercettare dei saltatori naturali, cioè esseri che riescono a saltare naturalmente da un mondo all'altro. È capitato in passato di trovarne molti che provenissero dal tuo pianeta, ma era da un po' che non succedeva più. Ho seguito le tue incursioni degli ultimi cicli e poi qualcosa è cambiato, la tua capacità di salto si è evoluta in fretta e l'allarme è scattato quando sei comparsa nel Limbo. Tutti i mondi che hai visitato sono in una zona intermedia che noi chiamiamo Limbo, reali quanto basta per intrappolarti ma non sufficientemente strutturati per rappresentare una realtà complessa, è come se fossero frammenti di mondi che una volta erano realmente esistiti. Ho provato a tracciarti ma non sono riuscito a tirarti fuori. Poi, di punto in bianco, sei riuscita ad uscire dal Limbo e sei comparsa su Xenyum, il mondo dal quale ti ho portata via. Lì sono xenofobi e hanno messo in atto tutta una serie di misure protettive e preventive per evitare intrusioni aliene. Non so come tu abbia fatto, ma hai superato tutte le barriere. Il trattamento per chi viola la protezione è la disintegrazione, la procedura nella camera stagna a cui sei stata sottoposta. Ma su di te non ha funzionato.»

Victoria stava fissando Enki con gli occhi sbarrati. Stava capendo molto poco delle cose che lui le stava spiegando e quello che le stava dicendo apriva più interrogativi di quanti ne chiudesse.

«Pensavo fossero solo sogni...» disse lei.

«Sì, i sogni sono la porta principale per quelli come voi che saltano naturalmente, ma mentre nel sogno l'incursione è solo provvisoria e alla fine dello stesso il saltatore rientra nella propria realtà di provenienza, tu sei riuscita ad attraversare la porta in modo definitivo e il rientro nella tua realtà sarà un po' più complicato.»

Vee si spaventò. «Non voglio tornare.»

Enki divenne serio. «Lo immaginavo, ma discuteremo di questo in un altro momento, quando ti sarai ripresa e avrai digerito un po' di cose, d'accordo?»

Lei annuì con l'espressione del volto ancora tirata. «Chi sei, Enki? Hai detto che mi stavi tenendo sotto controllo.»

«Faccio parte di un corpo speciale che ha la sua base su questo pianeta. Siamo una sorta di guardiani, controlliamo le interferenze tra i mondi e le dimensioni, e cerchiamo di mantenere l'equilibrio.»

«Per questo mi hai intercettato?»

Lui annuì. «Sì, ti sto seguendo da un po' di tempo in realtà, dalla tua prima incursione. Ero curioso di incontrarti di persona.»

La donna rimase silenziosa per un po'. «Come mai la procedura non ha funzionato su di me? Quella di disintegrazione intendo.»

Enki tornò pensieroso e si passò una mano sul mento. «Non è ancora chiaro, ma credo che abbia a che fare con la tua struttura molecolare. Solitamente, quando la procedura viene messa in atto, noi recuperiamo i viaggiatori che vi vengono sottoposti portandoli qui e poi destinandoli ad altre zone alternative, ma con te non hanno funzionato né la disintegrazione né il recupero. Ci vorrà un po' di tempo per analizzare tutti i dati ma credo che il fulcro del problema sia proprio nella tua struttura a livello cellulare.»

«È per questo che sei venuto di persona?» Victoria cominciava un po' a capire le logiche.

Lui la guardò e annuì. «Sì.»

«L'avevi mai fatto prima? Il recupero sul posto», gli chiese lei.

«No.»

Lei sgranò gli occhi. «Ti sei messo in pericolo...»

Lui scosse la testa in segno di diniego. «È stata una mia scelta, mi sono offerto volontario e poi era l'unico modo per tirarti fuori da lì. Senza contare che dalla tua analisi molecolare riusciremo a raccogliere molti dati che forse ci aiuteranno a rispondere ad alcuni degli interrogativi ancora aperti nelle analisi strutturali.»

Lei lo guardò atterrita. «Procedure mediche? Non credo di poterle affrontare.»

Lui sorrise. «Tranquilla, niente di doloroso, so che sul vostro pianeta è molto ricorrente l'ansia da rapimento da parte di alieni a scopi medici, ma l'analisi molecolare non è né invasiva né dolorosa, solo una passata in uno scanner. In un secondo momento poi vengono analizzati i dati raccolti. Quindi, come vedi, è una procedura totalmente indolore.»

Lei sembrò sollevata e annuì.

Visto che il colorito era tornato sul volto della donna Enki ripeté nuovamente la scansione con il dispositivo e, dopo aver verificato i dati, annuì.

«I valori si sono stabilizzati, dovresti poterti alzare adesso.»

Victoria in effetti si sentiva molto meglio. Si mise a sedere e, con gran sollievo, constatò che la testa non girava più. Enki si alzò e le tese una mano per aiutarla ad alzarsi. Lei si tirò su e aspettò un po' a muoversi ma sembrava che i capogiri fossero passati del tutto. Respirò a fondo e fissò Enki annuendo.

«Bene, abbiamo un trasporto che ci aspetta per portarci in città, alla Torre», disse lui indicando l'agglomerato urbano, «vieni.» E fece strada scendendo dalla pedana e uscendo dal cerchio di pietre. Poco più in là, a una trentina di metri, era appoggiata al terreno una sfera completamente bianca. Victoria si chiese se fosse quello il mezzo di trasporto designato visto che Enki si stava muovendo in quella direzione. Erano quasi arrivati quando, agendo sul comunicatore, l'uomo attivò un comando a distanza che aprì un pannello laterale del velivolo che diede accesso all'interno.

Avvicinandosi alla sfera, Victoria osservò che il mezzo non era appoggiato a terra ma fluttuava sospeso a una decina di centimetri dal suolo. La donna osservò Enki con sguardo interrogativo. «Geomagnetismo. Sfruttiamo la griglia di linee magnetiche del pianeta per far volare questi piccoli velivoli», rispose lui alla domanda inespressa.

L'uomo salì a bordo e fece passare la donna indicandole uno dei due sedili fissati al mezzo. La sfera era piuttosto piccola, non più due metri di diametro, Enki quasi sfiorava il soffitto del trasporto. Non c'era molto spazio per muoversi e Victoria si sedette sul sedile chiedendosi come avrebbero fatto a vedere dove stavano andando una volta in movimento, visto che la struttura del velivolo non aveva oblò ed era completamente opaca. Enki si sedette sul secondo sedile e, dopo aver digitato qualcosa sul suo comunicatore, il pannello di ingresso si chiuse e la parte superiore della sfera divenne trasparente. Subito dopo il velivolo si alzò in volo a qualche metro da terra e si diresse verso la città.

Victoria non aveva ancora aperto bocca da quando era salita a bordo. Si chiese se tutto quello che stava sperimentando fosse reale o semplicemente un sogno molto vivido. Possibile che si trovasse su un pianeta diverso dalla Terra, che fosse stata salvata da una fine orribile su un mondo xenofobo e che stesse volando su qualcosa di più simile ad una navicella spaziale che ad un mezzo di trasporto? E perché l'uomo che aveva di fianco le sembrava così familiare? Dove l'aveva già visto? In quel momento Victoria non riusciva a mettere a fuoco il suo volto: ogni volta che cercava di catturare l'immagine esatta, la mente la spediva da qualche altra parte.

Inutile accanirsi, si disse, e decise che sarebbe tornata sulla questione in seguito. Per il momento voleva godersi il viaggio.

Dopo qualche minuto, il mezzo raggiunse le propaggini della città che, in quella zona, si sviluppava con un'architettura bassa. La prateria verde e rigogliosa cedeva il passo a edifici in pietra chiara e vetro, intervallati da giardini con siepi e alberi bassi molto ben curati. Le strade erano dritte e lastricate di bianco e la città sembrava essere stata costruita su una griglia geometrica: forse anche l'architettura rispecchiava la griglia geomagnetica del pianeta.

Ad intervalli regolari altri edifici un po' più alti spuntavano qua e là, quasi montati su strutture più alte e raggiungibili da un intrico di scale. Victoria si chiese a che uso fossero destinati. L'effetto nell'insieme era piuttosto curioso. Verso il centro della città invece si concentravano palazzi alti e torri di vetro e acciaio, anche se la cura per le zone verdi sembrava costante. C'era anche un po' di traffico aereo in giro: altre sfere come la loro che come mosche volavano su percorsi obbligati dalle periferie verso i palazzi più alti.

Victoria guardò in basso: forse erano troppo in alto, la sfera si era alzata di qualche metro, ma non si vedeva nessun passante a piedi in giro per la città. Che stranezza, si disse. Tra l'altro, osservando con attenzione le strade lastricate notò che sembravano più viottoli che strade vere e proprie, file di pietre bianche immerse nel verde. Di fatto però, se non c'era traffico di mezzi di trasporto a terra, le strade come erano concepite sulla Terra qui non servivano. Ma allora, perché non c'erano almeno passanti in giro? Niente persone intente a fare la spesa o portare i bambini al parco visto che le zone verdi non mancavano, o semplicemente cittadini a passeggio, per godersi il bel sole di quella giornata limpida.

«Tutto bene?» le chiese l'uomo dopo un po'. Lei annuì ma non proferì parola.

«Siamo su un trasporto automatico che ci porterà al quartier generale. Questi mezzi sono attivi all'interno del perimetro della città e sono trasporti a corto raggio. Noi agenti li usiamo raramente ma chi, diversamente da noi, non ha accesso ai varchi può utilizzare questo sistema per spostarsi.»

Victoria non sapeva come rispondere. Chissà se sulla Terra, prima o poi, sarebbero riusciti a raggiungere questo livello di tecnologia.

«Ti invidio molto. Guardi la tecnologia con occhi nuovi rispetto a noi che ci viviamo dentro da sempre», aggiunse lui con un'espressione molto gentile.

«Mi stavo chiedendo infatti quando sul mio pianeta saremo in grado di avanzare così tanto dal punto di vista tecnologico», disse lei con un velo di tristezza nel tono della voce.

«Non ti piace il pianeta dal quale provieni?» le chiese lui.

Lo sguardo di Vee si perse nel vuoto. «Mi piace molto invece; mi piacciono la natura, i paesaggi, anche le grandi città. Quello che non mi piace è la mancanza di libertà, le strutture sociali a volte sono veramente oppressive. Tutto viene controllato ossessivamente, c'è una falsa percezione di libertà e non c'è modo di uscire dal percorso obbligato che viene prestabilito. Non c'è possibilità di espandersi, di ricercare il nuovo, di investire nel futuro, perché tutto viene controllato da poteri forti che in base al loro tornaconto decidono quali tecnologie possono progredire e quali invece devono essere lasciate indietro. Non mi piace più vivere in un mondo così, mi sento oppressa, svuotata, imprigionata mentalmente.»

Enki annuì. «Ci sono pianeti messi molto peggio di quello dal quale provieni, ma naturalmente ognuno vede quello che ha sotto gli occhi e posso capire che tu ti senta oppressa. È dall'oppressione che deriva la spinta a liberarsi e penso che la tua capacità di salto si sia sviluppata proprio in risposta al disagio per la situazione che stavi vivendo.»

Victoria annuì. Enki probabilmente aveva ragione, la ricerca di libertà poteva aver generato la spinta a uscire dal loop in cui si sentiva imprigionata. Ma adesso cosa l'aspettava? Su questo mondo alieno e sconosciuto avrebbe trovato delle risposte per dare un senso alla sua vita? Più che altro si chiese quanto tempo le avrebbero concesso per rimanere su questo pianeta prima di essere rimpatriata, come un passeggero indesiderato di cui liberarsi quanto prima.

Forse però stava correndo troppo. Inutile fasciarsi la testa prima del tempo. Arrivati a destinazione avrebbe raccolto qualche informazione in più sul destino che l'attendeva.

La sfera viaggiò su un percorso obbligato e volò sopra alle periferie per poi puntare verso il cuore della città: quell'agglomerato di palazzi alti a guglie appuntite, tutti in acciaio e vetro; un unico stile costruttivo che ricordava un po' il gotico della zona europea del pianeta di Victoria, ma in questo caso l'aspetto generale dava la sensazione di un'architettura che si sviluppasse verso l'alto nel tentativo di inglobare il cielo nelle sue forme.

Il trasporto puntò verso l'edificio più alto, denominato la Torre, e, arrivato a destinazione, si fermò su un terrazzo a qualche piano sopra l'ingresso dell'edificio. Quando si furono fermati completamente Enki attivò il pannello di apertura che scivolò di lato ed entrambi i passeggeri scesero sul terrazzo. La donna venne investita da un vento caldo e profumato. Enki la guardò. «Stiamo per entrare nel quartier generale, la Torre. Ti lascerò al tuo alloggio e poi dovrò recarmi a fare rapporto. Ti raggiungerò più tardi.»

«Non devo venire con te?» chiese lei, stupita.

Lui scosse il capo. «Non oggi, ci sarà tempo domani per la scansione. Ho già raccolto molte informazioni e dovremo elaborare quelle per il momento.»

«Spero di non aver combinato troppi guai.»

«Be', se anche fosse adesso ti teniamo sotto controllo: non potrai più saltare per un po'.»

«Non che mi dispiaccia; piuttosto che ritrovarmi in qualche posto dove vogliono vaporizzarmi, meglio rimanere qui.»

Enki le fece segno di seguirlo e si diresse verso l'ingresso dell'edificio.

L'interno era molto luminoso, l'architettura a guglie che dava un senso di respiro a tutto l'insieme. C'era molto legno ovunque, che si mescolava al vetro, creando un effetto caldo-freddo molto gradevole. Imboccarono molti corridoi un po' anonimi e poi arrivarono ad una sala centrale piuttosto grande

dove, nel mezzo, erano situati degli ascensori a vista con le
pareti in vetro. Enki si diresse verso uno di questi e le porte si
aprirono subito. Entrarono nella cabina e il trasporto si mosse
verso l'alto. Victoria di nuovo si stava guardando attorno con
occhi sgranati e un'espressione stupita in volto, Enki che la
osservava di sottecchi.

Finalmente l'ascensore giunse al piano selezionato e le porte
si aprirono, questa volta su un corridoio lungo, sul cui lato sinistro
si affacciavano molte porte in legno chiaro. Sembrava quasi un
corridoio d'albergo. Enki fece strada e percorsero la corsia fino
in fondo, poi svoltarono a destra e di nuovo si diressero verso la
fine dell'androne. L'uomo si fermò di fronte alla penultima porta
e azionò dei comandi sul suo comunicatore. Poi chiese a Victoria
di appoggiare la mano su un pannello comando posizionato al
centro della porta, la quale si aprì dopo il contatto con la mano
della donna.

«Benvenuta», le disse Enki facendo strada all'interno
dell'alloggio. Era molto luminoso e spazioso, con l'arredamento
molto minimale. L'ingresso si apriva su un soggiorno ampio
con pavimenti di un materiale simile a moquette tinta sabbia,
un divano chiaro, un paio di poltrone e lampade da terra di
design. Sulla sinistra un'ampia porta scorrevole dava su una
zona pranzo, mentre a destra della zona giorno si apriva un'altra
porta scorrevole che si affacciava sulla zona notte, dove c'erano
una camera spaziosa e un bagno. Strano vedere un alloggio e un
arredamento così normali in un mondo all'avanguardia come
questo. Evidentemente i bisogni degli Erinoriani rimanevano
gli stessi dei Terrestri. Victoria era ammutolita: "che sia tutto
vero questa volta?" Si chiese.

«Riposati un po' adesso, io tornerò tra un paio d'ore. Per
sicurezza è meglio se rimani nell'alloggio. Tra un po' il sole

scenderà e qui le notti sono molto fredde. La temperatura nell'appartamento si adatterà di conseguenza. Quando tornerò ti spiegherò un altro po' di cose, ok?»

Lei annuì ma si sentiva estremamente intimidita.

«Se hai bisogno di qualcosa chiamami», le disse consegnandole una specie di telefono cellulare del tutto simile al comunicatore che utilizzava lui. Le insegnò come accenderlo e come attivare le funzioni di chiamata.

«Non preoccuparti, al momento sono attive solo le funzioni di chiamata perciò non ci sono rischi.»

Vee sorrise timidamente e prima che lui uscisse dall'alloggio gli chiese: «Devo considerarmi in detenzione?»

Enki corrucciò la fronte. «No, perché questa domanda?»

«Sono sempre un'aliena in un mondo che non è il mio. Avreste potuto mettermi in cella.»

Enki scosse il capo. «I saltatori di altri mondi sono considerati ospiti, a meno che le azioni che li hanno portati a saltare non siano di natura dolosa», le spiegò brevemente. Poi le strinse un braccio e si avviò verso l'ingresso. Prima di uscire la rassicurò dicendo che sarebbe tornato presto, e aggiunse: «In ogni caso tutti gli ospiti sono tracciati negli alloggi che occupano, per motivi di sicurezza e per bloccare i salti non desiderati.»

Il Consiglio

*E*nki lasciò l'alloggio e chiuse la porta. Non aveva detto a Victoria tutta la verità: non era prigioniera ma nemmeno libera di andare in giro da sola. Poteva uscire dall'alloggio tuttavia, senza codici di accesso, non avrebbe potuto sbloccare le porte e gli ascensori per poter lasciare la Torre.

Enki non era d'accordo con le misure restrittive che erano state messe in atto, ma capiva che la natura della fisiologia di Victoria non era del tutto chiara, e finché non si fosse escluso del tutto un possibile contagio, la donna doveva entrare in contatto con meno Erinoriani possibile durante la sua permanenza sul pianeta. Enki sarebbe stato il test pilota: le sue letture molecolari sarebbero state registrate e controllate spesso per escludere ogni pericolo.

L'uomo rientrò nel suo alloggio temporaneo: gli era stato assegnato l'ultimo del corridoio, di fianco a quello della donna. L'agente aveva la responsabilità del saltatore e doveva poter intervenire in qualsiasi momento e in caso di emergenza.

Entrò nel soggiorno e si diresse verso la camera da letto: doveva togliere l'ingombrante tuta dei corpi d'assalto e rientrare nella divisa d'ordinanza. Dopo una doccia e un cambio veloce Enki si diresse all'incontro che lo attendeva. Percorse i corridoi con calma ripensando a Victoria. Si era offerto volontario per andare a salvarla su Xenyum quando le guardie d'assalto avevano rifiutato l'incarico.

«La pratica è stata secretata, la Guardia d'assalto è stata lasciata fuori: perché dovremmo intervenire? Non sappiamo nemmeno di cosa stiamo parlando.»

Questa era stata la risposta ufficiale della Guardia d'assalto dopo che Zorda, il responsabile di Enki nonché membro del Consiglio, aveva inviato una richiesta formale di intervento al corpo speciale. Il saltatore era comparso su Xenyum: si doveva agire in fretta. Ma la Guardia d'assalto aveva negato il proprio coinvolgimento. A nulla era valso sottoporre la pratica al Consiglio: l'intervento poteva essere eseguito da un agente operativo standard poiché non si trattava di una crisi generale che coinvolgesse più di un saltatore.

Enki se l'aspettava e, mentre Zorda era impegnato nelle contrattazioni politiche, l'agente aveva già predisposto un piano di emergenza. Il rifiuto delle guardie d'assalto però aveva reso più pungente una situazione già precaria: c'era infatti molta ruggine tra Enki e Mardon, uno dei team leader della Guardia d'assalto. Il dissapore risaliva a molto tempo prima, anche se, in realtà, i due non si erano mai piaciuti, sin dai tempi dell'Accademia su Geonosees.

Mardon era stato uno studente modello, voleva sempre eccellere dimostrando di essere tra i migliori allievi dell'istituto, passando molto tempo sui libri e mantenendo degli standard molto alti per sé stesso. Enki, al contrario, che non era interessato alla popolarità, era molto più focalizzato ad arrivare al risultato, utilizzando spesso soluzioni alternative ai problemi che gli venivano posti e pensando fuori dagli schemi. Nonostante cercasse di mantenere il suo operato nell'anonimato, le sue attività gli erano valse elogi e lodi e, fuori dal percorso di studi, lo avevano portato a sviluppare applicazioni estremamente avanzate. Enki aveva superato tutti gli esami senza alcuna difficoltà, molte cose che aveva studiato nel suo percorso all'Accademia erano state molto semplici da assimilare, quasi noiose.

A studi completati i suoi istruttori lo avevano indirizzato verso la ricerca pura: era molto dotato nello sviluppo e avrebbe avuto vita facile e molte risorse a disposizione. La sua famiglia, residente a Geonosees, era molto propensa ad una carriera di questo tipo per il figlio: sua madre infatti lavorava nello stesso settore che era stato proposto ad Enki mentre il padre era un genetista di grande fama. Entrambi i genitori nutrivano quindi molte aspettative per la carriera del ragazzo. Enki però, in qualche modo, aveva deluso tutti, decidendo di entrare nella Guardia.

La famiglia lo aveva osteggiato con veemenza nella fase decisionale: la Guardia non era posto per persone con le sue capacità mentali, "era un ripiego per poco dotati e per inimpiegabili negli altri settori più prestigiosi", per citare la madre. Ma ormai Enki aveva preso la sua decisione in autonomia: era alla ricerca di qualcosa, voleva cambiare la sua vita, voleva sganciarsi dai passaggi obbligati imposti dalla famiglia, voleva esplorare, capire, vedere e sperimentare.

Così, anni prima, aveva lasciato Geonosees ed era stato trasferito a Geodees, al quartier generale della Guardia, ed era entrato nel team di Zorda, il suo supervisore.

L'iter per diventare agenti operativi prevedeva un minimo di cinque anni di impiego come analista, compito che implicava la scansione e l'analisi del Dominio alla ricerca di possibili anomalie e intercettazione di saltatori, associato ad un addestramento specifico. Trascorsi i cinque anni, i candidati potevano essere promossi al rango di agenti operativi, guardie che potevano fare incursioni nei mondi del Dominio per indagare sulle tracce rilevate dagli analisti o normalizzare situazioni critiche, dopo una lunga serie di esami e test molto impegnativi.

Oltre agli agenti operativi esisteva anche il corpo delle Guardie d'assalto, agenti che intervenivano in casi di violazioni gravi dei protocolli di sicurezza, per arginare migrazioni di massa o per fronteggiare qualsiasi pericolo a cui il Dominio venisse sottoposto. Erano agenti pronti a tutto, che si sottoponevano ad allenamenti estenuanti, sia dal punto di vista fisico che mentale. Rappresentavano la linea di confine.

Enki aveva lavorato per un anno come analista di primo livello e poi, visti gli eccellenti risultati, era stato promosso ad analista di secondo livello. Ma anche in questo caso il lavoro gli risultava stretto e, dopo meno di un anno, aveva chiesto di abbreviare i tempi dell'addestramento e di essere preso in considerazione per diventare un agente operativo. Ci volle qualche mese per ottenere il nulla osta; non era mai successo, se non in casi molto rari, che gli analisti potessero cambiare ruolo dopo così poco tempo. Quando arrivò la notizia, Mardon, che aveva optato per lo stesso tipo di carriera nella Guardia ma era stato inserito in un altro team di analisti, cominciò a fare pubblicità negativa nei confronti di Enki, l'invidia che bruciava nel profondo. Andava a dire in giro che era stato promosso grazie all'intervento dei genitori, che non volevano che la vita del figlio venisse sprecata più del necessario a fare un lavoro del tutto inappropriato.

Zorda, però, aveva intercettato le voci di corridoio che si stavano presto trasformando in calunnie e aveva intimato a Delian, il team leader responsabile di Mardon, di far cessare immediatamente le ostilità, pena la scomunica dalla Guardia.

Il caso fu chiuso ma il livore da parte di Mardon, rimase a covare nel profondo.

Enki intraprese l'addestramento per diventare operativo: ci volle poco più di un anno per poter diventare un effettivo ma, a cose fatte, l'uomo ne fu molto soddisfatto: da quel momento poteva avere un po' più di libertà d'azione e, soprattutto, poteva iniziare a mettere piede sui mondi esterni.

Nei primi anni di operato Enki fu molto attivo nell'esplorazione, ma anche nel raffinare le procedure di recupero dei viaggiatori. I suoi portali erano i più stabili e le sue missioni si concludevano sempre positivamente. Zorda pensava che l'uomo fosse sprecato come semplice agente operativo; Enki aveva tutte le caratteristiche per fare carriera, per diventare un team leader e, in un secondo momento, poter aspirare ad entrare nel Consiglio. Enki e Zorda ne parlarono spesso nel corso degli anni; tuttavia, Enki non si sentiva pronto ad affrontare un percorso simile. In realtà, vedeva sé stesso più come un agente solitario che un coordinatore del lavoro di gruppo e, a corollario di tutto, nel corso degli anni aveva maturato una certa sfiducia nel lavoro del Consiglio. In un passato piuttosto recente si erano verificati episodi di viaggiatori gestiti molto male e altre decisioni riguardo a procedure operative prese senza una motivazione specifica. Alla luce di quei fatti, l'idea di entrare nell'organo di governo della Guardia non lo allettava per niente. Enki si sentiva in attesa, c'era qualcosa che stava per arrivare e sentiva che doveva lasciare spazio libero per poterla ricevere. Era una sensazione che aveva sempre avuto, da quando ne aveva memoria.

I mesi passavano ed Enki cominciava a sentirsi nuovamente insofferente, il lavoro era più o meno sempre lo stesso e l'agente si sentiva bloccato in un loop. Possibile che il lavoro fosse tutto lì? Che non ci fosse un'evoluzione?

Poi, una notte di qualche anno prima, un analista di secondo livello lo aveva contattato per un possibile caso. Enki era di turno quella notte e nei dati che gli aveva passato l'analista c'era qualcosa che non tornava. Si trattava indubbiamente di un saltatore ancora inesperto, un viaggiatore inconsapevole, ma le strutture erano tanto particolari che Enki non aveva mai visto nulla di così strano. Probabilmente un caso simile avrebbe dovuto essere assegnato ad un operativo di più lungo corso, se non, addirittura, ad un agente d'assalto. Ma quelle letture erano troppo interessanti, non avrebbe permesso a nessuno di interferire. Si assegnò il caso e cominciò a lavorarci alacremente. Qualche giorno più tardi presentò una relazione a Zorda e, nonostante la Guardia d'assalto stesse facendo pressione per ottenere l'accesso ai documenti, Zorda decise di lasciare la pratica ad Enki e ottenne il nulla osta dal Consiglio, secretando la pratica.

Il caso era quello di Victoria. La donna aveva iniziato il suo percorso di viaggio tra i sogni. Non era ancora scattato un allarme relativamente ai suoi spostamenti, Vee rientrava sempre nella sua realtà dopo ogni salto, ma doveva essere tenuta sotto stretta osservazione. Enki iniziò a lavorare a tempo pieno sul caso e a prepararsi a quello che sarebbe venuto dopo.

Con calma Enki giunse ad uno dei blocchi degli ascensori perimetrali. Salì fino all'ultimo piano dove era situata la sala del Consiglio, percorse il breve corridoio e arrivò nei pressi dell'auditorium. Le pesanti porte intagliate di legno chiaro erano aperte, e sembrava esserci parecchio fermento all'interno della stanza.

Zorda lo stava aspettando fuori dalle porte.

«Allora, come sta la saltatrice?» gli chiese l'uomo. Era alto, dinoccolato, capelli castani e occhi grigi, un viso comune ma sguardo acuto. Indossava la divisa del Consiglio di cui era membro, identica a quella di Enki ma di colore beige.

«Lei sta bene, è un po' confusa, il salto è stato difficoltoso, non ero certo che andasse a buon fine.»

«Il salto o il rientro?» si informò Zorda.

«Il rientro: la struttura non si metteva a fuoco. Ci sono voluti alcuni minuti per riallinearsi.»

«Il portale deve essere riadattato, la prossima volta potremmo perdere il saltatore nel trasferimento.»

Enki annuì pensieroso. «Sì, speriamo che la scansione possa rivelare qualche dato in più.»

Zorda sembrava titubante. «Non sono certo che permetteranno di procedere», disse fissando la sala del Consiglio.

Enki aggrottò la fronte. «Perché non dovrebbero? Un caso di questo tipo potrebbe aprire le porte ad un salto tecnologico incredibile.»

«Sono preoccupati che possa scatenarsi un contagio.»

Enki scrollò le spalle. «Non è possibile, l'abbiamo escluso a priori, le letture sono chiare: i Terrestri hanno una struttura molto simile alla nostra, non è mai successo che un Erinoriano fosse contagiato da un Terrestre.»

Zorda arricciò le labbra. «In realtà non sono preoccupati dal contagio in sé ma da una possibile influenza tra le due strutture, si potrebbe generare una nuova struttura non controllabile.»

«Sempre la stessa storia», disse Enki sbuffando. «Le mie letture sono stabili, non ci sono state fluttuazioni.»

«Il cambiamento potrebbe richiedere giorni. È già positivo che la tua struttura sia stabile, la nostra fisiologia è pur sempre una delle più dominanti nell'intero universo ma non si può dire. Victoria non è propriamente una terrestre standard. Dobbiamo tenere la situazione sotto controllo.»

«Chi è contrario alla scansione, nel Consiglio?», chiese Enki.

«I soliti ignoti», replicò Zorda con un mezzo sorriso.

«Delian, Karko, Danudi, Sentan», scandì Enki.

«Delian, stranamente, non si è opposto. È Loryanne che non sembra convinta.», aggiunse Zorda.

Enki aggrottò la fronte. Era abbastanza strano che Delian non fosse contrario: di norma era un estremista e si scagliava a priori contro tutti i comportamenti fuori norma. Che ci fosse dell'altro sotto? In ogni caso dovevano procedere un passo alla volta.

«Che Delian non sia contrario è un ossimoro. Tuttavia, anche se sono in cinque contro la scansione, dovremmo comunque avere la maggioranza.»

Zorda sembrava titubante. «Non lo so, c'è un'aria che non mi piace, potrebbe esserci sotto dell'altro, alleanze occulte.»

Enki si sentiva sempre più contrariato.

Zorda interruppe il flusso di rabbia che stava montando: «Come vuoi procedere? Manteniamo la stessa linea che avevamo concordato?»

Enki respirò a fondo per ricacciare indietro il disappunto. «Sì, credo che sia la soluzione migliore. Victoria non può essere rimandata sulla Terra senza un adeguato addestramento per controllare il salto. Ha fatto troppe incursioni incontrollate da quando è partita. Nessuno finiva più su Xenyum da decenni: se la rispediamo a casa così riprenderà a saltare durante la prima notte di sonno.»

Zorda annuì. «D'accordo, ma sii pronto a controbattere a qualsiasi critica. Potrebbero decidere di mettere Victoria in detenzione anziché addestrarla.»

Enki sgranò gli occhi. «Non possono, è contro le regole della Guardia, abbiamo giurato di non arrecare danno ai viaggiatori, nemmeno ai più incontrollabili.»

«Lo so, ma, come ti ho già detto, c'è qualcosa che non mi torna. Sii deciso, presenta dati certi e scarta tutto quello che non è logico. Dobbiamo fare leva sul buon senso, d'accordo?»

Enki annuì. Il senso di frustrazione stava pungendo ma doveva mantenere la calma a tutti i costi. Doveva riuscire a portare il Consiglio dalla sua parte.

Una delle guardie d'assalto, in divisa grigio scuro, uscì dalla sala. «Stiamo iniziando, potete prendere posto», disse ai due uomini in attesa.

Zorda ed Enki si scambiarono una lunga occhiata d'intesa e poi entrarono.

L'auditorium era grande, di forma rotonda. Sulla sinistra erano allineati in semicerchio gli scranni dei tredici consiglieri, mentre, a fronteggiare il Consiglio, molte file di sedie che riempivano la sala e un banco dei postulanti, tra consulta e platea.

La sala era completamente affrescata: immagini del passato degli Erinoriani fissavano i presenti dalle pareti, a rammentare la storia di questo glorioso popolo. Erano dipinte le navi stellari che un tempo avevano solcato l'universo, gli uomini racchiusi in tute ambientali che avevano permesso loro di esplorare pianeti lontani dalla loro fisiologia, i contatti che avevano intrattenuto con le creature di altri mondi fino ad arrivare all'esplosione della stella del loro sistema natale seguito dalla diaspora verso un nuovo pianeta e, da ultimo, l'individuazione e terraformazione di Erinor per renderlo compatibile con la loro fisiologia. Dagli affreschi si evinceva la parentela tra gli Erinoriani e i viaggiatori extraterrestri di dipinti e bassorilievi sumeri rinvenuti sulla Terra.

Zorda si accomodò sul suo scranno a destra di quello centrale mentre Enki salì sul banco dei postulanti.

Oltre al Consiglio e ad Enki erano presenti solo un paio di agenti della Guardia d'assalto.

«Raccontaci com'è andata su Xenyum», chiese Delian ad Enki. Delian, oltre che consigliere, era anche il coordinatore delle forze d'assalto, un uomo austero, volto spigoloso, occhi infossati e sopracciglia appuntite.

Enki raccontò brevemente l'accaduto, in che luogo si era materializzato sul pianeta – il terrazzo del palazzo di giustizia – il recupero del viaggiatore, il percorso verso la zona industriale della città dove sarebbe stato più semplice predisporre il portale, il viaggio verso Erinor e il rientro nella loro realtà.

«Le letture segnalano che Victoria non riusciva a riprendere la forma originaria della sua struttura», disse Emerk, alla destra di Zorda. Un uomo tranquillo, di buon senso, solitamente concorde con le strategie di Zorda.

Enki spiegò le letture che vennero proiettate su un visore centrale, attivo tra il postulante e i consiglieri.

«Che cosa suggerisci dunque, come dovremmo procedere con il saltatore?» intervenne Loryanne, una donna alta e di corporatura asciutta, capelli corti e neri e occhi penetranti.

«Dobbiamo addestrarla affinché riesca a controllare i salti. Quando sarà in controllo potrà rientrare nella sua realtà.»

Ci fu un mormorio tra i consiglieri. Era indubbiamente la strategia migliore da mettere in pratica ma significava mettere la conoscenza degli Erinoriani a disposizione di un alieno, un approccio che non era mai stato applicato da quando gli abitanti di Erinor mantenevano l'ordine sul Dominio.

«Non è saggio, la nostra conoscenza non può essere condivisa, appartiene al nostro popolo. Si potrebbe creare un pessimo precedente, il saltatore potrebbe iniziare a saltare in giro di propria iniziativa in modo cosciente. Apriremmo le porte a contagi incontrollati», affermò Kaeilin, uno dei consiglieri della fazione contraria.

«Il saltatore non può essere rimandato sul suo mondo senza addestramento, i suoi salti potrebbero diventare ancora più pericolosi. È dovere del corpo della Guardia proteggere gli abitanti del Dominio. Il viaggiatore va addestrato perché diventi consapevole e controllato», aggiunse Enki.

Ci fu borbottio tra i consiglieri. Alcuni di loro controllavano le letture sul visore, altri sui loro comunicatori, mentre si scambiavano opinioni contrastanti.

Aras, il presidente del Consiglio per quell'occasione, riportò tutti al silenzio. La donna, che aveva un aspetto altero e determinato, disse ad Enki che si poteva ritirare ed attendere fuori dalla sala. Il Consiglio, nel frattempo, avrebbe deliberato.

Zorda fece un cenno ad Enki prima che uscisse, avrebbe fatto il possibile per riportare il Consiglio al buon senso.

Enki uscì dalla sala e le porte vennero chiuse dietro di lui. Si sedette su uno dei sedili approntati fuori dall'auditorium e attese, sperando che il Consiglio deliberasse in fretta e con giudizio.

Quando Enki fu uscito dall'alloggio Victoria si disse che non era propriamente in detenzione, ma quasi. Era naturale che gli Erinoriani volessero avere il controllo sui viaggiatori che arrivavano lì sul pianeta in modo più o meno consapevole. Doveva considerarsi una prigioniera? Come su Xenyum? Si mosse per l'alloggio rimuginando sulla sua situazione. Si avvicinò alle vetrate del soggiorno e fissò il panorama che si stendeva sotto al suo sguardo: la città era molto bella e il contrasto tra i palazzi alti e la zona bassa particolarmente gradevole. Tutto era ammantato dalla luce ambrata, una luce che nel suo mondo sarebbe stata quella di un tardo pomeriggio d'estate. C'erano anche molte zone verdi, macchie di colore tra l'acciaio e il vetro e le strade dritte dei quartieri. Più in fondo, oltre i bordi della città si intravedeva uno specchio d'acqua, o forse un mare, la distanza era troppo grande per mettere a fuoco. Victoria rimase in contemplazione ancora un po', chiedendosi che tipo di mondo fosse quello che stava ammirando: era amichevole? Se doveva basarsi sul primo contatto con Enki avrebbe detto di sì, ma vista l'esperienza precedente su Xenyum era meglio mantenere la guardia alzata. Non sapeva ancora nulla di quel posto, tranne che la tecnologia era molto avanzata e che Enki le era sembrato della sua stessa specie, ma naturalmente l'aspetto esteriore non era l'unica variabile da considerare: gli Erinoriani erano comunque alieni rispetto ai Terrestri.

Erano guardiani, mantenevano l'ordine e impedivano ai viaggiatori di fare salti non consoni. Perché? Che pericoli si celavano dietro ai salti non controllati? E perché una razza si doveva ergere a guardiana sulle altre? Erano protettori o controllori? Difficile a dirsi, doveva darsi del tempo e cercare di ottenere più informazioni possibili. Si chiese anche quanto sarebbe rimasta su Erinor, quando avrebbero deciso di rimandarla sulla Terra, una eventualità che Victoria non voleva considerare, o almeno, non subito. Quando aveva imboccato la via aveva sperato che almeno nel viaggio attraverso i sogni ci sarebbe stata un po' più di libertà rispetto alla vita di routine che si era lasciata indietro, e, invece, scoprire che i sogni non erano altro che porte verso altri mondi che prevedevano regole ben precise e restrizioni risvegliò il suo senso di frustrazione. Si staccò dalla vetrata, aveva bisogno di sedersi o di stendersi, il viaggio verso Erinor era stato particolarmente provante.

Lasciò il soggiorno e si diresse verso la camera; una stanza spaziosa, con un letto molto grande e una porta scorrevole che si affacciava su un bagno sobrio che però era attrezzato con una bella vasca. Victoria si disse che un bagno caldo sarebbe stato un toccasana per la sua spossatezza.

Dopo vari tentativi riuscì ad aprire l'acqua e lasciò che la vasca si riempisse. Si tolse gli abiti che indossava ed entrò nell'acqua bollente, ringraziando che anche in questo mondo le vasche fossero in uso.

Enki era in attesa da quasi un'ora. Finalmente le porte della sala si aprirono. Zorda fece capolino e si avvicinò ad Enki che si era alzato in piedi.

«Non c'è ancora una decisione. Per questa sera abbiamo sospeso. Ci sarà una nuova seduta domani mattina molto presto.»

Enki, per l'ennesima volta quel giorno, sentì il senso di frustrazione montare.

«Torna dal viaggiatore e spiegale la situazione. Domani mattina, appena avremo raggiunto un accordo ti farò sapere.»

Enki annuì ma aggiunse: «Potrebbe esserci l'eventualità che le barriere antisalto non siano sufficientemente spesse per impedire il trasporto.»

Zorda lo fissò con sguardo interrogativo. «Non abbiamo mai avuto problemi in passato. Suggerisci di metterla in sedazione per sicurezza?»

«No, ma potrebbe essere necessario l'intervento di un agente che estenda il controllo.»

Zorda arricciò le labbra. «Totalmente inappropriato e fuori standard. Il Consiglio non la vedrà di buon occhio, saranno molto più propensi alla sedazione.»

Enki però insistette: «Il viaggiatore è potente e potrebbe non essere trattenuto nemmeno dalla sedazione forzata; se la sua coscienza è così sviluppata come dànno a vedere le letture, potrebbe essere in grado di bypassare qualsiasi tipo di azione coercitiva.»

«Ma non il controllo indotto», concluse Zorda. «Prendo nota della tua osservazione. Riferirò e aprirò la pratica, ma non agire finché non avrai il benestare; potremmo innescare una situazione senza via di uscita. Speriamo che le barriere siano sufficienti.» I due uomini si congedarono con la promessa di risentirsi appena ci fossero state novità.

Delian

L'uomo rientrò nel suo alloggio dopo la seduta al Consiglio. Era stata una giornata pesante ma il traguardo era molto vicino.

Accese le lampade nell'appartamento, andò ad indossare qualcosa di più comodo e, dopo aver replicato la cena, si sedette al tavolo del soggiorno per consumare il pasto, controllando le ultime comunicazioni.

Delian era in carica al Consiglio da più di vent'anni ormai. Faceva parte del gruppo conservatore dei consiglieri, sempre piuttosto contrario all'introduzione di novità o nuove procedure che mettessero a rischio lo status quo.

Da qualche anno aveva iniziato a chiedersi se avesse ancora senso per Erinor essere al centro del Dominio ed assolvere al ruolo di controllore. Si era persa memoria del motivo per il quale il suo popolo si fosse autoproclamato guardiano su tutte le altre specie.

Di fatto, gli agenti del pianeta aiutavano le popolazioni a mantenersi integre scongiurando il pericolo di contagio dovuto ai salti ma, nel corso degli anni, gli abitanti avevano pagato a caro prezzo questo loro ruolo. Molti agenti erano rimasti uccisi in azione, il più delle volte a causa di vortici estesi e incontrollabili apertisi tra i mondi.

Aveva senso andare avanti così? Non sarebbe stato meglio se ogni Erinoriano avesse potuto scegliere cosa fare della sua vita? Delian era sempre più convinto che si dovesse trovare un sistema definitivo per impedire i salti spontanei dei viaggiatori; un modo che sigillasse ogni pianeta e che bloccasse ogni attività incontrollata.

Gli Erinoriani avrebbero mantenuto la tecnologia di salto, ma non sarebbero più stati schiavi di analisi e recuperi. Naturalmente, una visione così definitiva dell'intero processo non sarebbe mai stata accettata dal Consiglio: l'intera seduta non avrebbe mai avallato procedure troppo invasive, ma c'era molto malcontento tra la popolazione, e il corpo della Guardia stava perdendo punti, Geodees stava perdendo consenso rispetto a Geonosees. Bisognava riprendere il controllo e tornare ad essere un popolo compatto, con ideali e obiettivi comuni. Era tempo di volgere l'attenzione alla ricerca finalizzata all'espansione, di nuovo, come era stato secoli prima.

Delian aveva appena riportato i piatti sporchi in cucina quando qualcuno bussò alla porta dell'alloggio. Era Mardon, uno dei team leader della Guardia d'assalto.

Delian lo lasciò passare.

«Avete preso una decisione riguardo alla saltatrice?» chiese l'operativo declinando l'offerta di sedersi. Delian invece si accomodò sul divano tinta crema. Sapeva che il sottoposto gli avrebbe fatto visita: era furente, non tollerava che il saltatore fosse stato recuperato da Xenyum e portato su Erinor. Delian sapeva che c'era molta ruggine tra Enki e Mardon e questo avrebbe giocato a suo vantaggio.

«Non stasera, non siamo riusciti ad arrivare a una conclusione. Alcuni sono favorevoli alla scansione mentre altri no.»

Mardon si irrigidì ulteriormente. Perché Delian stava temporeggiando?

«È pericoloso tenere il viaggiatore qui alla Torre, non capisco perché non sia stata messa in sedazione subito dopo l'arrivo su Erinor.»

«Non è più pericolosa di altri saltatori che abbiamo ospitato in passato. I Terrestri non sono mai stati un grosso problema per noi.»

Mardon si disse che qualcosa non stava funzionando a dovere: solitamente Delian non era accomodante su queste tematiche, perché adesso stava prendendo tempo?

«Cosa c'è che non mi dici?» Forse andando dritti al punto Mardon avrebbe ottenuto una risposta.

Delian non si aspettava una domanda diretta, ma non si scompose. «Nulla da segnalare Mardon, solo che l'arrivo della Terrestre non è un grosso problema, almeno nulla che non abbiamo già visto e che non siamo preparati ad affrontare.» Disse con molta tranquillità. E poi aggiunse: «Sappiamo entrambi che Enki non rientra nel novero dei tuoi colleghi preferiti ma ti assicuro che questo caso non gli porterà più lustro di qualsiasi altro caso di semplici viaggiatori in transito sul pianeta. Non c'è niente di speciale nella saltatrice, è solo una seccatura. Meglio che questa grana sia capitata al team di Zorda e non al nostro. Voi guardie d'assalto avete compiti ben più importanti da assolvere.» Delian aveva calcato un po' la mano. Sapeva bene che il conflitto tra Mardon ed Enki aveva radici lontane e che il primo era un uomo estremamente determinato a non lasciar cadere i torti subiti, o quelli presunti tali, e fomentare un po' di attrito tra i due agenti avrebbe giocato a suo favore.

Mardon, molto sensibile all'argomento Enki, non prese bene l'impassibilità di Delian. Perché stavolta il consigliere stava tergiversando? Era solo una sua sensazione? Si disse che era inutile insistere: Delian non era ricettivo, avrebbe solo peggiorato le cose. Avrebbe pensato al da farsi in autonomia. La Terrestre doveva essere messa in sedazione.

«D'accordo. Fammi sapere cosa deciderà il Consiglio, così saremo pronti ad intervenire in qualsiasi circostanza», rispose la guardia d'assalto. Salutò il consigliere e uscì dall'alloggio senza ulteriori commenti.

Delian sospirò. Mardon era testardo, era facile prevedere qualche azione di disturbo da parte sua o, almeno, era quello che il consigliere si augurava. Con calma si alzò dal divano, spense le luci e si avviò verso la camera da letto.

Controllo indotto

€nki rientrò all'alloggio di Victoria dopo un paio d'ore, come aveva promesso, ma trovò il soggiorno vuoto. Provò a chiamare la donna che però non rispose. Poi vide la luce accesa che filtrava dalla porta del bagno, bussò e fece capolino nella stanza. Vee era immersa nella vasca, in mezzo alla schiuma, e aveva gli occhi chiusi. La chiamò: «Victoria?»

Lei aprì gli occhi di soprassalto e si rese conto che Enki era sulla soglia.

«Ti aspetto in soggiorno», disse lui chiudendo la porta del bagno.

La donna uscì dall'acqua avvolgendosi in uno degli accappatoi bianchi appesi alla parete, e dopo essersi asciugata alla bell'e meglio uscì dal bagno e tornò in soggiorno in accappatoio. Era buio ormai, e sui vetri delle finestre erano scese delle tende oscuranti tinta crema. Enki era seduto su una delle poltrone. Si era cambiato: non indossava più la tuta nera, ma un paio di pantaloni blu scuro, un giubbino in tinta sopra ad un maglioncino bianco a collo alto, e stivaletti alla caviglia, probabilmente la divisa d'ordinanza. Non indossava nemmeno il cerchio di metallo sulla fronte, chissà quale scopo svolgeva. Glielo avrebbe chiesto insieme alle altre mille domande che aveva da porgli.

«Ciao, scusa mi ero appisolata nella vasca.» Victoria era ancora un po' rossa in volto per i vapori dell'acqua calda.

«È meglio se ti vesti; come ti dicevo oggi, fa piuttosto freddo di notte. Ti ho replicato qualcosa, dovrebbe essere della taglia giusta», le disse porgendole una pila di abiti ben piegati insieme ad un paio di anfibi bassi.

Vee annuì sorpresa: sembrava proprio che Enki avesse pensato a tutto. Tornò in camera e scelse degli abiti comodi dalla pila di vestiti: pantaloni morbidi neri, maglia verde salvia, cardigan nero di un materiale simile alla lana e gli anfibi bassi. Quando tornò in soggiorno Enki si era spostato in cucina, aveva aperto la parete che separava la stanza dal soggiorno e stava agendo su uno dei pannelli che Victoria aveva visto precedentemente ma che non aveva capito a cosa servissero.

«Risequenziatore?» chiese a Enki avvicinandosi a lui.

Lui sorrise. «Una specie. Hai fame?»

Lei ci pensò su. Sì, aveva fame. Strano. «Sì, molta ma non capisco come sia possibile. Non ho ancora capito se sto sognando oppure se tutto questo sia reale.»

Enki le strinse la mano. «La senti?» Lei annuì. «Allora è reale.»

Lei ci pensò un po' su. «Anche nei sogni puoi sentire e toccare ma le sensazioni e il mondo che vedi non sono reali.»

Enki portò sul tavolo rotondo della cucina alcune pietanze che aveva estratto dallo sportello del pannello su cui aveva agito precedentemente. «E se ciò che chiami realtà non lo fosse veramente? Se fosse un sogno anche quello? Come fai a stabilire cosa è reale e cosa non lo è? Devi crearti dei parametri per filtrare una cosa dall'altra.»

Si sedettero a tavola dopo che Enki ebbe finito di preparare.

Victoria ci pensò su. «Potrebbe non esserci un luogo reale ma la vita come la intendiamo potrebbe essere solo un susseguirsi di sogni concatenati. Ho visto un film, tempo fa, sul mio pianeta; storie raccontate tramite immagini...»

«Sì, so cosa sono», disse lui sorridendo.

«Scusa, non so ancora quanto conosci della cultura del mio pianeta... comunque in questo film i protagonisti viaggiavano nei sogni e quando vi entravano potevano costruire scenari e agire a loro piacimento. La storia era abbastanza intricata: parlava di sogni dentro ai sogni e di come il subconscio umano potesse essere manipolato dentro a questo stato di incoscienza. Quando l'ho visto sono rimasta piuttosto angosciata e ho cominciato a chiedermi se quello che stavo vivendo nella realtà dalla quale sono fuggita fosse in effetti solo un sogno. È da lì, adesso che ci penso, che i sogni notturni sono diventati molto più vividi.»

Enki ci rifletté mentre mangiava con le bacchette. «Interessante. Quello che ci viene insegnato qui, e che poi proviamo sulla nostra pelle, è che i sogni e i mondi paralleli sono la stessa cosa, i sogni nel vostro mondo non sono altro che varchi verso luoghi diversi.»

Vee, che inaspettatamente stava gustando molto il cibo gli chiese: «Ma voi non sognate?»

Enki annuì. «Sì certo, anche noi sogniamo, ma abbiamo la capacità di controllare i sogni, in modo da non trovarci catapultati in posti in cui non dovremmo essere. C'è sempre una costante però che accomuna sogni e realtà, ed è quella che definiamo coscienza, cioè quella parte di noi che fa riconoscere noi stessi come tali.»

«Quindi mi stai dicendo che quando la coscienza è innestata allora qualsiasi cosa stiamo vivendo è reale. Ma non è la condivisibilità a rendere reale un evento? Se lo sperimento solo io come può essere reale?»

«Lo è perché la tua coscienza te lo sta facendo provare. E i sogni condivisi esistono, anche se sono eventi rari.»

Victoria stava andando in confusione, la testa che cominciava a dolere. «Troppe informazioni, comincia a venirmi mal di testa.»

«Allora è tempo di cambiare discorso. È un argomento difficile da digerire, richiede processi neurali che la mente a volte non è in grado di riconoscere.»

Lei annuì.

«Ti va di raccontarmi del Limbo?» le chiese Enki.

Vee cercò di fare mente locale, si stava accorgendo che le immagini relative ai mondi che aveva visitato si stavano in qualche modo deteriorando.

«Faccio fatica a ricordare, sembra che i ricordi stiano svanendo.»

«È normale, è proprio una caratteristica del Limbo.»

Vee gli raccontò quello di cui si ricordava, dal primo salto nella foresta marcescente a Venezia e poi all'ansia che aveva provato durante il sacrificio umano. Si ricordò del mondo bianco ma sorvolò sul suo risveglio nella casa di campagna e gli raccontò invece del naufragio e dell'ospedale e del suo scivolare verso l'alto e verso Xenyum. Aveva ricordi confusi circa i volti delle persone che aveva incontrato nel Limbo, ormai non riusciva più a focalizzarli ma sapeva che c'era stata una costante attraverso i diversi mondi: qualcuno che aveva cercato di aiutarla.

Enki rimase pensieroso per un po' ma non aggiunse nulla alla storia di Victoria. C'erano molte cose che avrebbe voluto dirle ma era troppo presto per affrontarle. Le avrebbe scoperte da sola un po' alla volta. Decise di cambiare argomento.

«Ti piace il cibo?» le chiese.

«Sì, è molto buono.» Ma Vee rimase pensierosa e dopo un po'
gli chiese: «Siete esseri umani, voi che abitate questo mondo?»

Lui annuì. «Sì, c'è qualche differenza anatomica nella
disposizione degli organi interni rispetto a voi Terrestri, il cuore
per esempio punta verso destra, ma la fisiologia è la stessa.»

«E avete due generi, come noi?»

«Sì, ed è così per la maggior parte dei mondi, ma ci sono
altre dimensioni in cui non c'è genere o ce ne sono più di due.»

Vee ci pensò su. «È strano pensare che ci siano più di due
generi, almeno in una natura comandata dalla dicotomia.»

«Infatti, ci sono mondi in cui non c'è dicotomia, ma i
principi sui quali si basano sono più di due. E poi devi pensare
che i nostri mondi si basano sul principio vita e morte, e per
garantire la continuazione della specie servono almeno due
generi. Ma questo non è sempre vero: per esempio dove non
esiste mortalità non esiste nemmeno procreazione e quindi i
generi non sono necessari.»

Vee rimase a rimuginare per un po', Enki che la osservava in
silenzio. «A che pensi?» le chiese poi.

«Al significato della vita. Pensavo di avere trovato delle
risposte, ma a questo punto dovrò rivedere tutte le teorie visto
che i parametri sono cambiati.»

«Be', non è detto che le tue teorie siano errate, dovrai solo
aggiungere i nuovi dati all'equazione, ma il risultato potrebbe
non cambiare.»

Victoria chiuse un attimo gli occhi. «Di nuovo troppe
informazioni... chissà se riuscirò ad assimilare tutto senza far
esplodere il cervello.»

Enki sorrise. «Non essere precipitosa, le cose verranno, un
po' alla volta.»

«Vorrei avere già tutte le risposte, ma forse devo solo smettere di farmi domande…» Enki la guardò con sguardo comprensivo.

La donna decise di cambiare argomento: doveva sedimentare le informazioni e aveva necessità di raccogliere dati sulla sua situazione su Erinor. «Hai fatto rapporto?»

Lui annuì. «Sì, ma non ho detto nulla di più di quello che il comunicatore avesse già rilevato. Non abbiamo ancora elementi nuovi per capire perché il tuo trasporto non ha funzionato e dobbiamo aspettare la scansione molecolare per avere qualche informazione in più.»

Vee si rabbuiò un po'. Nonostante Enki l'avesse rassicurata non amava avere a che fare con procedure mediche e quant'altro. «Non si può fare la scansione in altro modo? Tipo con il comunicatore?»

Lui scosse il capo. «No, non è sufficientemente potente ma, come già ti dicevo oggi, non ti devi preoccupare, sarà una cosa completamente indolore, come se ti facessero una serie di foto.»

Lei annuì, non del tutto convinta. Lui le strinse la mano. «Verrò con te, non ti devi preoccupare ok?»

Lei sembrò un po' più convinta ma non del tutto a suo agio.

«Sapevo che eri ipocondriaca, ma non immaginavo così tanto.»

Lei sgranò gli occhi. «Sai proprio un bel po' di cose su di me, e questo mi inquieta parecchio…» disse lei.

«Dai, chiedimi quello che vuoi e io risponderò, così poi anche tu saprai tutto di me.»

Difficile riuscire a sapere tutto di Enki in mezz'ora, pensò, e poi si chiese se Enki fosse uno stalker e la cosa la fece sorridere.

«A che pensi?» le chiese.

«Nulla di importante... non sapete leggere nella mente vero?»

Lui sorrise. «No, è proibito.»

Lei sgranò gli occhi. «Ma potete?»

«Potevamo, in passato, ma ci siamo auto imposti di non farlo più e l'abilità è andata perduta di generazione in generazione. Ci sono solo pochi tra noi che ancora riescono a farlo. Io non posso.»

Lei sembrò sollevata.

«Perché me lo chiedi?» chiese lui con un sorrisetto.

Lei tergiversò: «Niente di importante.» E si mise a piluccare il cibo nel piatto.

«Allora, non hai nulla da chiedermi?» le chiese lui per tagliare l'aria.

Vee ci pensò su. «Sì, in realtà molte cose, anche se non so da dove iniziare...»

Dopo un po' però gli chiese: «Perché ti sei offerto volontario per venire a tirarmi fuori dal mondo... come si chiama? Xenyum?»

"Dritta al punto", pensò Enki. «Perché, come ti accennavo, ho seguito il tuo caso fin dall'inizio: quando sei apparsa sul pianeta dovevamo agire in fretta e nessuno conosceva meglio di me la tua fisiologia per impostare il portale. È stata una naturale conseguenza quella di venire a recuperarti. Molti anni addietro, su Xenyum, esisteva la pena di morte ma veniva effettuata in modo molto cruento. Eravamo preoccupati che non essendo riusciti a mettere in atto la procedura di smaterializzazione avrebbero optato per la decapitazione...»

Victoria rabbrividì e sgranò gli occhi. «Cazzo, proprio un'ottima scelta quel posto come prima tappa del mio viaggio...» Poi si rese conto di avere detto una parolaccia e si scusò ma Enki minimizzò.

«Una parolaccia ogni tanto ci sta», rispose molto rilassato.

«Quindi non è vietato imprecare su Erinor.»

«No, anche se magari non lo farei davanti al mio capo.»

Victoria ripensò a tutte le volte che aveva imprecato sul posto di lavoro davanti al capo e sorrise tra sé e sé. Chissà com'era il capo di Enki, si chiese poi. E chissà come veniva diviso il lavoro di controllo in base alla gerarchia.

«Come fate a controllare i vari mondi? Siete assegnati a zone particolari o venite smistati a seconda del bisogno?»

«Ci sono vari gradi operativi che catalogano gli agenti della Guardia. Ci sono gli analisti di primo livello che sono addetti alla scansione dei vari settori e che verificano le anomalie. Nel caso venga rilevata qualche irregolarità il caso passa agli analisti di secondo grado che indagano sulla gravità del problema. Se l'anomalia viene effettivamente rilevata il caso passa poi agli agenti operativi. Ogni agente è specializzato su un settore specifico del Dominio, proprio perché ogni mondo ha le sue regole. Se la crisi è particolarmente virulenta il caso viene inoltrato ai corpi d'assalto, che sono agenti specializzati in crisi per arginare eventi di massa come emigrazioni/immigrazioni o eventi fuori dagli interventi standard. Io sono un agente operativo e il tuo caso mi è stato segnalato da un analista di secondo livello, tempo fa. Con l'andare dei mesi volevano riassegnarlo ad un agente con più esperienza, soprattutto dopo che hai fatto i primi salti, ma ho insistito per rimanere sull'assegnazione.»

«Dev'essere un caso interessante...»

Lui sorrise. «Sì, molto, non capita spesso di imbattersi nei saltatori naturali.»

«E serve esperienza per tenerli sotto controllo?» chiese lei, curiosa.

«Molta, tendono a essere... imprevedibili», disse lui bevendo un sorso d'acqua.

Poi la donna si rabbuiò. «È sicuro, vero, che non rischio di saltare di nuovo?»

«Non ti preoccupare, ci sono dei sistemi di controllo per i quali non è possibile trasportarsi dall'interno della città, se non in punti specifici.»

«Ma teoricamente io ho fatto un salto che non era possibile fare, quando ho lasciato il mio pianeta. Hai detto che la mia composizione molecolare è diversa dalla vostra: è certo che non succederà? Voglio dire, non vorrei risvegliarmi in un altro incubo... o di nuovo nel Limbo...»

«Ci ho pensato anch'io e per questo motivo abbiamo rinforzato i campi di contenimento. Non succederà», le disse. O almeno era quello che sperava. Sembrava veramente che Victoria avesse un potere innato per sviare i controlli e le difese, infatti era riuscita a penetrare a Xenyum dopo decenni che nessuno ci riusciva più. Come aveva detto a Zorda, il dubbio era legittimo, ma meglio che Victoria non lo sapesse.

«In ogni caso abbiamo la tua traccia energetica e se, nella peggiore delle ipotesi, dovessi partire, riuscirò comunque a rintracciarti. Non ti lascerò sparire Victoria, credimi.»

Lei annuì: gli credeva. Si era lanciato da un palazzo di svariati piani per farla passare da un mondo ad un altro; lei, una completa sconosciuta. D'accordo aveva fatto opera di stalking forse per anni, ma non si erano mai incontrati prima e non era proprio da tutti lanciarsi con un deltaplano solo per motivi accademici.

«Da quanto fai l'agente operativo?» gli chiese dopo un po'.

«Quando ho concluso gli studi ho iniziato a lavorare come analista, all'inizio di primo e poi di secondo livello ma mi sentivo un po' compresso e ho fatto domanda per entrare tra gli operativi. Ho iniziato l'addestramento dopo circa un paio d'anni dall'ingresso alla Guardia e dopo pochi mesi di preparazione sono stato inserito tra gli operativi. Paragonando i cicli del nostro mondo ai vostri direi che sono un operativo da circa vent'anni.»

«Un bel po'.»

«Mah, non così tanto, in realtà; c'è chi ha molta più esperienza di me, io sono considerato ancora un novellino.»

«E da quanto stai seguendo il mio caso?»

«Da circa cinque dei tuoi anni.»

Vee sgranò gli occhi. «Da così tanto?»

Lui annuì e Vee arricciò le labbra sentendosi improvvisamente esposta e chiedendosi a quali informazioni avessero accesso gli agenti operativi in missione. Naturalmente non era il caso di chiedere, sarebbe stato ancora più imbarazzante.

«Sei mai stato sul mio pianeta?» gli chiese invece.

Enki divenne pensieroso. «Sì.»

«Quando?»

Enki non avrebbe dovuto darle queste informazioni, ma aveva deciso di essere sincero il più possibile con lei.

«Quello che ti sto per dire è strettamente confidenziale perciò non lo dovrai rivelare, nemmeno ad altro personale della Guardia, d'accordo?»

«Finiresti nei guai?»

Lui annuì.

«Certo, non dirò nulla.»

«Sono venuto sul tuo mondo poco dopo che mi era stato assegnato il caso, e poi di nuovo poche settimane fa.»

«Perché?»

«La prima volta perché ero curioso, non ero mai stato sulla Terra e volevo visitarla. La seconda volta perché i tuoi tracciati neurali stavano cambiando rapidamente e volevo capire cosa stesse succedendo.»

«Tracciati neurali?»

«Sì, particolari onde emotive e psichiche che legano le persone ai salti.»

«Potete monitorare anche le emozioni?»

«Solo alcune: quelle direttamente collegate al transfer che coinvolge il salto e che generano le onde portanti che durante il sogno aprono i varchi.»

«Quali emozioni nello specifico?»

«Ansia, rabbia… disperazione soprattutto.»

Vee si rabbuiò. Il suo stato depressivo: era stato quello a innescare la fuga, ed Enki sapeva già tutto prima che lei se ne rendesse conto. In quel momento non sapeva se sentirsi spiata, e in qualche modo scoperta, o protetta e salvaguardata. Victoria si chiese se tutte le informazioni che Enki aveva raccolto sul suo conto fossero consultabili anche da altre persone.

Enki lesse il dubbio negli occhi della donna. «Tutto quello che so su di te è strettamente confidenziale, non posso divulgare nulla e in ogni caso non lo farei nemmeno se costretto. Per diventare agenti operativi dobbiamo dimostrare di poter essere affidabili e di non rivelare nulla nemmeno sotto costrizione.»

La donna si sentì un po' sollevata, ma c'era qualcosa che non le tornava del tutto in quello che lui le stava dicendo. «Perché sei venuto sul mio pianeta la seconda volta?»

Enki divenne guardingo. «Ero... preoccupato.»

Victoria si chiese in che misura Enki fosse stato preoccupato: per lei? Per il lavoro che lo coinvolgeva? Per la violazione di qualche legge non meglio specificata?

Lui la guardò negli occhi, l'espressione seria. «Ero preoccupato per te... Ho commesso una violazione; non avrei dovuto farlo, ma è stato un bene perché ho potuto mappare meglio le tue attività neurali e tracciare una linea chiara che mi ha poi permesso di riportarti indietro da Xenyum. Senza quella mappa non avrei potuto impostare il portale.»

La donna ancora non capiva del tutto quello che l'uomo le stava raccontando. Cosa voleva dire Enki? L'aveva presa sul personale? Era per questo motivo che era stato sul suo pianeta?

«Perché hai commesso una violazione? Non vi è permesso viaggiare per i mondi?»

«Sì, è permesso, ma non lo è avvicinarsi ai soggetti che si stanno seguendo, tranne in casi specifici.»

Lei cercò di fare mente locale e di ricordare i volti delle persone che aveva incontrato, soprattutto nei mesi precedenti, ma non ricordò nessuno con il viso di Enki; e lui non aveva un volto di cui si sarebbe dimenticata, in nessun caso.

«Non ho ricordi di te...» gli disse aggrottando la fronte nel tentativo di ricordare.

«Stavi dormendo, la violazione c'è stata ma ho cercato di limitare i danni. Eri così angosciata e le letture erano così critiche che non ho potuto non venire a vedere cosa ti stesse succedendo. Ma naturalmente non potevo fare nulla per aiutarti se non preparami a quello che sarebbe venuto dopo. Non ci è comunque permesso interferire se non in casi di chiara violazione.»

«Quando sei venuto?»

«Circa quattro mesi fa, era ancora freddo; so che per te il buio dell'inverno è la parte più critica dell'anno.» Victoria pensò che era proprio così. Lui continuò fissando il piatto che aveva davanti: «Avevi avuto una brutta giornata, eri particolarmente agitata e le letture erano quasi fuori controllo. Ho aperto un varco direttamente in casa tua, stavi dormendo ma ti stavi agitando nel sonno. Ho eseguito una scansione con il comunicatore e ho raccolto i dati che mancavano per la mappa; mi sono seduto sul letto di fianco a te e ho cercato di tranquillizzarti. Hai smesso di agitarti e le letture sono rientrate nella norma. Sono rimasto lì un po' con te e poi, a scansione completata, sono ripartito.» Enki stava parlando con tono di voce dimesso, come se stesse raccontando qualcosa di molto privato. Sapeva di avere agito contro le regole ma allo stesso tempo non aveva potuto farne a meno. Vee si chiese se tutti gli operativi fossero così scrupolosi come lui. Era comunque strano sentirgli raccontare cose che la riguardavano e che erano così private che nemmeno lei stessa aveva mai esplicitato, come il fatto che le giornate d'inverno in cui veniva buio presto erano quelle che le pesavano di più. E lui la stava monitorando da cinque anni. Cosa era successo negli ultimi anni che lui sapeva e che lei si sarebbe sentita esposta a condividere? Molto, forse troppo e cercò di cambiare il corso dei propri pensieri. Pensò a Enki: come si sentiva nei suoi confronti? Lo conosceva da poche ore ma in realtà era come se lo conoscesse da molto tempo, c'era una familiarità in lui che sentiva chiaramente ma che non sapeva spiegare.

A interrompere le divagazioni di Victoria fu il comunicatore di Enki che iniziò a vibrare.

«È una chiamata, dammi un minuto», le disse e si spostò in soggiorno per prendere la comunicazione. Era Zorda.

«Enki, ho parlato in privato con alcuni dei membri del Consiglio. Sono d'accordo a procedere con la scansione, mentre per l'addestramento ne riparleremo domattina in seduta ufficiale. La procedura di scansione sarà eseguita nei laboratori del settantunesimo piano, ti invierò i dettagli per iscritto.»

«Avete anche parlato di controllo esteso?» chiese l'uomo al suo supervisore.

«Ne ho accennato, non sono molto favorevoli ma capiscono che per arginare una situazione complessa potrebbe essere necessario mettere in pratica azioni non convenzionali.»

«D'accordo. Allora attendo i dettagli per la scansione e rimango in attesa di novità. Grazie.»

Enki stava per chiudere ma Zorda lo interruppe: «Enki, dobbiamo mantenere le distanze. Il viaggiatore deve essere trattato come tutti gli altri; anche se è un caso particolare non possiamo permetterci di infrangere troppe regole», disse in modo molto fermo. Enki colse il messaggio. «Tratterò il viaggiatore come tale, nessun favoritismo, anche se, di fatto, è un viaggiatore anomalo.»

«Bene, buonanotte.» Zorda chiuse la comunicazione. Non era del tutto certo che il messaggio fosse stato recepito a dovere. Enki era uno spirito libero, si adattava alle situazioni ma solo finché gli faceva comodo. Aveva già intuito che il rapporto tra l'uomo e Victoria non era del tutto trasparente: Enki era molto bravo a compartimentare informazioni ed emozioni, lo era sempre stato, fin dai tempi dell'addestramento. Ma su Erinor le eccezioni non erano ben viste: si era sempre agito basandosi su precetti fondamentali dove il controllo era di fatto la legge primaria su cui si basava tutto il resto. Controllo che doveva essere ferreo anche nel comportamento degli agenti: le guardie dovevano essere sempre super partes, non erano ammessi coinvolgimenti di nessun tipo. Zorda si augurò che il suo protetto stavolta non stesse uscendo dal seminato.

Enki rientrò in cucina e fissò Victoria che aveva iniziato a sparecchiare. Lei lo guardò con sguardo interrogativo:

si sentiva in balia della situazione, non era brava a subire decisioni altrui.

«La scansione molecolare è prevista per domani mattina.»

Lei abbassò lo sguardo e chiuse gli occhi per un istante.

«Lo so che sei preoccupata per la procedura ma andrà tutto bene, non è una procedura medica, solo una lunga serie di foto che cattureranno in profondità la tua composizione fisica e mentale. Non è pericolosa né dolorosa», ribadì lui per l'ennesima volta.

«Anche se la mia struttura molecolare è così diversa?»

«Sì, i tuoi dati di base sono già stati inseriti e la scansione si adatterà di conseguenza. Sarò con te tutto il tempo, ok? Se dovesse capitare qualcosa di anomalo saremo pronti a interrompere», le disse lui per tranquillizzarla.

Lei annuì suo malgrado.

«Bene, adesso hai bisogno di riposare, è stata una lunga giornata. Il mio alloggio è quello a fianco, l'ultimo del corridoio, chiamami per qualsiasi problema, va bene?»

Victoria sentì l'ansia pungere: non era certa che sarebbe riuscita a dormire, ma doveva almeno provarci. «D'accordo. Buonanotte, ci rivediamo domattina», gli disse.

Lui le strinse un braccio e uscì dall'alloggio lasciandola preda dei suoi dubbi.

Victoria si sentì nuovamente sola e sperduta in quell'alloggio troppo grande e impersonale.

Si diresse verso la camera da letto, cercò un pigiama e ne trovò uno verde, da uomo, in cotone, sotto al cuscino. Dopo essere andata in bagno in cerca di spazzolino e dentifricio, tornò in camera e si buttò sotto le coperte. Le mancava il suo pad per leggere, nell'alloggio non aveva visto libri. Chissà che terminali utilizzavano su questo mondo per leggere... o forse non leggevano affatto... forse, vista la natura del compito che eseguivano, non avevano avuto scrittori propri e non c'era nulla da leggere tranne i manuali tecnici. Decise che non le restava altro che provare a dormire, e spense la luce cercando una posizione comoda.

Ma naturalmente non riuscì a prendere sonno subito: troppi pensieri che le ronzavano in testa, troppi eventi accaduti in poche ore e molte cose che non trovavano ancora collocazione. Perché questo senso di familiarità con Enki? Lo aveva conosciuto solo poche ore prima ma aveva la sensazione di conoscerlo da tempo. Il suo viso le era familiare, forse assomigliava a qualcuno che aveva incontrato nel suo mondo, o nel Limbo? Cercò tra i ricordi recenti e tra quelli più lontani, ma non riuscì a individuare il punto esatto. Rimuginò ancora per un po' ma poi la stanchezza ebbe la meglio e finalmente si addormentò.

Enki era tornato nel suo alloggio. Gli sembrava strano avere Victoria a pochi metri dalla sua posizione, ma doveva stare attento; doveva mantenere le distanze altrimenti sarebbe stato ammonito, o peggio. Zorda aveva già intuito qualcosa: Enki si era dimostrato troppo veemente nel portare avanti le sue posizioni; su Erinor i contatti interspecie erano strettamente proibiti e gli esseri provenienti da altri mondi potevano soggiornare sul pianeta solo per poco tempo, fino a quando non avessero trovato una nuova sistemazione. Sapeva che Victoria sarebbe stata rimandata sul suo pianeta, ma Enki aveva bisogno di più tempo. Victoria sembrava persa: quanto ci sarebbe voluto per farla uscire dal guscio? Enki si cambiò indossando il pigiama e si coricò. Doveva agire. E in fretta.

Sabotaggio

*M*ardon si stava tormentando, nel suo alloggio. L'agente d'assalto era un uomo alto, massiccio, duro e inflessibile: il suo carattere non era stato così da giovane ma le circostanze e l'addestramento l'avevano plasmato in tal maniera. Si sentiva frustrato, nervoso e intrattabile: Enki stava ottenendo tutto quello che aveva desiderato fin dall'inizio e per lui questo non era accettabile. Lavorare per la Guardia significava sacrificare tutto quello che non era lavoro, e assicurare pura dedizione all'incarico. Quello a cui lui si era votato fin da quando aveva fatto domanda per entrare nel corpo. Non era stato facile, ma si era impegnato molto, aveva studiato duramente e aveva sacrificato tutto pur di far parte degli operativi; era stato il suo sogno fin da ragazzino. I suoi genitori, lavoratori di uno degli impianti di estrazione di energia su Geonosees, l'avevano spinto in quella direzione ed erano stati molto felici quando il loro figliolo era stato accettato nella Guardia, con un punteggio tra i migliori.

Durante il primo anno di addestramento le cose stavano andando molto bene per Mardon. Era il primo della sua classe, gli insegnanti erano molto contenti del suo rendimento e stavano ipotizzando di accorciare il periodo di studio per promuoverlo più rapidamente, quando era iniziata la catastrofe: Enki era entrato a far parte del suo stesso corso di studi. Da allora il suo rendimento, seppure eccezionale, era stato messo in ombra dai risultati del rivale. Ad Enki veniva tutto semplice; quello che Mardon guadagnava con ore di studio veniva assimilato dal rivale con una semplice scorsa al manuale di testo. E le sue soluzioni ai problemi erano sempre le più brillanti. Insopportabile: perché questo ostacolo gli si era parato tra i piedi? Cosa doveva imparare Mardon da questa esperienza? La rabbia aveva presto preso il sopravvento su tutto il resto. Alla Guardia però non erano tollerati sentimenti di invidia o di competizione e Mardon era stato sempre molto attento a tenerli nascosti. Dopo gli studi, però, quando Enki era stato promosso ad agente operativo in così poco tempo, non ci aveva più visto e aveva cominciato a mettere in giro cattive voci sul conto del rivale.

Dopo un ammonimento ufficiale Mardon aveva deciso di accantonare la carriera come agente operativo; doveva uscire dall'influenza di Enki per riuscire a vivere meglio, e così aveva optato per il corpo delle Guardie d'assalto. I genitori non erano stati felici della scelta operata dal figlio, era pericoloso far parte degli assaltatori: negli anni l'apertura di vortici o missioni critiche avevano decimato gli agenti. Ma ormai Mardon aveva deciso, e nulla gli avrebbe fatto cambiare idea. L'addestramento dei corpi speciali era stato particolarmente duro, quello che di umano c'era ancora in lui era stato schiacciato e ridotto in polvere. Ora rimaneva solo il controllo. E naturalmente l'invidia che, con l'andar del tempo, si era trasformata in puro odio nei confronti di Enki che, tra le altre cose, aveva ottenuto un'assegnazione che non gli spettava affatto: il caso della saltatrice terrestre. La pratica era stata addirittura secretata come un progetto di livello 9 e il Consiglio non aveva fornito nessuna spiegazione plausibile agli assaltatori.

Con l'andar del tempo il saltatore, oggetto del caso, aveva cominciato a dare segnali di squilibrio e la procedura operativa prevedeva che la pratica fosse riassegnata alla Guardia d'assalto. Tuttavia, Enki era un agente protetto dall'alto: era sempre stato molto bravo a portare dalla sua parte i suoi supervisori, e la pratica era rimasta in capo all'agente operativo.

Mardon aveva sperato con tutto il cuore che il recupero del viaggiatore da Xenyum fallisse, ma Enki era un agente molto coscienzioso e tutte le missioni in cui era stato coinvolto erano state preparate minuziosamente, fino all'ultimo dettaglio. Anche in questo caso il recupero era andato a buon fine.

E adesso il saltatore era su Erinor: una bomba a orologeria pronta a esplodere. Mardon aveva messo in guardia il Consiglio da questa azione scellerata: il contagio poteva diffondersi in modo inaspettato e fulminante, non serviva a nulla tenere sotto controllo le letture dell'agente operativo destinato al caso e tenere isolato il viaggiatore, una contaminazione poteva avvenire anche tramite il semplice stazionamento dell'ospite sul pianeta alieno.

Ma il Consiglio tergiversava e così anche Delian, il suo supervisore: non si voleva arrivare a misure drastiche, si voleva studiare il caso, potevano aprirsi nuove strade di sviluppo tecnologico studiando la fisiologia dell'ospite. E così, poche ore prima, il suo team leader lo avevo informato che, nonostante la richiesta oltraggiosa di addestrare il saltatore con le tecniche di controllo del salto proprie del corpo di Guardia, la scansione approfondita del viaggiatore era stata approvata in sede non ufficiale, una procedura del tutto non conforme.

Doveva fare qualcosa, doveva mettere un freno alla situazione. Fu continuando a rimuginare che decise di agire.

Era tardi, notte fonda. Mardon scese al piano sottostante quello che ospitava il viaggiatore. Entrò nell'alloggio subito sotto a quello dell'ospite. La Guardia d'assalto aveva una certa libertà di movimento all'interno della Torre centrale, senza contare che gli alloggi di quel piano erano vuoti.

Cominciò a scansionare le strutture di sicurezza che erano state applicate al perimetro. Enki aveva fatto un buon lavoro, c'erano strati di programmazione, standard e non, che proteggevano e isolavano l'ospite dalle onde portanti che avrebbero aperto il varco per il salto. Mardon non poteva agire sulla programmazione non standard, Enki se ne sarebbe accorto, ma poteva aggirare e abbassare i programmi generici, provocare uno stato d'animo negativo nel viaggiatore per stimolare il salto, farlo spezzare contro la barriera e poi ripristinare il livello di sicurezza. In questo modo avrebbe risolto il problema alla radice.

Ci volle qualche minuto per aggirare i codici di controllo e per instillare il processo di salto. Ancora poco e il saltatore si sarebbe disintegrato, pensò tra sé e sé mentre lasciava l'alloggio dopo avere ripristinato i codici.

Victoria era finalmente entrata nel sonno, un sonno agitato dove i sogni erano estremamente vividi, poteva muoversi e agire come nella realtà, le sensazioni del corpo estremamente reali. Si stava muovendo in un paesaggio piatto, molto luminoso e apparentemente senza confini, il terreno erboso davanti a sé e la temperatura dell'ambiente piuttosto elevata: sembravano i sobborghi di Geodees, dove era comparsa quel pomeriggio insieme ad Enki. Qui però non c'erano cerchi di pietre a segnalare il portale d'ingresso e l'uomo non era presente. Si chiese se stesse viaggiando verso un luogo nuovo quando la brutta sensazione di essere imprigionata quasi la soffocò. Non riusciva più a respirare, il corpo costretto in una morsa invisibile, la capacità di pensare completamente annichilita. La pressione diventava sempre più forte di minuto in minuto e presto sarebbe rimasta stritolata o senza ossigeno.

Enki si era addormentato da un paio d'ore quando l'allarme legato ai processi neurali di Victoria che aveva impostato la sera precedente scattò, e lui venne catapultato fuori dal sonno senza tante cerimonie. Si svegliò con il cuore in gola, controllò il comunicatore e imprecando uscì dalle coperte e si precipitò verso l'alloggio del saltatore. Entrò a precipizio, le letture sul comunicatore sempre più preoccupanti: Victoria stava per saltare ma rischiava di spezzarsi contro le barriere, doveva svegliarla immediatamente.

Enki entrò in camera. Vee si stava agitando nel letto, un bagliore bianco che emanava dal suo corpo. "No, no, no..."

«Victoria, per favore svegliati, devi uscire dal sogno che stai facendo, subito!»

Enki cominciò a scuoterla. Era preoccupato perché la donna non respirava più, si stava per spezzare contro la barriera contenitiva. «Victoria devi svegliarti, adesso!» Enki aveva utilizzato un tono di controllo indotto che le guardie imparavano nell'addestramento e che serviva a comunicare anche tra strati intradimensionali. Vee aprì gli occhi subito dopo; occhi dapprima vuoti, poi sgranati e, infine, terrorizzati.

«Victoria, respira, per favore, con calma, inspira l'aria e buttala fuori.» Di nuovo il tono di controllo indotto.

Vee fece come le veniva ordinato e dopo qualche secondo, finalmente, un po' di colore tornò sulle sue guance. La donna cominciò a tornare in sé e a rendersi conto del circostante. Era nell'appartamento su Erinor, stesa in quel letto troppo grande, in un bagno di sudore e con il fiato spezzato. Enki la stava fissando, in pigiama, i capelli arruffati, pallido in volto e le stringeva le braccia con forza. Che diavolo stava succedendo? Non ebbe il tempo di chiederglielo. Cinque guardie d'assalto – Vee pensò che facessero parte dei corpi speciali perché indossavano una tuta nera come quella che aveva utilizzato Enki quando l'aveva recuperata da Xenyum – fecero irruzione nella stanza.

«Enki alzati immediatamente da lì e allontanati», gli intimò uno degli uomini. «Tu, Terrestre, fuori dal letto.»

"Mardon. Era inevitabile che fosse lui a fare irruzione..." penso Enki tra sé e sé dando uno sguardo rapido agli agenti. Doveva disinnescare la situazione.

«Aspettate, c'è stata una crisi ma è passata, Victoria non ha saltato, è tornata indietro in tempo», disse Enki alzandosi dal letto e cercando di spiegare la situazione rivolgendosi al leader.

«Enki, torna nel tuo alloggio, ci occupiamo noi adesso del saltatore, la portiamo al centro medico, dovrà essere tenuta in sedazione controllata. È troppo pericolosa, stava per aprire un vortice e le barriere stavano cedendo», gli intimò Mardon.

Enki scosse la testa. «Non era un vortice, le mie letture parlano solo di un varco, niente di così catastrofico e che giustifichi una procedura così contenitiva.»

Enki fece vedere il comunicatore al capo della spedizione che controllò le letture sul device con occhio critico.

«Abbiamo ricevuto ordine di procedere Enki, non capisco questa ostinazione.»

Enki insistette: «Per favore controlla le letture: non era un vortice.»

Il tizio, piuttosto contrariato, prese in mano il comunicatore di Enki e controllò attentamente ciò che vi veniva proiettato.

«In effetti c'è stato solo un picco, niente a che vedere con un vortice. Le nostre letture erano in qualche modo falsate.»

«Ho già fatto rapporto su questo. La struttura molecolare del saltatore è diversa da quello che abbiamo visto finora e anche le letture devono essere interpretate in modo diverso e adattate alla sua fisiologia.»

«Sta di fatto che stava per spezzarsi contro le barriere, è pericoloso lasciarla senza controllo», disse la guardia ad Enki, restituendogli il comunicatore e dandogli lo spunto per richiedere l'autorizzazione alla procedura di controllo indotto di cui aveva parlato con Zorda poche ora prima. Stava anticipando i tempi ma non c'erano alternative.

«Chiedo l'autorizzazione di poter restare con lei e contenerla finché rimarrà su Erinor», disse Enki in tono ufficiale.

Mardon scosse la testa, completamente contrariato. «Non è possibile, lo sai meglio di chiunque altro. Non ci possono essere contatti interspecie, stai rischiando di essere radiato dalla Guardia Enki, con tutto quello che comporta.»

Victoria non ci stava capendo nulla: che diavolo stava succedendo? Cosa aveva combinato stavolta?

Ad un certo punto Enki chiese a Mardon di uscire dalla stanza. Li sentì parlare animatamente appena fuori dalla porta mentre le altre guardie d'assalto la tenevano sotto stretto controllo.

«Non capisco perché tu stia difendendo a spada tratta questa Terrestre. Il tuo atteggiamento potrebbe essere frainteso», disse l'assaltatore aggiungendo benzina sul fuoco.

«Victoria non è un saltatore naturale, c'è qualcosa di molto diverso in lei, qualcosa che non abbiamo ancora studiato. È importante tenerla sotto controllo, ma con procedure che non abbiamo mai usato, perché lei è qualcosa che non abbiamo mai incontrato. Mardon, ho già fatto una richiesta formale per trattare questo caso in modo diverso, non ti è stato notificato?»

«La pratica è stata registrata, ma è ancora in fase di approvazione. Non fare cazzate Enki, stai rischiando grosso.»

«Lo so, ma sono anche convinto che valga la pena di rischiare.»

Mardon ci pensò un po' su. Il suo piano di eliminare il viaggiatore contro la barriera antisalto era fallito, Victoria sembrava più resistente del dovuto; ma forse la richiesta oltraggiosa che Enki aveva fatto gli sarebbe valsa l'espulsione definitiva dal corpo degli operativi, una via d'uscita alternativa che Mardon non aveva inizialmente considerato. Un ottimo sistema per liberarsi dell'agente e del viaggiatore in un colpo solo.

«D'accordo, il collo è il tuo. Ti affido il saltatore.» Estrasse il suo comunicatore e dopo aver aperto un documento fece apporre l'impronta del pollice a Enki sul file.

«Sei avvertito Enki, domani mattina ti verrà notificato un ammonimento ufficiale perché non hai atteso l'autorizzazione a procedere. Dopodiché dipenderà dal Consiglio. Resta inteso che al prossimo tentativo di salto il viaggiatore verrà internato senza discussioni.»

Enki annuì. «D'accordo», rispose in tono freddo e tirato.

Le truppe d'assalto si ritirarono dall'alloggio. Enki chiuse la porta d'ingresso e, con l'animo in tumulto, tornò in camera da Victoria.

Lei era seduta sul bordo del letto, la testa tra le mani, sembrava disperata.

Enki si sedette di fianco a lei.

«Cos'ho combinato stavolta?» gli chiese.

«Un po' di casino, ma niente che non si possa risolvere. Raccontami cosa stavi sognando.»

Victoria gli raccontò quello che aveva provato e visto nel sogno, e poi la sensazione di costrizione che l'aveva imprigionata.

«Stavi per saltare di nuovo, ma il campo contenitivo ti stava trattenendo. Di solito è forte a sufficienza per impedire i sogni di viaggio, ma nel tuo caso sembra proprio che non basti. Ti stavi schiantando contro la barriera e di solito ci sono solo due esiti possibili: la barriera cede e ti fa passare oppure la tua coscienza si spezza e non puoi più tornare indietro.»

Lei lo guardò con gli occhi sbarrati. Era sicura che si sarebbe spezzata se Enki non fosse intervenuto. «Come diavolo faccio a controllare questa... cosa prima che mi uccida? Devo tornare da dove sono venuta?»

Enki scosse il capo. «No, non funzionerebbe; non più. Ogni pianeta ha delle restrizioni per i saltatori, sono barriere contenitive naturali per impedire che chiunque possa saltare via. Ma si tratta di barriere standard: tu hai superato l'ostacolo e quel contenimento non è più sufficiente. Se anche ti riportassi indietro, adesso, senza avere imparato a controllarti, continueresti a saltare senza una direzione. Potrebbe essere estremamente pericoloso.»

Lei chiuse gli occhi e cominciò a sentirsi persa. «E la procedura a cui mi volevano sottoporre i tuoi... colleghi?»

Enki aggrottò la fronte. «Sospensione forzata, molto simile a quella che hai già provato in detenzione su Xenyum. Su molti pianeti viene utilizzata per tenere sotto controllo i saltatori, in questo caso però è molto più invasiva.»

Vee rabbrividì. Nonostante l'ansia le domande le affollavano la mente e non riusciva a trattenersi dal porle all'uomo. «Cos'è un vortice?» gli chiese ancora.

«Un varco molto vasto, un'apertura incontrollata che dà accesso ad un mondo anche a chi non ha particolari poteri di salto. È un evento estremamente pericoloso, può causare emigrazioni o immigrazioni di esseri in massa.»

«E loro pensavano che io stessi creando un vortice?» chiese Vee con gli occhi sgranati. Ormai gli eventi la stavano sopraffacendo.

«Sì, ma erano letture completamente falsate.»

La donna stava per avere un attacco di panico, e infatti il comunicatore di Enki ricominciò a vibrare.

«Victoria devi stare calma, respira a fondo; stai di nuovo per avere un attacco di panico e questo crea parecchia turbolenza.» Ma Victoria ormai si sentiva fuori controllo.

«Non ci riesco», disse con un filo di voce. Il suo corpo stava nuovamente diventando luminescente.

Enki si avvicinò e le strinse le braccia. «Victoria, respira a fondo e con calma.»

Lui stava applicando di nuovo il controllo indotto, trasferendolo su di lei, e Victoria sentì questa nuova energia, forte e determinata, percorrerle i centri nervosi e mettere ordine nel caos mentale che le stava provocando il panico. Un po' alla volta riuscì a riprendere il controllo di sé stessa. E di nuovo sentì quella sensazione di familiarità che aveva già provato in relazione ad Enki.

«Bene, continua a respirare, la crisi ormai è passata», le disse lui, ma continuò a tenerla stretta.

«Scusa, mi dispiace, sto creando un sacco di problemi», disse lei quando ormai aveva ripreso il controllo. Si sentiva molto in colpa; lui stava facendo molto, e lei in cambio gli stava rendendo la vita un inferno. Se solo fosse stata in grado di controllarsi...

«E adesso cosa succederà?» gli chiese.

Lui si scostò un po' da lei e la guardò negli occhi. «Dormiamo e domani proseguiamo con il programma già stabilito.»

Vee era atterrita. «Non posso dormire, non dopo quello che è successo poco fa.»

«Ti terrò io sotto controllo, non ti lascerò farti del male.»

«Ma come Enki? Non ho freni durante i sogni, non riesco a dirigere le mie azioni.»

«Sarà il mio controllo a tenerti al sicuro, in alcuni casi la capacità di controllo si può proiettare verso soggetti esterni, si chiama controllo indotto.»

Lei lo guardò con gli occhi grandi e sorpresi. «Come?»

«Come ho già fatto poco fa. Grazie al nostro addestramento riusciamo a proiettare la nostra volontà all'esterno. non è una pratica che di norma eseguiamo, anzi è sconsigliata, ma in casi eccezionali è consentita e raccomandata.»

«Ti metterai ancora di più nei casini, e solo per colpa mia...» La donna era sollevata ma contrita allo stesso tempo.

«È una mia scelta, non mi stai obbligando.»

«Perché è sconsigliato usare questo metodo?»

«Perché è coercitivo, ma soprattutto perché si genera empatia tra chi lo mette in atto e chi lo subisce.»

«Non vi è permesso avere contatti con altre specie?»

Lui scosse la testa in segno di diniego. «No, e non è solo un fatto fisico, c'è un rischio sostanziale di interferenza e contagio tra le strutture molecolari.»

«Cioè la tua struttura potrebbe modificarsi entrando in contatto con una fisiologia aliena?» gli chiese sgranando gli occhi.

Lui annuì.

Vee scosse la testa e poi gli chiese: «Qual è la punizione per l'infrazione?»

Lui si rabbuiò. «Dipende dalla gravità del caso. Veniamo radiati dal corpo della Guardia e, a seconda della gravità delle imputazioni, possiamo semplicemente venire spediti su un altro pianeta o essere messi in sospensione per un numero indefinito di anni: una sorta di sonno incosciente, una stasi del corpo e della mente.»

«Che crudeltà...»

«È l'unico modo per mantenere il controllo. Lavoriamo sempre sul filo di lana, il nostro è un compito pericoloso e dobbiamo mantenerci integri.»

Che brutto argomento, pensò Victoria, ma voleva saperne di più. «Potete avere contatti tra di voi?»

«Sì, ma non è consigliabile per gli operativi.»

«Perché?»

«La nostra è una vita pericolosa, molto spesso capita di morire in servizio. Avere una famiglia significherebbe non riuscire a concentrarsi al meglio sul proprio compito. Chi fa l'agente operativo di solito vive solo, al contrario di chi invece fa l'analista. Vita movimentata, niente famiglia; vita noiosa al lavoro, famiglia numerosa.»

Vee pensò che Enki in quel momento sembrava un po' cupo e solo, quasi quanto lei.

Lui si scosse dai suoi pensieri. «Dai, è tardi, dobbiamo provare a dormire un po', ok?»

Si alzò, fece il giro del letto e si stese sotto le coperte. «Vieni», disse a Vee sistemandosi sotto al piumino. Lei improvvisamente diventò titubante. «Sicuro?»

Lui annuì. Vee si stese di fianco a Enki e lasciò che le stringesse la mano. Lui si concentrò e lasciò che il controllo fluisse da un corpo all'altro. Victoria poco dopo si addormentò, cullata dal fluire di questa energia potente che la faceva sentire protetta e al sicuro. "Farei qualsiasi cosa per tenerti al sicuro, anche a rischio della sospensione, non mi importa. Meglio pochi giorni di vita vera che una vita passata in attesa di qualcosa che non arriva mai", pensò Enki poco prima di addormentarsi.

Il mattino dopo il comunicatore di Enki si mise a vibrare, e per la prima volta da quando era in servizio desiderò di spegnerlo e di rimanere a dormire fino a tardi. Tuttavia, oggi era prevista la scansione e non potevano arrivare in ritardo, non dopo ciò che era accaduto la notte precedente. Vee aveva dormito come un sasso ed era ancora stesa nella stessa posizione in cui si era addormentata, l'espressione del volto completamente rilassata.

Enki sospirò e poi strinse la mano della donna, che era rimasta stretta alla sua per tutta la notte. Victoria strizzò gli occhi e poi li aprì. Improvvisamente ricordò quello che era accaduto la notte precedente e la presenza dell'ospite che aveva dormito nel suo letto. Guardare Enki negli occhi le provocò un po' di imbarazzo. "Che situazione assurda", si disse lei.

Lui le sorrise. «Buongiorno.»

«Buongiorno», rispose lei di rimando.

«Hai dormito bene?» le chiese lui.

«Sì, molto, forse non ho nemmeno sognato; non ho ricordi.»

Lui sorrise. «Bene, missione compiuta!»

«E tu hai dormito?»

«Sì, come un sasso.»

Lei sembrò sollevata. «Ottimo, temevo di averti privato anche del sonno... meno male che non è così.»

Lui sorrise. «È ora di andare, dobbiamo recarci al settantunesimo piano stamattina.»

Lei chiuse gli occhi e nascose il viso sotto al piumino.

«Dai Victoria, non succederà nulla.»

«Nemmeno dopo ieri sera?»

«No, ci sarebbero già venuti a prendere. Fidati.»

«Di te mi fido, ma non degli altri», gli disse guardandolo negli occhi.

«Lo so che è difficile essere catapultati da un mondo ad un altro, dove ogni regola di comportamento è completamente diversa, tuttavia quelle che abbiamo in vigore qui servono a salvaguardarci e non a nuocere. Non permetterò che ti accada nulla.»

Si stavano guardando negli occhi da un po', blu nel verde. Poi la donna annuì e sospirò.

«D'accordo, andiamo; togliamoci il pensiero.»

Lui annuì e uscì dalle coperte.

Si alzarono e fecero colazione, poi Enki tornò nel suo alloggio per cambiarsi. Un quarto d'ora più tardi ripassava sbarbato e in abiti militari a prendere Victoria per andare all'appuntamento.

Lei aveva indossato gli abiti che lui le aveva procurato: stessa divisa utilizzata dagli agenti ma in bianco; la divisa dei civili di stanza su Geodees.

Uscirono nel corridoio e rifecero il percorso a ritroso fino agli ascensori. Questa volta salirono e arrivarono al settantunesimo piano. Le porte si aprirono su una hall non molto grande e molto luminosa. Victoria cominciava a sentire l'ansia pungere: non si sentiva a suo agio in un ambiente così freddo e alieno nonostante il palazzo assomigliasse molto ad altri dove era già stata sulla Terra.

Dall'ingresso si dipanavano svariati corridoi: Enki prese quello alla sua sinistra. Camminarono un bel po' superando svariate porte, tutte chiuse, e alla fine si fermarono davanti ad una porta a vetri dove Enki utilizzò il comunicatore per trasmettere un codice di accesso. La porta si sbloccò, scivolando a lato, e poterono entrare.

Fecero il loro ingresso in un laboratorio dove c'erano svariate salette, tutte con pareti a vetri all'interno delle quali erano contenute strumentazioni di vario genere. Victoria si sentì molto spaventata: quello che vedeva le ricordò l'ospedale dove era stata ricoverata da bambina.

Subito dopo il loro ingresso, un tizio con i capelli neri e con un camice grigio si avvicinò a loro. Teneva in mano una sorta di pad.

«È lei?» chiese a Enki dopo aver salutato entrambi.

Lui annuì. «Bene Victoria, mi segua, dobbiamo eseguire la scansione, credo che Enki l'abbia già informata riguardo alla procedura. Sarà una cosa completamente indolore, anche se un po' lunga. Se preferisce possiamo sedarla per aiutarla a far passare il tempo.»

«No, preferisco essere cosciente», disse lei seguendo l'uomo, Enki dietro di loro.

Entrarono in uno dei laboratori composto da due stanze separate da un vetro divisorio. Nella stanza dell'esame non c'erano apparecchiature, solo un lettino al centro del cubicolo, mentre nell'ambulatorio di controllo erano presenti vari dispositivi simili a computer, e schermi di varie dimensioni che rimandavano diagrammi in movimento. L'uomo in grigio l'accompagnò al lettino e la fece stendere utilizzando poi un sistema di contenimento per assicurarla all'alcova. «Sicura che non vuole essere sedata? Due ore immobilizzata possono essere lunghe.»

Victoria era terrorizzata all'idea di prendere sonno se Enki non fosse stato con lei e rispose che preferiva rimanere cosciente. Il tizio in grigio si allontanò ed Enki la salutò prima di lasciare la stanza.

«Sarò qui fuori, ok? Se hai bisogno di qualcosa basta che parli.»

Lei annuì, lui le strinse la mano e poi uscì dalla stanza. La porta si chiuse e qualcosa venne messo in azione, perché un leggero ronzio cominciò ad espandersi per la stanza.

«La procedura è iniziata: Victoria ha qualche fastidio?»

«Tutto a posto», disse lei e sospirò: sarebbero state due ore molto lunghe.

Dopo un bel po' che la procedura era in atto, degli agenti dei corpi speciali entrarono nel laboratorio. Non indossavano la divisa sperimentale ma la stessa che indossava Enki, anche se di colore grigio scuro. Victoria li riconobbe come guardie d'assalto perché uno di loro era Mardon, il capo della squadra che aveva fatto irruzione la sera prima nell'alloggio.

«Buongiorno Enki, come promesso ti notifico l'ammonimento. E questa è l'autorizzazione alla pratica che avevi richiesto ieri.»

Enki controllò la documentazione che Mardon gli aveva appena consegnato. Era molto restrittiva: quando non gli fosse stato possibile essere fisicamente con la donna per motivi di servizio avrebbe dovuto farle indossare un sensore di movimento e controllo. Odiava quei sensori, davano un senso di stordimento e annichilivano la capacità di concentrazione. C'erano altre clausole: niente contatti se non quelli strettamente necessari al controllo, a Victoria non era consentito allontanarsi dalla città e soprattutto avvicinarsi ai punti di varco e non le era permesso avere contatti prolungati con altri agenti della Guardia. Ogni procedura o spostamento al di fuori della normale operatività dovevano venire preventivamente autorizzati.

Enki sollevò un sopracciglio. «Mi sembra tutto un po' sopra le righe.»

Mardon scosse il capo. «Non poteva essere altrimenti. Lei è pericolosa e finché non capiamo con chi abbiamo a che fare dovremo trattarla di conseguenza. E c'è un'altra cosa da dire.» Mardon estrasse il suo comunicatore e lo passò a Enki. «Le letture della tua struttura dell'ultimo ciclo.»

Enki sgranò gli occhi. «Dev'esserci qualcosa di sbagliato, non è possibile. Non è mai successo prima, troppo veloce...»

«Le abbiamo controllate più volte e il risultato non cambia.»

«Ripetile adesso, per favore.»

Mardon sospirò. «Va bene.» Selezionò l'applicazione sul comunicatore ed effettuò una scansione su Enki. Dopo qualche secondo, controllò il risultato.

«Impossibile.... Ripetiamo.»

Scansionò di nuovo e ricontrollò. Scosse la testa e fece vedere il risultato a Enki.

«Letture normali. Interessante.»

«Pericoloso, non interessante. Enki quella donna è una minaccia per il nostro mondo, dobbiamo liberarci di lei.»

Enki lo guardò con sguardo gelido.

«Dobbiamo capire, prima di tutto: è imperativo studiare le anomalie e non eliminarle, come ci viene insegnato durante l'addestramento.»

«Questa è la differenza tra gli assaltatori e gli operativi: noi siamo addestrati per contenere le minacce e lei lo è. È totalmente fuori controllo, un rischio per sé stessa e per gli altri.»

«Ho ricevuto l'autorizzazione, Mardon; adesso non è più un problema tuo.»

«Vi terrò d'occhio Enki, alla prima infrazione verrete messi in sospensione. Entrambi.»

Detto questo, Mardon e i suoi uscirono dal laboratorio.

Victoria aveva sentito tutto, le comunicazioni erano rimaste attive per tutto il tempo. "Sto creando un sacco di problemi... Maledizione alla mia voglia di scappare... Devo riuscire a imparare a controllarmi, almeno per non mettere nei guai Enki."

Finalmente la procedura arrivò alla fine. Il ronzio cessò e il capo laboratorio entrò nella stanza per liberare la donna dal lettino, Enki subito dietro.

«Tutto bene Victoria?»

«Sì, tutto bene, ho solo la testa un po' confusa.»

«È normale», le disse lo scienziato liberandola dal contenimento e aiutandola a tirarsi a sedere. «Rimanga seduta un po' prima di mettersi in piedi», le disse lasciando la stanza.

Enki si avvicinò.

«Ho combinato un bel casino, ti ho messo proprio nei guai Enki. Cosa posso fare per rimediare?»

Era molto seria mentre gli parlava, l'espressione abbattuta.

«Devo insegnarti alcune tecniche di controllo, così imparerai a tenere a bada i salti. Penso sia l'unico modo per tenerti al sicuro, almeno per un po'. E non preoccuparti per me, come ti ho già detto ho le spalle larghe e tu non hai nulla da rimproverarti.»

Victoria sospirò e poi gli chiese: «Cosa ti ha fatto vedere quel tizio, prima?»

«Le autorizzazioni a procedere», cercò di svicolare lui.

«No, sul terminale.»

«Letture anomale.»

«Di chi?»

«Mie.»

La donna sgranò gli occhi.

«Siete tenuti sotto controllo?»

«Sì, veniamo monitorati, solo le letture molecolari, non le letture emotive.»

«Cosa c'era di anomalo?»

Enki cercò di tergiversare, ma alla fine dovette spiegarle.

«Ti ho parlato di empatia che si crea tra due soggetti che condividono le tecniche di controllo. Le mie letture molecolari si stanno modificando.... adattandosi alle tue. Tuttavia, poco fa, ho fatto ripetere la scansione due volte e le letture sono tornate nella norma.»

Victoria arricciò le labbra. Un altro motivo per sentirsi estremamente in colpa.

«Che disastro...»

«Magari alla fine della faccenda scopriremo che questo cambiamento molecolare porterà ad un balzo nell'evoluzione.»

Victoria lo guardò, scettica. «Sì, come no, un intero pianeta decimato da una pazza depressa che non è riuscita a restare nei ranghi e si è catapultata in giro per l'universo senza un briciolo di buonsenso...»

Lui reagì d'impulso e rispose più duramente di quanto avesse voluto: «Dacci un taglio!» Poi abbassò il tono: «Non possiamo prevedere il futuro, nemmeno i nostri avi avevano immaginato che la stella del nostro sistema nativo si sarebbe trasformata in una supernova nel giro di pochi giorni, eppure è successo. Se non avessimo perso il nostro pianeta natale non saremmo arrivati su Erinor, non lo avremmo terraformato e non saremmo a guardia del Dominio. Non siamo molto diversi da voi umani: nonostante tutta la nostra tecnologia non possiamo prevedere come le azioni attuali influenzeranno gli eventi futuri.»

Victoria se ne rimase zitta, non sapeva rispondere a tanta dimostrazione di logica.

«Ti senti un po' meglio?» cambiò discorso lui.

«Credo... ho ancora la testa un po' confusa, ma forse riesco ad alzarmi.»

Victoria provò a scendere dal lettino, le gambe un po' malferme ma riuscì a rimanere in piedi. Mosse qualche passo ma poco dopo si sarebbe ritrovata per terra se Enki non l'avesse sostenuta.

Lo scienziato ricomparve subito sulla soglia del laboratorio. «Problemi?»

«Sì, Victoria non si regge in piedi.»

Il tizio si avvicinò ed effettuò una scansione. «È ancora troppo debole, dovresti riaccompagnarla nel suo alloggio e farla riposare un po'. Hai l'applicazione di antigravità nel comunicatore?»

Enki scosse il capo. Lo scienziato agì sul suo comunicatore e poi fece comunicare i due dispositivi.

«Fatto. Attivala con le sue letture.»

Enki attivò l'applicazione e Victoria si sentì sollevare da terra. «Che succede?» disse allarmata.

«Si tratta di una bolla antigravitazionale. La utilizziamo per il trasporto dei feriti e dei malati. Aiuterà Enki a trasportarla nel suo alloggio.» Poi si rivolse all'uomo. «Contattami se la situazione non si normalizza nei prossimi tre cicli.»

Enki annuì e poi prese per mano Victoria guidando così la bolla verso l'uscita.

«Che sensazione strana... sembra di essere sott'acqua», disse lei quando furono usciti dal laboratorio. Enki sorrise tra sé: quando era un analista aveva letto di un pianeta sul quale esseri molto belli, considerati alla stregua di schiavi, venivano esibiti dentro bolle antigravitazionali dai loro padroni. In effetti la donna era molto bella e in quel mondo sarebbe stata oggetto di molte attenzioni. «Tra poco rientreremo nell'alloggio, porta pazienza finché non ci siamo.»

«Certo, sempre meglio che caracollare in giro...» rispose lei lasciandosi trasportare.

Dopo aver percorso i corridoi verso l'alloggio di Victoria, Enki la fece stendere sul divano e la rilasciò dalla bolla contenitiva. «Devo fare un paio di comunicazioni, torno tra poco», le disse e si spostò in camera da letto.

Vee lo sentì parlare ad alta voce ma non riuscì a capire né con chi stesse parlando né il tenore della conversazione.

"Altri problemi... sempre a causa mia..." si disse lei.

Enki stava comunicando con Zorda, che in mattinata non si era fatto vivo: forse al Consiglio erano ancora in seduta. Poco male, doveva avere delle risposte, non era saggio tergiversare ancora dopo l'episodio della notte precedente. Doveva iniziare l'addestramento della donna, quello di base riservato ai cadetti, dove le nuove leve imparavano i primi passi del controllo sui salti. Enki era convinto che questo avrebbe aiutato Victoria a mantenersi in equilibrio.

«Ciao Enki, stavo per chiamarti, siamo appena usciti dalla seduta. Mardon ti ha consegnato la documentazione per il controllo indotto?»

Enki sospirò «Sì; un po' troppo restrittiva a mio parere, ma va bene così.»

«È già stato fatto tanto per convincere gli altri membri a lasciarti procedere, dovevamo cedere qualcosa in cambio.»

Enki non commentò.

Zorda proseguì: «C'è stata una discussione molto accesa stamane, non riuscivamo a trovare un accordo per quanto riguarda l'addestramento. Anche i più favorevoli erano molto combattuti a condividere la nostra tecnologia con un alieno.»

Enki stava fremendo: perché Zorda non arrivava al punto?

«È stato deciso che il viaggiatore potrà essere addestrato, solo l'addestramento di base, per imparare a controllare la spinta al salto: visto che le procedure di contenimento che abbiamo sempre utilizzato con gli altri saltatori con lei probabilmente non funzioneranno, dobbiamo essere certi che quando verrà inviata nuovamente sul suo pianeta non salti più. Dovremo anche stipulare un accordo prima di farla rientrare, dovrà sottoscrivere un impegno a non saltare più in vita, pena la detenzione.»

Enki stava perdendo la pazienza ma non disse nulla in attesa che Zorda finisse.

«Ultimo punto: dovrai essere tu ad addestrare il viaggiatore, non possiamo permetterci di darle accesso al corso con gli altri cadetti, il contagio molecolare potrebbe diffondersi, ammesso e non concesso che questo contagio esista davvero. La Guardia d'assalto non ha voluto sentire ragioni su questo punto.»

"Su questo, come su tutti gli altri..." pensò Enki. Concordarono che l'addestramento sarebbe dovuto iniziare al più presto, non più tardi del giorno dopo. Le strutture della Guardia avrebbero messo a disposizione una delle stanze a gravità zero per il controllo mentale ed Enki avrebbe avuto totale responsabilità sulla donna e sugli eventuali danni e problemi che si sarebbero riscontrati. «Non sono riuscito ad ottenere un accordo migliore di questo. In ogni caso almeno riusciremo ad avere un po' di tempo per studiare la fisiologia di Victoria: credo anch'io che valga la pena di investigare più a fondo.»

«D'accordo, attendo istruzioni per iscritto sulle modalità di addestramento. Grazie.» Enki chiuse la comunicazione un po' tirato. Sicuramente Zorda aveva fatto il possibile, ma la storia dell'accordo di non saltare più a vita, pena la detenzione, non stava né in cielo né in terra. Cercò di calmarsi prima di tornare da Victoria, respirò a fondo e riprese il controllo. Avrebbero aggiustato le cose un passo alla volta. Intanto aveva ottenuto lo scopo che si era prefisso: avrebbero iniziato l'addestramento. Enki ripose il comunicatore in tasca e rientrò in soggiorno.

La donna aveva gli occhi chiusi ma non stava dormendo. Quando Enki si sedette sul divano di fianco a lei lo guardò con uno sguardo così triste che all'uomo si strinse il cuore.

«Cosa c'è? Perché sei così triste?»

«Perché mi sento in colpa. Lo so che non vuoi, ma non posso farne a meno. Non capisco perché ti stai dando così tanta pena per me. Sul mio mondo ognuno è abituato a pensare per sé e non esistono più l'altruismo e i buoni sentimenti. O almeno questa è stata la mia esperienza negli ultimi anni.»

Enki le strinse un ginocchio. Non poteva essere sincero, non ancora almeno; non sapeva come Vee avrebbe reagito. «C'è qualcosa in te che mi fa agire così, che mi spinge ad aiutarti. Non paragonarmi alle persone del tuo mondo, io appartengo a una dimensione diversa.»

«Il tizio della squadra d'assalto, lui però sembra proprio un Terrestre, uno dei peggiori della specie.»

«Anche qui non siamo tutti uguali, ma non siamo tutti come Mardon. Trovo difficile pensare che anche tra i Terrestri non esista più il buon cuore, no? Neanche tu sei come Mardon.»

Vee ci pensò su, effettivamente lei non era come Mardon.

«Dai fammi posto, meglio se dormi un po', così recupererai più in fretta. Nel pomeriggio vorrei farti uscire, se me lo permettono, visto che da domani si inizia l'addestramento.»

«Hanno approvato?» chiese lei stupita.

«Sì, missione compiuta», disse Enki, ma non aggiunse altro.

Si stesero sul divano. Enki di nuovo le strinse la mano, e lei si sentì subito più tranquilla e rilassata. «Chi mi insegnerà?»

«Io, e dovrai avere pazienza perché non ho mai insegnato prima.»

Lei sorrise. «Io non ne ho, ma vedremo quanta ne hai tu.»

«Molto poca; anzi, molto molto poca.»

Victoria si addormentò con il sorriso sulle labbra.

La donna si svegliò un paio d'ore più tardi. Enki era ancora addormentato e ne approfittò per osservarlo mentre dormiva.

Era un bell'uomo, nessun dubbio su questo; la pelle molto chiara, la mandibola decisa, il naso dritto, i capelli scuri con quel bel riflesso rame e i gli occhi grandi e chiari, una tonalità di blu intenso. "Mi piace quest'uomo", disse a sé stessa, ma dopo averlo detto dovette seppellire ogni altro commento nel profondo. "Qui non è permesso. Regole ferree." Se le fosse capitato d'incontrare un uomo così sul suo pianeta sarebbe stato tutto diverso. Di fatto, non era mai capitato. E qui? Su questo mondo straniero e ostile? Ribadì a sé stessa che non poteva permetterselo, a Enki non era permesso di avere contatti con alieni, sebbene entrambi appartenessero più o meno alla stessa razza e condividessero la stessa fisiologia. Gli aveva causato già troppi problemi, non poteva aggiungerne altri e peggiori.

Lui si mosse e dopo poco aprì gli occhi. «Ciao, sei sveglia. Da molto?»

«Solo pochi minuti.»

«Potevi svegliarmi.»

«Dormivi così bene, volevo farti recuperare un po' del sonno che ti avevo fatto perdere la notte scorsa.»

Lui sorrise. «Che ora abbiamo fatto? Dalla luce direi che è più o meno l'una.» Enki cercò il comunicatore nella tasca dei pantaloni e confermò. «L'una e un quarto. Usciamo un po', visto che da domani non ci sarà più tempo per farlo. L'autorizzazione a uscire è stata concessa.»

"Miracolo!" pensò Victoria ma non disse nulla. Invece gli chiese: «Ma non hai altre assegnazioni da seguire?»

«Al momento no.»

Victoria si sentì fuori posto, per l'ennesima volta da quando era arrivata. Enki interruppe la fase di autocensura.

«Proviamo a vedere se adesso stai meglio?»

Victoria annuì e si tirò su a sedere. Il senso di stordimento sembrava essersene andato. Riuscì ad alzarsi in piedi senza problemi. Enki si alzò dopo di lei.

«Tutto bene? Passato tutto?»

«Sembrerebbe di sì.»

Prima di uscire Enki le suggerì di indossare abiti leggeri, visto che la temperatura era piuttosto alta all'esterno. Vee controllò gli abiti che aveva lasciato in camera e scelse un paio di pantaloni leggeri, bianchi, che sembravano di un tessuto simile al lino, una maglietta grigio chiaro a maniche corte, un giubbino bianco a maniche lunghe e scarpe basse e leggere.

Raccolse i capelli in una coda alta e tornò in soggiorno.

Uscirono dall'alloggio, ripercorsero i corridoi, presero l'ascensore e scesero al piano terra. Uscirono all'aria aperta, nella luce aranciata del primo pomeriggio, Vee annusò lo stesso profumo che aveva sentito il giorno precedente. «C'è profumo di fiori nell'aria, sembra quasi gelsomino.»

Enki sorrise. Passeggiarono lungo i viali tra i palazzi alti. Non c'era nessuno in giro, non era uso comune a Geodees uscire e fare i turisti. Enki le spiegò che la città era zona militare, non c'erano civili tra gli abitanti e c'erano molti chilometri di raggio completamente disabitati tutto attorno a Geodees.

«Mmh, sono l'unico civile in tutta la città?» chiese lei.

«In realtà non sei classificata come civile ma come viaggiatore quindi, al momento, non ci sono civili in città!»

«Semantica...ma non c'è nessun altro viaggiatore come me su Geodees?»

«Non al momento: l'ultimo caso è stato rimandato indietro un paio di mesi fa.»

«E non era finito su Xenyum, immagino.»

Enki scosse il capo.

Enki le disse poi che la zona civile era situata sull'altro lato del pianeta: su Geodees non c'erano locali, negozi, ristoranti; solo un susseguirsi di palazzi e strade, come se si trattasse di una città fantasma. A Victoria sembrava tutto molto surreale.

«Non uscite mai a divertirvi? Solo lavoro e basta?»

«Qui a Geodees solo lavoro. Se abbiamo qualche giorno di licenza di solito prendiamo il varco per Geonosees, la zona civile.»

Vee scosse il capo: lei non era mai stata una gran festaiola, ma gli abitanti di Geodees la superavano di gran lunga. «E come fanno gli analisti che hanno famiglia?»

«Chi ha famiglia vive a Geonosees. Di solito torna a casa una volta ogni dieci giorni più o meno.»

«Accidenti! Vita da emigranti.»

«Sì.»

«Non hai pensato di mettere su famiglia, Enki?»

Lui scosse il capo. «No, o almeno non qui.»

«In che senso: non qui?»

Lui non voleva andare troppo in dettaglio: «Nel senso che non mi sento tagliato per la vita dell'emigrante, se decido di avere una famiglia è perché voglio vedere la mia compagna tutti i giorni, e non solo quando lo impongono le regole.»

«Be', da noi non è molto diverso, almeno per chi lavora; puoi rientrare in famiglia solo alla sera e hai molto poco tempo da dedicare a chi vuoi bene. Non c'è molta scelta per chi ha la necessità di lavorare.»

«La schiavitù ha molte forme e il lavoro può essere una di queste», disse Enki con lo sguardo perso.

«Non l'avevo mai vista così, ma in effetti può essere una chiave di lettura. Soprattutto se il lavoro che fai non ti piace.»

La donna pensò alle persone costrette a lavorare in fabbrica sul suo mondo, molte ore per salari molto bassi.

Si impose di cambiare pensieri: si stava incupendo a pensare al lavoro. Adesso era qui, su Erinor, un mondo alieno da scoprire. Aveva ben altro su cui concentrarsi.

«Enki, posso farti una domanda idiota?» gli chiese di punto in bianco.

Lui sorrise. «Dimmi.»

«Come facciamo a capirci? Dubito che parliamo la stessa lingua.»

«In effetti non è una domanda così banale. Noi, che teniamo sotto controllo tutto il Dominio, avevamo bisogno di una tecnologia che traducesse velocemente tutte le lingue parlate in tutti i territori, sia il parlato che lo scritto. Abbiamo sviluppato degli algoritmi molto efficaci e, tramite i comunicatori, la traduzione è istantanea. Per questo ci capiamo.»

"Come nei film di fantascienza", pensò lei. «E potete disattivare questa funzione?»

«Sì, ma a che scopo?»

«Ero curiosa di sentire il suono della tua lingua.»

Enki sorrise, recuperò il dispositivo da una delle tasche dei pantaloni, digitò qualcosa e poi parlò. Victoria sgranò gli occhi. I suoni pronunciati dall'uomo erano un po' duri ma nel complesso la sonorità era molto musicale. Dopo qualche altra parola Enki riattivò il traduttore e ripose il device in tasca. «Allora?»

«È una lingua affascinante, un po' spigolosa ma anche armoniosa. E immagino che non impariate altre lingue tranne la vostra.»

«No, non avrebbe senso.»

«Nemmeno per curiosità?»

Enki scosse il capo sorridendo. Victoria, per l'ennesima volta, invidiò la tecnologia posseduta dagli Erinoriani: sarebbe stato molto semplice superare lo scoglio delle barriere linguistiche con un dispositivo del genere. E anche non dover più spendere ore a imparare una lingua straniera e poter investire il tempo in attività più pratiche.

«Che cosa mi hai detto nella tua lingua?» gli chiese poi.

«Che non avevo mai disattivato la funzione di traduzione prima di adesso. Altre curiosità?» le chiese lui.

Victoria ci pensò un po' su e poi ritornò con la mente al giorno precedente, quando lui l'aveva tratta in salvo da Xenyum. «Ieri, quando siamo fuggiti dal palazzo di giustizia su Xenyum e siamo atterrati al velodromo, siamo fuggiti evitando di essere visti, come se gli agenti non avessero altre opzioni che trovarci in quel modo. È così?»

«No, in realtà avevo attivato una schermatura minima tramite il comunicatore per occultare i nostri segni vitali. Bisogna stare molto attenti su quel pianeta. I sistemi di controllo che vengono utilizzati laggiù utilizzano delle frequenze incrociate per scandagliare quasi tutto lo spettro conosciuto. Non è semplice mantenersi in equilibrio per nascondere le proprie tracce, bisogna usare delle frequenze specifiche e farle ruotare a intervalli e su schemi precisi. Non è una cosa che si possa improvvisare. Ecco perché non potevo utilizzare il comunicatore per guarire la frattura alla caviglia, e perché non potevo portarti via trasportando la pedana sul tetto: il palazzo di giustizia è ancora più schermato rispetto alla zona in disuso dalla quale ci siamo smaterializzati e i picchi di energia sarebbero stati rilevati immediatamente. Gli agenti ci sarebbero stati addosso in tempo zero: sarebbero state inviate squadre di guardiani in massa. Gli abitanti di Xenyum sono estremamente paranoici in questi casi.»

Victoria arricciò le labbra. «Mi chiedo come tu sia riuscito ad arrivare sul tetto senza far scattare allarmi.»

«Ho dovuto calibrare il segnale al decimo di secondo, ed attendere il momento esatto per riuscire a passare. C'è stato un lavoro di preparazione piuttosto accurato.»

Victoria si sentì di nuovo in colpa. Che rischio assurdo per venirla a prendere. «E immagino che il nostro... trasporto, se è il termine esatto da usare, verso Erinor sia stato rilevato su Xenyum.»

«È il termine corretto e indubbiamente ci avranno visto partire», confermò Enki.

«Ci saranno ripercussioni?» chiese lei.

«Direi di no, non per noi. Ho schermato il punto di arrivo quindi, a parte aver rilevato il picco di energia per il trasporto in uscita, non saranno in grado di tracciare la rotta verso Erinor. Probabilmente incrementeranno i controlli e le barriere antisalto, ma questo sarà solo positivo se impedirà ad altri viaggiatori di incappare sul pianeta per errore.»

Victoria respirò a fondo. «Che gran casino...»

«Non è la prima volta e non sarà l'ultima che un viaggiatore si trasporta in giro per il Dominio», rispose lui.

Victoria non ribatté ma si chiese, per l'ennesima volta, se questo fosse un sogno o la realtà. Decise di svuotare la mente e lasciarsi vivere ancora per un po'. Respirò a fondo e continuò a camminare sul suolo di questa città fantasma e a fianco di Enki.

Dopo pochi minuti giunsero alla zona del parco, poco lontano dalla Torre. Si trattava di un appezzamento verde piuttosto esteso non recintato, con molti alberi, vialetti lastricati, panchine e un laghetto. Come il resto della città, era deserto. A Victoria parve strano trovare un parco in una città come Geodees, dove l'attitudine al relax era praticamente inesistente. Lo chiese ad Enki mentre si inoltravano tra gli alberi in cerca di una panchina con vista lago.

«Il parco esiste da sempre, è un bel serbatoio di ossigeno. Anni fa si usava per uscire, fare sport, vedere un po' di verde ma, con il tempo, è andato in disuso. Siamo sempre di corsa, è più semplice eseguire tutte le attività al chiuso, direttamente alla Torre.»

Si sedettero su una panchina e respirarono l'aria calda e meravigliosamente profumata.

«È un gran peccato che non ci sia nessuno, è così bello qui...» disse lei fissando il lago.

Enki sospirò ma non aggiunse altro.

Rimasero a chiacchierare senza fretta, godendosi il panorama e la calma e, dopo un'oretta, quando il sole basso stava tramontando, Enki suggerì di rientrare: quando il sole scendeva le temperature si abbassavano di quasi venti gradi.

Rientrarono nell'alloggio con il buio, molto infreddoliti, Victoria che batteva i denti. Enki alzò il riscaldamento: un tepore confortante si diffuse nell'alloggio e la donna cominciò a riscaldarsi.

«Vuoi fare una doccia calda? Ti scalderai più in fretta»

Victoria scosse il capo. «No, mi sto già riprendendo, grazie. Però vado a cambiarmi.» Enki annuì e si sedette su una delle poltrone. La donna rientrò in soggiorno poco dopo e si sedette sul divano di fianco alla poltrona occupata dall'uomo.

L'umore di Enki sembrava essersi incupito, Victoria non riusciva a capire cosa gli passasse per la testa. Enki non era così semplice da interpretare, il suo contegno lo faceva sembrare sempre un po' distaccato, soprattutto ora. «Tutto ok?» gli chiese.

Lui annuì ma rimase pensieroso un altro po'. Sembrava volerle dire qualcosa ma quando stava per aprire bocca il comunicatore di Enki cominciò a vibrare. La donna si preoccupò ulteriormente.

«Colpa mia?»

Enki sembrava piuttosto infastidito leggendo il display. «No, tranquilla, niente di cui preoccuparsi.»

Ma in realtà sembrava che Enki fosse un po' teso. Infatti, si alzò e si diresse verso la cucina.

«Meglio mangiare qualcosa, che ne dici?»

Lei annuì e dette una mano a mettere in tavola quello che lui le passava.

Dopo che si furono seduti e dopo aver iniziato a mangiare Vee gli chiese quale fosse il pianeta più interessante dove fosse stato.

Enki ci pensò un po' su, anche se sapeva esattamente quale fosse. «È un mondo disabitato dove ci sono solo bellissimi paesaggi e una natura molto potente. Le spiagge sono meravigliose, così come le montagne innevate. Penso che non ci sia pianeta più bello di quello.»

La donna sorrise. «Lo utilizzate come stazione turistica?»

Lui sorrise a sua volta. «Il pianeta non è sulle rotte dei nostri sistemi di controllo, perché è disabitato. In realtà ci sono incappato per caso. A volte, quando ho bisogno di un po' di pace, mi nascondo lì.»

«Il sogno di una vita andare in un posto disabitato a godersi il mare», disse lei entusiasta.

«Sì, anche se da soli, dopo qualche giorno, può diventare noioso.»

«Penso che riuscirei ad adattarmi, anche se probabilmente in due la permanenza potrebbe risultare più interessante», disse sorridendo.

Lui la guardò con uno sguardo strano, di nuovo come se volesse dirle qualcosa. Lei però cambiò argomento.

«Non ho visto libri nell'appartamento. Non leggete?» gli chiese Victoria.

«Sì, ma utilizziamo i terminali. Non abbiamo libri in carta come sul vostro mondo, è molto più semplice avere tutte le applicazioni e le librerie in un unico oggetto.»

«E cosa leggete?»

«Qualsiasi cosa, abbiamo a disposizione le librerie di molti pianeti, incluso il tuo.»

Victoria era curiosa. «Hai letto qualcosa che appartiene alla Terra?»

Enki annuì. «Molte cose; mi piace molto Shakespeare, per esempio.»

Questo le ricordò qualcosa ma non riuscì a focalizzare.

«E la musica? L'ascoltate?»

«Sì, anche in questo caso quella che deriva dagli altri mondi. Mi piace molto la musica classica del vostro millesettecento.»

«Sì, anche a me», disse Vee.

Enki abbassò lo sguardo fissandolo sul piatto. «L'ho scoperta seguendo te in effetti...»

La donna sorrise ma non disse nulla.

«Mi piace molto anche il cinema del vostro pianeta. Non è una forma d'arte utilizzata da molte culture il fatto di raccontare storie tramite immagini.»

«E non c'è bisogno di dire che anche a me piace molto», disse lei con un sorriso. «La trovo un'ottima terapia di fuga dalla realtà.»

Enki avrebbe voluto dire che sapeva anche questo, ma invece disse: «In realtà qui alla Guardia non c'è molta cultura per queste cose, anzi: più l'operatività degli agenti diventa spinta meno ricerca c'è sulle culture aliene.»

«Giusto, qui voi non vi rilassate... solo lavoro.»

«Non è del tutto vero che non ci rilassiamo, ma non lo facciamo negli stessi modi in cui lo fate voi: a me basta leggere un libro o fare qualche escursione oppure andare a nuotare.»

«Non avete attività collettive?»

«Non molte qui a Geodees, a parte il lavoro o gli addestramenti. Il massimo dello scambio sociale è la mensa qui alla Torre oppure le riunioni del Consiglio, che di fatto di sociale non hanno nulla.»

«Niente ponte ologrammi?»

Enki sorrise. «Non abbiamo ponti ologrammi, con tutti i mondi che dobbiamo tenere sotto controllo non ce n'è bisogno.»

Victoria sorrise guardando il piatto. «Peccato, ho sempre invidiato molto i personaggi di qualche serie tv di fantascienza, soprattutto per i loro ponti ologrammi e la possibilità che hanno di immergersi in mondi ed epoche diversi...» disse ad Enki rendendosi conto di parlare di cose che probabilmente lui non conosceva affatto. Enki la stava osservando con un mezzo sorriso.

«In effetti sarebbe molto affascinante poter replicare tutti questi scenari senza doversi preoccupare di controllo, varchi o vortici.»

Vee non sapeva perché, ma sentendo parlare di vortici in quel momento le venne in mente Mardon e rabbrividì.

«Hai freddo?» le chiese Enki.

«No, mi è solo venuto in mente quel tizio, Mardon. Mi fa venire i brividi.»

«Anche a me.»

«Non sembrate andare molto d'accordo, infatti», disse lei.

Enki si fissò le mani. «Non molto, no.»

Le raccontò i loro trascorsi, di tutte le occasioni che avevano avuto per entrare in conflitto, anche se non direttamente. E poi l'assegnazione del caso di Victoria e l'ostruzionismo che Mardon aveva esercitato sin da quando Enki se ne stava occupando. Non entrò in dettaglio, ma le fece capire a grandi linee com'era stato il loro rapporto finora.

«Che bastardo...» e Vee rabbrividì di nuovo pensando che al posto di Enki ci sarebbe potuto essere Mardon in quel momento, e le cose avrebbero potuto essere molto diverse. Probabilmente Mardon avrebbe lasciato che la decapitassero su Xenyum, invece che andare a recuperarla. La donna fece il possibile per non pensarci, ma le si leggeva in faccia quello che le stava passando per la testa. Enki le sfiorò una mano.

«Non ci pensare, non c'è lui qui.»

«Ringrazio Dio per questo. Mi avrebbe fatto mettere in detenzione di sicuro o peggio: avrebbe lasciato che mi spezzassi contro la barriera durante il salto», disse lei sottovoce, con lo sguardo perso.

Enki stava per risponderle ma venne interrotto dal comunicatore. «Il piano per domani: abbiamo una sala riservata al centro di addestramento per l'intero giorno. Sarà una giornata impegnativa, meglio coricarsi presto.»

Si alzarono da tavola e sparecchiarono. Mentre Enki tornava nel suo alloggio per recuperare alcuni effetti personali, Victoria si chiese se sarebbe riuscita a sopravvivere al giorno successivo.

Era curiosa per l'addestramento che stava per iniziare ma, allo stesso tempo, piuttosto in ansia. E, tra l'altro, l'aspettava un'altra notte con Enki. Non aveva ancora avuto il tempo di pensare alla situazione; era a dir poco surreale che su un mondo come Erinor, dove i guardiani erano controllati ogni minuto del giorno, fosse permessa una situazione del genere. Respirò a fondo e riprese il controllo: doveva rimanere lucida.

Mentre entrava in bagno per fare una doccia ripensò agli ultimi giorni. In realtà si chiese per quanto tempo fosse rimasta nel Limbo: chissà se lì il tempo scorreva allo stesso modo che sulla Terra. E su Erinor? Avrebbe chiesto a Enki. Comunque, non potevano essere passati più di due o tre giorni da quando aveva lasciato la Terra. Per un attimo ripensò alla sua famiglia: chissà se avevano già saputo della sua scomparsa e come l'avevano presa.

Victoria uscì dalla doccia e si intabarrò nell'accappatoio. Poi si spostò davanti al lavandino e raccolse lo spazzolino per lavarsi i denti.

Fu così, pensierosa e cupa, che la trovò Enki. «Tutto ok?», le chiese entrando in bagno e riponendo un po' di cose in uno degli armadietti.

«Sì, solo che mi è venuta in mente la mia famiglia.»

«Ti manca?»

Vee ci pensò un attimo. «Non lo so, forse un po'. Non viviamo nella stessa città e vedo i miei raramente. Anche mia sorella abita lontano, ci si vede a malapena una volta l'anno.»

Rientrarono in camera e si ritrovarono sotto le coperte.

«E tu? La tua famiglia è qui su Erinor?» chiese Victoria. Enki sembrò irrigidirsi un po'.

«Sì, a Geonosees.»

«Vi vedete spesso?»

«No, non li vedo più da qualche anno. Non siamo in buoni rapporti, né con i miei né con i miei fratelli», tagliò corto.

Victoria pensò di essere entrata in un campo minato, ma Enki non le dette il tempo di fare altre domande: «Meglio dormire, adesso.» Spense la luce, la prese per mano e le augurò buonanotte.

Victoria non riuscì a prendere sonno subito; le parole di Enki le risuonavano in testa. Chissà perché non era in buoni rapporti con la famiglia. Incompatibilità di carattere? Incomprensioni? Avrebbe voluto saperne di più, ma Enki non le aveva dato spazio, quindi Victoria dedusse che la situazione dovesse essere molto tesa. Chissà se avrebbe avuto modo di rientrare in argomento: non sapeva quasi nulla di Enki ma voleva saperne di più. Avrebbe trovato il modo di approfondire.

Nemmeno Enki riuscì a prendere sonno, per un po'. Ripensò a Geonosees, alla casa di famiglia, in quella zona magnifica, sulle colline della città e poco lontano dal lago salato. Gli mancava quel posto: le estati passate al lago con i suoi coetanei, le notti stellate così limpide e fredde, le giornate trascorse a fare canoa, a nuotare o a fare escursioni nel deserto poco lontano, le prime relazioni con le ragazze del posto, Elea, Kira e le altre. Erano stati begli anni, in un certo senso spensierati. Non c'erano state grandi pressioni all'epoca: lo studio veniva facile, le amicizie anche, e, in famiglia, i genitori erano sempre molto impegnati e quando lo studio andava bene non si ingerivano nella vita dei figli.

Le cose si erano complicate dopo, quando era arrivato il momento di scegliere la strada da intraprendere nella vita. In quel momento la coscienza di Enki, che stava per perdersi tra le nebbie del sonno, lo allontanò dai brutti ricordi e lo riportò ad un pomeriggio dell'adolescenza, nella casa di famiglia, quando stava per partire alla volta del lago in compagnia degli amici e del fratello minore Enlil. L'uomo si sentì fluttuare e riportare ad un periodo della vita dove era stato felice.

Victoria stava sognando, ne era consapevole. Si trovava all'aperto, in un giardino roccioso con piante aromatiche e cespugli di lavanda. La luce del sole era bianca ma allo stesso tempo avvolgente. La brezza era calda, carica di profumi estivi e, misto agli altri, l'odore di sale e di salso. Victoria si chiese se al di là delle colline basse ci fosse il mare.

Mosse qualche passo sul sentiero che serpeggiava tra le rocce e i bassi arbusti odorosi e, ad una svolta, scorse più in basso una bellissima costruzione. Una casa ad un piano, ampia, luminosa, costruita quasi interamente di vetro e acciaio, con alcune pareti in legno color miele. E, ancora più in basso, ad una certa distanza, una distesa d'acqua color turchese: ecco da dove spirava il profumo del mare. Victoria respirò a pieni polmoni e si sentì piena di gratitudine: davanti a lei l'immagine di un posto meraviglioso dove avrebbe voluto vivere; pieno di luce, immerso nella natura e tranquillo.

Continuò a scendere per il sentiero in pendenza e arrivò a quello che immaginò essere il retro della casa. L'accolse un bel prato verde che l'accompagnò fino all'ingresso secondario dell'abitazione. Victoria però passò oltre e percorse il perimetro della casa verso la parte frontale dell'edificio che aveva scorto dalla collina. Giunse all'ingresso principale della villa; le vetrate che davano sul giardino erano aperte, il soggiorno e la cucina che si proiettavano verso il giardino. A dividere gli ambienti dal mondo esterno, solo delle tende bianche, leggere, che giocavano con la brezza profumata.

Victoria percorse il sentiero lastricato verso il muretto di cinta. A metà strada del vialetto si fermò: in un angolo del giardino c'era una piccola piscina dove un gruppetto di ragazzi in costume stava facendo il bagno, schizzando acqua ovunque. Sembrava che si stessero divertendo, oltre a fare parecchia confusione. All'improvviso uno dei ragazzi si voltò verso di lei e la fissò. Uscì dall'acqua e si diresse verso la donna. Era un ragazzino, forse di dodici anni; aveva capelli scuri un po' lunghi che si arricciavano sul collo, occhi blu e un viso che aveva tratti conosciuti. Era un po' più basso di Victoria. Il ragazzo si fermò a un metro da lei e le tese la mano. «Ciao, chi sei? Sei un'amica della mamma?» Victoria prese la mano del ragazzo e gli sorrise. «No, sono solo di passaggio. Questo è un posto magnifico, abiti qui?»

«Sì, con la mia famiglia. Anche a me piace molto. Vuoi vedere la casa?» le chiese.

«Mi piacerebbe molto... ma i tuoi amici?»

«C'è mio fratello con loro, non si sentiranno soli.»

«Va bene allora.»

Il ragazzino l'accompagnò per mano verso l'ingresso del soggiorno, ma quando superarono la soglia si ritrovarono davanti ad un lago dalle acque chiare. Era ancora giorno, la luce del sole faceva brillare lo specchio d'acqua e la brezza ne increspava la superficie. L'ampia sponda che correva attorno alla parte visibile del lago era di sabbia fine e bianca, poteva sentirla chiaramente a contatto con i piedi nudi. Il ragazzino era ancora al suo fianco. «Bello vero?»

«Molto bello, ma dove siamo?»

«È il lago che si vede da casa mia. Ci vengo spesso con i miei amici in estate, a nuotare o con la canoa. Veniamo a campeggiare a volte, anche se di sera fa freddo»

Lei respirò a pieni polmoni il profumo salmastro. «Pensavo che fosse il mare», disse.

«No, è un lago, anche se di dimensioni molto estese. C'è molta pace qui, non ci venivo più da molti anni.»

Victoria sgranò gli occhi e si voltò verso il ragazzino, che non era più tale ma il suo compagno di viaggio: Enki.

«Siamo a Geonosees?» gli chiese

«Sì, fuori dalla città, sulle colline circostanti. La città è alle spalle della casa, a poche miglia di distanza.»

«Come mai non venivi più da molto?» azzardò lei.

Enki si incupì. «Non vengo più a trovare i miei da quando ho deciso di entrare nella Guardia. Ormai manco da casa da qualche decennio.»

«Così tanto?» chiese la donna, ma non sentì la risposta perché un suono fastidioso si intromise tra loro.

L'addestramento

Il comunicatore di Enki stava vibrando ed emettendo un suono insistente; l'uomo ebbe voglia di buttarlo dalla finestra, come il giorno precedente.

Dopo aver spento l'allarme Enki guardò Victoria, che aveva ancora gli occhi chiusi. Prima di buttarla giù dal letto effettuò una scansione su entrambi, ma le letture non rivelarono nulla di nuovo rispetto al giorno precedente. Enki ripensò alla notte di sonno appena trascorsa e al sogno che stava facendo prima di svegliarsi: non gli capitava di sognare casa da molto tempo, forse i pensieri della sera precedente lo avevano portato lì. La cosa strana riguardava Victoria, che era lì con lui, e lui la stava portando a visitare la casa. Erano stati anche al lago, il suo posto preferito di quando era un ragazzino. Quel sogno gli aveva lasciato un senso di benessere diffuso, come se a casa ci fosse stato veramente; come se quel luogo fosse veramente casa sua: di Enki e di nessun altro.

L'uomo guardò l'ora sul device: era meglio alzarsi, tra una mezz'ora dovevano essere alla stanza di addestramento.

Enki strinse la mano a Victoria perché si svegliasse. Lei aprì gli occhi dopo qualche secondo e gli sorrise.

«Buongiorno, mi sembra di aver appena chiuso gli occhi. È già ora di andare?» gli chiese.

Lui annuì. «Purtroppo sì. Hai dormito?»

Victoria si sentiva bene, rilassata; aveva sognato ma non ricordava che cosa, anche se le era rimasta una sensazione di benessere diffuso. «Sì, bene, grazie.»

«Dai andiamo, sennò facciamo tardi.»

Uscirono dalle coperte, si vestirono in fretta e, dopo una veloce colazione, si diressero al centro di addestramento, locato all'ottantesimo piano. L'ascensore si aprì sul solito corridoio anonimo. Enki fece strada verso i locali riservati alle sale di istruzione dove li accolse un ambiente con pareti in metallo e porte in acciaio blu. Enki verificò sul comunicatore il numero della sala che era stata loro riservata e, Vee al seguito, avanzò lungo il corridoio verso la stanza dodici.

Enki garantì l'accesso tramite il comunicatore, e la porta blu si sbloccò per farli passare. Dopo un breve corridoio incontrarono un'altra porta che dava accesso direttamente alla stanza di addestramento, una sala rotonda con pareti blu, soffitto molto alto e pavimento in acciaio. L'illuminazione nella stanza veniva dal soffitto, ed insieme al ronzio prodotto dalle lampade Vee immaginò che ci fosse anche quello dei sistemi di controllo.

Enki chiuse la porta e attivò una serie di comandi su un pannello posizionato a fianco dell'ingresso. Il ronzio aumentò e la gravità sembrò aumentare con esso. Enki si girò verso la donna, l'atteggiamento un po' freddo e distaccato, molto professionale.

«Victoria, ho attivato le barriere di controllo, quelle più pesanti che di solito si utilizzano nei primi addestramenti. Quando attiverò il meccanismo di salto guidato sentirai un forte desiderio di saltare via e dovrai cercare di controllarlo. Non è qualcosa che posso spiegarti perciò la prima volta ti guiderò io, poi dovrai cercare di seguire la stessa strada ricostruendo i percorsi che traccerò, ok?»

Lei annuì, a metà tra l'essere eccitata per la nuova esperienza e spaventata: temeva che le barriere contenitive non sarebbe state sufficienti.

«Dammi la mano.» Victoria obbedì e subito dopo Enki attivò il meccanismo di salto. La donna si sentì trascinare via: una sensazione che conosceva fin troppo bene e alla quale non aveva ancora imparato ad opporsi. Poi sentì una forza che la stava guidando; era qualcosa che già conosceva perché l'aveva sperimentata nei giorni precedenti: era il contatto con Enki che la stava guidando e indirizzando verso il controllo. Stava imbrigliando la spinta al salto inglobandola in una sorta di bolla, e poi annullando completamente l'energia, cambiando in qualche modo la polarità della bolla stessa. In pochi secondi la spinta era stata neutralizzata. A Victoria l'operazione era sembrata estremamente complessa e non era assolutamente certa di riuscire a riprodurre la stessa azione.

«Di nuovo. Ti guiderò ancora, so che non è facile all'inizio.»

Lei di nuovo annuì e attese che Enki riattivasse il salto. Ed ancora il controllo dell'uomo la guidò. Questa volta però Victoria riuscì a capire da dove partisse il meccanismo e riuscì a partecipare attivamente all'annullamento del salto.

Enki annuì. «Sì, proprio così. Un'ultima volta e poi dovrai provare da sola.»

La terza volta fu ancora più semplice: addirittura riuscì ad anticipare l'intervento di Enki, guidando l'azione. Il controllo che Victoria esercitò fu un po' troppo spinto, tanto da far crepitare le pareti della stanza.

«Piano Vee, troppa forza. Devi sempre tenere una tensione appena sufficiente a superare il salto: né troppa, né troppo poca;

è una questione di equilibrio. Di nuovo.» Ed Enki di nuovo le tenne stretta la mano per farle capire quanta forza dovesse impiegare.

La volta successiva Enki le chiese di provare da sola. Lei aveva lo sguardo un po' ansioso ma lui annuì.

Di nuovo il salto venne attivato e Vee ripeté l'esercizio di controllo appena eseguito. Ci vollero altri quattro tentativi perché l'energia impiegata fosse quella giusta, ed Enki decidesse di passare all'esercizio successivo.

Andarono avanti così per qualche ora, l'uomo che la stava spingendo sempre più in là, con difficoltà sempre maggiori, e Victoria che sembrava non sentire la stanchezza. Nel primo pomeriggio però la donna sbiancò, dopo l'ennesimo esercizio, ed ebbe un capogiro. Enki si rese conto di aver tirato un po' troppo la corda.

Spense le barriere e si avvicinò a lei.

«Stai bene?» le chiese, ma non attivò il comunicatore per la scansione: non voleva che le letture venissero registrate, non senza aver prima verificato in che stato fossero.

«Forse ho esagerato un po', mi gira la testa.»

«Come dopo la scansione molecolare di ieri?»

Lei annuì. «Sì, qualcosa del genere.»

«Basta per oggi, abbiamo già fatto parecchi progressi. Andiamo, ti riaccompagno al tuo alloggio.» Ma la donna non riusciva a reggersi in piedi ed Enki dovette attivare la bolla antigravitazionale per portarla fuori.

Quando furono finalmente all'interno dell'alloggio, Enki la adagiò sul divano e utilizzò il comunicatore per fare una scansione. «Meglio, i valori stanno tornando nella norma», disse dopo aver eseguito una scansione anche su sé stesso. Sembrava molto più rilassato in quel momento; forse le letture precedenti erano state estremamente fuori scala? Victoria sospirò di sollievo.

«Eri preoccupata?» le chiese lui stringendole una mano.

«Sono preoccupata per te: ho il terrore che succeda qualcosa di brutto. Non penso che potrei sopportarlo...»

Ma lui sembrava fiducioso. «Non succederà, non adesso», le disse sorridendo. E in quel momento Vee realizzò quello che le era sfuggito fin dall'inizio. Il viso di Enki, così rilassato e sorridente, era lo stesso di Lorenzo Gradenigo, dell'uomo nel mondo bianco, del dottor Greene e del tizio in quella bellissima casa di campagna, nella camera con il letto dalle lenzuola grigie. Era sempre stato lui.

«Enki, eri tu nel Limbo, ci sei sempre stato in quasi tutti i mondi che ho attraversato...»

Lui annuì. «Stavo cercando di aiutarti a uscirne ma non riuscivo a comunicare con te... non all'inizio almeno. Poi sei riuscita a cogliere le indicazioni che ti lasciavo e finalmente hai trovato la piega. Purtroppo, non è andata come speravo, hai saltato un po' troppo in là e sei finita su Xenyum.»

Victoria sentì un senso di sollievo e di familiarità riempirle l'anima. Le tornarono in mente tutti i dettagli del Limbo che pensava di aver dimenticato, anche quando aveva fatto sesso con quell'uomo in quella stanza bellissima. Victoria si sentì un po' in imbarazzo ma ripensò a lui, al senso di familiarità che c'era stata tra loro, a quanto avesse desiderato di stare con quell'uomo, come se non lo vedesse da secoli. Che dipendesse dal fatto che Enki la stava controllando da tempo?

«Enki, i soggetti che tenete sotto osservazione possono individuare la vostra presenza in qualche modo?»

Enki la fissò con sguardo interrogativo ma Victoria rimase sul vago: il ragionamento era ancora in fase embrionale, doveva raccogliere informazioni per dare forma all'idea.

«Di norma no, ma ci sono soggetti particolarmente sensibili che potrebbero intercettare una presenza anomala.»

«Ad esempio, nei sogni?»

«Hai qualcosa di specifico in mente?»

Lei scosse il capo. «No, solo un'idea, niente di concreto.»

«Comunque sì, i sogni sono porte per altri mondi, consci e inconsci.»

Sembrava che volesse dirle dell'altro ma invece non proseguì.

«Che altro c'è che non mi dici?» gli chiese lei fissandolo negli occhi. Ma lui scosse la testa.

«Devi arrivarci da sola Victoria, io posso solo indicarti la via.»

«Allora c'è dell'altro... È confortante, devo solo avere pazienza per scavare più a fondo. E a proposito di pazienza, hai detto che ne hai molto poca ma oggi sei stato molto paziente con me.»

«No, per niente, solo che impari in fretta e non mi hai fatto spazientire. Non sono adatto all'insegnamento. Ci ho provato anni fa, ho fatto i test ma li ho falliti tutti miseramente.»

Victoria sorrise ma poi un altro capogiro la fece sbiancare.

«Che c'è Victoria?» Enki utilizzò subito il comunicatore ma le letture non erano diverse da quelle dell'ultima scansione.

«Un capogiro, forse sono solo stanca.» Anche se lo disse con un moto di ansia, ripensando all'esperienza in ospedale e al dottor Greene che la chiamava mentre lei stava sprofondando nell'incoscienza.

«Meglio se dormi un po', oggi ti ho fatto stancare troppo. Io starò qui con te, ci sono dei rapporti che devo completare», le disse tenendo in mano il comunicatore. Lei annuì e si stese sul divano, Enki che la teneva per mano come al solito.

Victoria si addormentò quasi subito e l'uomo, dopo averla fissata per un po', si disse che forse Victoria stava ritrovando la memoria, quella dei sogni che avevano condiviso a lungo. Doveva pazientare ancora un po' e poi avrebbero deciso cosa fare. Doveva tenersi pronto, ogni momento poteva essere quello buono. La vita sarebbe potuta cambiare nel giro di un attimo. Enki era curioso di scoprire il futuro, era convinto che ci sarebbero state molte sorprese, per lui e per Victoria.

Quando Vee si svegliò trovò le tende chiuse, segno che fuori era già buio. Si sentiva bene finalmente, niente più stordimenti, capogiri o mal di testa. Enki si era addormentato ed era steso con lei sul divano, la giornata era stata stancante anche per lui.

La donna cercò di scivolare via da Enki senza svegliarlo e si diresse verso il bagno. Aprì l'acqua nella doccia e si buttò sotto il getto bollente trovando sollievo dalla stanchezza residua. Quando uscì dalla doccia si rivestì e tornò in soggiorno ma Enki non c'era. Guardò in cucina e in camera, ma non era neppure lì. Provò a chiamarlo con il comunicatore che le aveva dato due giorni prima ma non riuscì a farlo funzionare, sembrava che la linea fosse interrotta.

La donna cominciò a farsi prendere dal panico: che l'agente fosse stato portato via? Il cuore cominciò ad accelerare. Victoria uscì dall'alloggio per andare a bussare a quello di Enki, ma la porta era spalancata e all'interno tutti i mobili erano stati rovesciati e fatti a pezzi. Victoria entrò nella stanza e dette un'occhiata in giro, ma di Enki non c'era traccia. Si spostò in camera da letto e il suo cuore quasi si fermò. L'uomo era riverso sul letto, sangue colava sul pavimento, il comunicatore in mille pezzi sparsi ovunque. Vee si precipitò su di lui ma solo per constatare che non c'era nulla da fare: Enki era morto. Un urlo agghiacciante le uscì dalle labbra e cominciò a singhiozzare in preda ad una crisi di panico. Poi improvvisamente la luce nella stanza cambiò. Enki non era più steso sul letto di morte ma la stava osservando dalla porta della camera. Era vestito di bianco ed emanava un debole lucore. «Non è successo niente Vee, stai sognando, riprendi il controllo come ti ho insegnato oggi.»

«Ma eri morto...»

«Era un incubo Victoria, riprendi il controllo: sei tu ad avere il comando, e non i sogni.»

La donna inspirò a fondo e cercò la sensazione che aveva sperimentato quel pomeriggio nella sala di addestramento. Riuscì a ritrovarla e con calma uscì dall'incubo rientrando nel sonno senza sogni, la sensazione del controllo che bloccava tutto quello che non era riposo.

Vee si svegliò un paio d'ore più tardi, Enki che la osservava. Quando lo guardò negli occhi, lei li sgranò, ricordando improvvisamente l'incubo che aveva vissuto.

«Cos'era Enki?»

Lui era pensieroso. «Sembrava molto un sogno indotto: sono sogni che vengono generati per mettere alla prova i cadetti creando situazioni traumatiche. Servono a testare l'autocontrollo.»

«L'hai generato tu?»

Lui la guardò stranito. «No, non potrei mai metterti di fronte a una situazione del genere, sarebbe estremamente crudele.»

Lei si spaventò di più. «E allora chi? Vuol dire che siamo controllati?»

«Non lo so, ma non troverei così strano il fatto che ci stiano monitorando strettamente.»

Enki attivò un'applicazione sul comunicatore controllando le analisi. «Ci sono interferenze che normalmente non ci dovrebbero essere... E il campo contenitivo è stato allentato... Mmmh... È stato fatto questa mattina, dopo che siamo usciti... Ma i log di accesso sono stati manomessi.»

«Chi può essere stato così stupido da fare una cosa del genere sapendo che l'avresti scoperto?»

Enki scosse il capo. «Molte delle applicazioni che uso non sono standard, le ho sviluppate io nel corso degli anni. Ho sempre avuto una passione per l'hacking... E poi osservando il tuo mondo ho imparato una lezione importante, cioè che in certe situazioni è meglio non fidarsi...»

«Non riesci a risalire al colpevole?»

«Dovrò analizzare i dati, ci vorrà un po' di tempo... Penso però che sia meglio creare un po' di interferenza, giusto per evitare altre brutte sorprese.»

Enki attivò altre due applicazioni che, disse, avrebbero garantito il ripristino del campo contenitivo e una protezione tale da garantire uno scudo antintrusione e, soprattutto, una barriera contro le scansioni indesiderate.

Dopo che le difese interne erano state ripristinate Enki mise da parte il comunicatore.

«Vuoi fare un bagno? Intanto organizzo la cena», disse a Vee.

Lei scosse il capo: «Ti do una mano.»

«D'accordo.» Si alzarono e dieci minuti più tardi stavano già cenando.

«Raccontami un po' di te, della tua infanzia», le chiese Enki per riempire il silenzio che era calato tra i due. Victoria sembrava stanca, o forse solo persa nei suoi pensieri.

«Non sai già abbastanza di me, senza che io ti sveli altro?»

Lui sorrise. «Volevo solo fare due chiacchiere. Sei pensierosa stasera.»

Lei guardò il piatto che aveva davanti. «Sì, stavo ripensando al sogno indotto, non per il sogno in sé ma per la tecnologia che utilizzate.»

«È molto avanzata. Ormai sono secoli che è in uso.»

Victoria sgranò gli occhi. «Da così tanto?»

Enki annuì. «Il mio popolo è arrivato su Erinor un paio di migliaia di anni fa, con navi spaziali molto potenti. Il nostro mondo natale è stato spazzato via dal suo sole che è diventato una supernova; solo un terzo della popolazione è riuscita a mettersi in salvo. Dopo decenni di peregrinazioni siamo giunti su Erinor. Era un pianeta inospitale, a malapena vivibile. È stato terraformato per renderlo abitabile. La prima città a essere costituita è stata Geonosees. Abbiamo utilizzato la stessa tecnologia per secoli, poi abbiamo fatto una scoperta che ha cambiato tutto: abbiamo scoperto i varchi che si creano nel sonno. Abbiamo cominciato a esplorare il Dominio conosciuto tramite il viaggio, e poco alla volta non è più stato necessario usare le navi spaziali per spostarci. Abbiamo continuato a studiare e sperimentare; possiamo controllare la mente in modi che prima erano del tutto impensati e, controllando la mente, possiamo anche controllare la realtà che ci circonda.»

Victoria stava guardando Enki con gli occhi sbarrati. C'erano teorie sul suo mondo che insegnavano a sfruttare le capacità mentali per riuscire a plasmare il circostante; processo che, per essere assimilato, necessitava di molto tempo e di dedizione. Infatti, lei non era riuscita ad andare molto avanti; forse non aveva trovato il sistema giusto per procedere. Di fatto, se fosse riuscita a portare avanti gli studi, non sarebbe caduta nella depressione che l'aveva tenuta rinchiusa nel posto buio in cui era finita negli ultimi cinque anni. E dal quale era fuggita dalla porta di servizio.

«Ma quindi non siete dei saltatori naturali.» Mille domande affollavano la mente della donna.

«No, o meglio: qualcuno sì, ma la maggior parte di noi non lo è. Impariamo a saltare ma abbiamo bisogno della tecnologia per direzionare i salti, altrimenti viaggeremmo alla cieca.»

«È incredibile quello che potete fare. Ma perché diventare dei guardiani per impedire i salti, invece di utilizzare queste capacità per fare evolvere le altre specie?»

«Alcune specie non sono pronte, altre non vogliono ingerenze. C'è un equilibrio molto precario, non possiamo sconvolgerlo immettendo una variabile non prevedibile. Di fatto siamo custodi più che guardiani, o almeno questo è quello che ho sempre creduto.» Enki sembrò adombrarsi un po'.

«Non è più così?»

«Non lo so, negli ultimi anni la situazione con il Consiglio non è più così trasparente, i regolamenti sono stati appesantiti ma non in favore della chiarezza. Non posso dirlo per certo, ma qualcosa sta cambiando, e non in positivo.»

«Ne hai già parlato con qualcuno?»

«Solo accennato, non ho esplicitato le mie remore. Comunque staremo a vedere. Solitamente su Erinor le cose vengono alla luce abbastanza in fretta.»

In quel momento Victoria ebbe la sensazione di essere seduta su una bomba a orologeria.

Sogni

I quattro giorni successivi trascorsero come il precedente, con la routine che si era instaurata fatta di addestramento e momenti di pausa nell'alloggio assegnato a Victoria. Nota positiva: non c'erano più stati casi di sogni indotti o interferenze, ed Enki stava ancora indagando sull'accaduto. Aveva informato in modo non ufficiale Zorda, il quale non aveva preso bene la notizia. Avevano concordato di non divulgare nulla al riguardo e di mantenere le indagini secretate, almeno finché non fossero giunti ad una conclusione. Chiaramente dei nomi aleggiavano nell'aria, ma nulla doveva essere rivelato se non suffragato da prove certe.

La costante dei giorni di addestramento erano stati i sogni condivisi tra Enki e Victoria: sempre molto vividi anche se, al risveglio, uno tra i due non ne manteneva il ricordo.

La seconda notte dopo l'addestramento Victoria aveva sognato la vecchia scuola di musica dove aveva frequentato le lezioni di pianoforte molti anni addietro: la bellissima stanza nella villa di campagna dove il suo insegnante teneva le lezioni, l'ansia di non aver studiato a sufficienza, la sensazione dei tasti in avorio sotto le dita, il pianoforte a coda della sala da concerto e poi il panico del giorno dell'esame di diploma e la netta

sensazione di aver dimenticato tutto quello che aveva studiato.
E il giorno dell'esame, nella stanza, insieme alla commissione
c'era anche Enki, seduto tra il pubblico. Abbigliato con la divisa
dei corpi d'assalto, lo sguardo intenso e concentrato mentre lei
attaccava la quarta *ballade* di Chopin. L'esecuzione era quasi alla
fine ma un suono insistente stava traghettando la donna fuori
dalla performance: il comunicatore di Enki.

La terza notte Enki si ritrovò nell'auditorium della Torre,
al tempo della sua presentazione ufficiale come nuovo agente
operativo. La sala, grande e a forma di anfiteatro, quel giorno
era piena, oltre che di agenti e personalità di governo, anche
di civili provenienti da Geonosees. Enki provò rammarico nel
constatare che nessuno della sua famiglia fosse presente. Era
preparato all'evento, ma trovarsi di fronte alla realtà faceva
comunque male. Stava per salire sul palco quando tra il
pubblico scorse Victoria. Gli stava sorridendo dalla seconda fila
con un'espressione incoraggiante. Enki si allontanò dal palco e
cercò di raggiungere la donna, che però non era più al suo posto
ma stava lasciando la sala da una porta secondaria. Enki la
rincorse mentre chiamavano il suo nome dal palco. Uscì su uno
dei corridoi di accesso alla sala, ma Victoria non era più in vista
così l'uomo cominciò a correre alla cieca lungo un corridoio
che si era trasformato in labirinto e dove non sembravano
esserci vie d'uscita. Fortunatamente il comunicatore lo fece
uscire dall'incubo. Enki rimase stranito per qualche ora dopo
essersi svegliato; la giornata della proclamazione non era stata
particolarmente felice per lui nonostante fosse stato orgoglioso
di aver ottenuto il passaggio ad agente operativo in così poco
tempo. In quel frangente si era sentito fuori posto perché quasi
tutti i nuovi agenti avevano la famiglia al seguito, mentre lui era

rimasto solo. Aveva avuto la tentazione, nei giorni precedenti, di comunicare alla sua famiglia la notizia, ma alla fine aveva soprasseduto: sarebbe stato meno doloroso ritrovarsi solo alla cerimonia piuttosto che innescare nuovamente discussioni inutili.

«Va tutto bene?» gli chiese Victoria, che si era svegliata e stava fissando l'uomo che aveva uno sguardo distante e particolarmente triste.

Lui annuì e si alzò senza dare spiegazioni. Tornò del solito umore solo verso la tarda mattinata.

La notte successiva Enki sognò di essere in riva al lago vicino a casa su Geonosees, di sera con Kira. Stavano campeggiando con la tenda di Enki, era estate e quella sera non faceva nemmeno così freddo, si stava bene con un maglioncino e davanti al fuoco. Non c'erano altri campeggiatori sulla spiaggia, avevano il lago tutto per loro. Gli piaceva Kira, molto più di tutte le altre ragazze che aveva frequentato all'epoca, ma non sapeva per quanto sarebbe andata avanti la relazione. Si stavano frequentando da qualche settimana e le cose andavano bene, ma di lì a qualche mese Enki avrebbe dovuto decidere del suo futuro e sapeva che la sua scelta lo avrebbe allontanato da Geonosees. Ma non era il caso di fasciarsi la testa prima del tempo. Adesso erano lì ed Enki aveva tutta l'intenzione di godersi il momento: una bella estate da ricordare negli anni futuri. Enki stava baciando Kira quando all'improvviso una cometa attraversò il cielo sopra al lago: una luce improvvisa che squarciò il buio e l'impatto poco lontano da lì. Enki si alzò, lasciando Kira che protestava, e si avvicinò al punto d'impatto. Ma prima di arrivare scorse una figura che usciva dal cratere e che barcollava verso di lui. Si precipitò verso l'individuo che stava avanzando e che crollò al suolo dopo pochi passi. Lo raggiunse. Era una donna, era Victoria; la riconobbe quando si chinò su di lei. Non sembrava ferita, solo molto pallida e svenuta. Enki la sorresse cercando di farla rinvenire. Nel frattempo, lo raggiunse anche Kira. «Chi è? La conosci?»

«Sì, si chiama Victoria.»

«Come fa a essere ancora viva dopo l'impatto?»

«Non lo so.»

Kira si stava alterando: «Come fai a conoscerla?»

«È un'amica.» Enki stava diventando evasivo.

«Dovremmo informare la Guardia», disse Kira.

«Basta Kira, ha bisogno di cure mediche non della polizia!»

In quel mentre Vee aprì gli occhi. Aveva un'espressione un po' sofferente ma quando mise a fuoco il ragazzo chino su di lei gli sorrise. «Enki... sei così giovane...» gli accarezzò una guancia.

Kira ammutolì e fissò la donna con risentimento. «Non avrai una relazione con lei? Potrebbe essere tua madre!»

Enki la guardò stranito. «Ma ti stai ascoltando?» le disse.

Kira, imprecando, si allontanò dalla scena ed Enki tornò a concentrarsi su Victoria. Era ringiovanita ora, sembrava avere la sua stessa età.

«Non volevo farti litigare», gli disse.

«Le passerà. Come ti senti?»

«Non saprei... confusa, debole.»

«Sei ferita?»

«Non so, provo ad alzarmi.»

Enki le dette una mano e Victoria si mise in piedi, ma le gambe cedettero e l'uomo la tenne stretta per evitare che finisse di nuovo a terra.

Rimasero stretti per un po', finché la luce cominciò a cambiare: sembrava si stesse avvicinando l'alba. Victoria riaprì gli occhi. La tenda di Enki era sparita e così anche Kira.

«È un sogno vero?» gli chiese.

«Sì, anche se vorrei che fosse reale.» Victoria lo guardò negli occhi. «Anch'io.»

Enki la strinse più forte e Victoria respirò a fondo. Di nuovo un senso di gratitudine le riempì il cuore.

Il comunicatore fece uscire Enki dal sogno. L'uomo rimase steso nel letto per un po' a fissare Victoria che dormiva di fianco a lui. La donna aveva un'espressione tranquilla. Enki si chiese se fosse stato un sogno condiviso, l'ultimo che aveva fatto quella notte.

Sarebbe stato bello, ma Victoria non sembrava essere ricettiva e non stava ricordando. Che fare? Forzare un sogno indotto per farle tornare la memoria?

Tutti i sogni che avevano condiviso negli ultimi anni erano scomparsi senza lasciare traccia nella memoria della donna. Possibile? Il passaggio tra un mondo e l'altro aveva azzerato la vita che avevano condiviso?

Enki si sentiva frustrato ogni giorno di più; ormai erano trascorsi giorni da quando avevano iniziato l'addestramento, Victoria stava facendo molti progressi ed era in grado di essere autonoma. Enki sapeva che a breve il Consiglio gli avrebbe chiesto di rimandare il saltatore sul suo pianeta. E se questo fosse successo, con molta probabilità Enki non l'avrebbe più rivista a meno di fare qualche pazzia.

Mentre rimuginava sul da farsi il comunicatore tornò a farsi sentire e Victoria aprì gli occhi.

Quella sera Victoria era particolarmente stanca, Enki aveva forzato molto durante la lezione di quel giorno e Vee aveva dato fondo a tutte le sue energie. Il giorno dopo era prevista una pausa sulla tabella di marcia. I due si erano appena coricati e stavano parlando del giorno di libertà. «Sulla Terra abbiamo i weekend, trovo strano che anche qui abbiate dei giorni di riposo.»

«Be', non sono così frequenti ma ogni tanto anche noi abbiamo bisogno di staccare. Decenni fa non era così ma, dopo un evento disastroso, una emigrazione di massa che non siamo riusciti a contenere, si è cominciata a ventilare l'ipotesi della necessità del riposo anche per gli agenti.»

Victoria ascoltava sbalordita. Ogni tanto Enki aveva queste uscite sulla storia del suo popolo che la lasciavano interdetta. Si chiedeva infatti se gli fosse consentito parlare così apertamente di accadimenti tanto tragici. Ma non ebbe occasione di chiederglielo

«Vorrei portarti a Geonosees, se potessimo muoverci, ma oggi purtroppo mi hanno respinto la richiesta», le disse lui un po' contrito.

«Non posso muovermi da Geodees?» gli chiese lei.

«No, fa parte dell'accordo con il quale il Consiglio ha accettato che fossi io a controllarti.»

Vee provò un po' di risentimento, ma in fondo capiva le precauzioni alle quali doveva venire sottoposta. «Un po' li capisco Enki, evidentemente il rischio di combinare qualche danno sussiste.»

Enki sollevò un sopracciglio. «Be', dopo giorni di addestramento non direi proprio; ma nonostante l'abbia fatto notare e abbia portato prove concrete del tuo miglioramento non mi vogliono ascoltare. Non c'è proprio niente da fare, ultimamente con il Consiglio non si ragiona.»

«Che ne pensa il tuo responsabile? Zorda?»

«Sì, lui. Questo eccesso di zelo lo disturba ma ci sta andando cauto.»

«Probabilmente lui vede cose che a te non è concesso di vedere: Zorda fa parte del Consiglio, no?»

Enki annuì ma poi tagliò corto. «Comunque, domani volevo portarti al lago nella periferia di Geodees. Almeno questa destinazione non ha incontrato sfavore.»

«Lago? Come quello vicino a Geonosees?»

Enki la guardò stupito. «Come conosci il lago di Geonosees?»

«L'ho sognato, non ricordo quando... qualche notte fa, o ieri sera forse. È un lago esteso con acque turchesi e una spiaggia bianca sabbiosa», disse lei con lo sguardo sfocato, nello sforzo di ricordare.

Enki aveva sognato il lago la notte precedente, allora forse avevano condiviso lo stesso sogno.

«Raccontami di più», le disse.

«Non riesco a mettere a fuoco bene... c'era una ragazza, aveva capelli lunghi e scuri, sembrava arrabbiata per qualcosa. C'era anche un ragazzo con lei e stavano litigando. Non ricordo molto altro.»

Enki pensò che era già qualcosa e sentì che cominciava a sperare di nuovo. «Davvero non ricordi altro?»

«È tutto molto confuso... sulla Terra non avevo difficoltà a ricordare i sogni ma da quando sono qui non riesco a mettere a fuoco, ci sono solo frammenti di immagini, anche se, quando mi sveglio, so di aver sognato. È una situazione strana.»

Enki ci pensò su, in effetti era una situazione anomala. Ma dalle scansioni di Victoria non aveva rilevato nulla. Avrebbe dato un'occhiata più approfondita ai dati raccolti con la scansione profonda, forse avrebbe trovato qualcosa che finora gli era sfuggito.

«Sei pensieroso. È preoccupante che non ricordi i sogni?»

«Non necessariamente. Farò qualche indagine in più.»

Victoria cominciò a sbadigliare e poco dopo si addormentò. Enki invece non aveva sonno; l'informazione relativa ai sogni gli aveva messo la pulce nell'orecchio, meglio iniziare le indagini subito.

Aprì i dati della scansione profonda dal comunicatore e cominciò l'analisi andando avanti fino a notte fonda.

Quella notte l'ultimo sogno di Enki fu estremamente angosciante. Si trovavano su Xenyum, al velodromo, erano appena atterrati dalla fuga in deltaplano. Victoria era atterrata male, forse si era rotta qualcosa ma Enki non poteva controllare perché il comunicatore si era danneggiato nell'atterraggio. La donna era pallida, gli occhi vitrei, non riusciva più a respirare.

«Victoria dobbiamo andare, riesci a metterti in piedi?»

Ma lei non rispondeva più, ormai cianotica.

In quel momento, a peggiorare la situazione, giunsero i guardiani rossi di Xenyum. Li circondarono e, puntando loro contro le armi, allontanarono Enki da Victoria. A nulla valsero le suppliche di soccorrere la donna: la lasciarono in mezzo al prato a morire. Quando esalò l'ultimo respiro, Victoria si sgretolò come se il suo corpo fosse stato di cenere.

Enki si svegliò di colpo in preda all'angoscia. Victoria era lì, di fianco a lui, addormentata e tranquilla. L'uomo respirò a fondo, sollevato. Perché questo incubo? Era frutto dell'analisi che aveva eseguito la notte precedente? Il suo subconscio stava cercando di comunicargli qualcosa? Enki era sempre stato una persona intuitiva e sentiva che c'era qualcosa di stonato in tutta la situazione, ma non aveva ancora messo a fuoco che cosa.

Doveva mantenere i sensi in ascolto e cercare lo schema che al momento gli sfuggiva.

Respirò a fondo di nuovo per cercare di rilassarsi. Si guardò attorno. Stava iniziando ad albeggiare, una luce tenue filtrava dalle finestre attraverso le tende spesse. Victoria dormiva profondamente, inconsapevole di tutto il resto. Enki ripensò a tre anni prima, quando aveva scoperto una backdoor sconosciuta, nei sogni, che lo aveva portato da Victoria. A volte si incontravano tramite un ambiente intermedio: non era completamente sogno né una dimensione conosciuta. Lo chiamavano Lux.

Il Lux

*E*nki stava eseguendo delle analisi con il comunicatore e una console esterna. Era nel suo alloggio alla Torre, la sera era calata ma le tende erano ancora aperte. L'uomo si era accomodato sul divano e si era preparato una bevanda calda. La giornata era stata noiosa, almeno tanto quanto le ultime trenta.

Stava verificando le letture del saltatore assegnatogli, ma non riusciva a venirne fuori. La Terrestre utilizzava una vibrazione molto specifica per entrare nei sogni, uno schema non del tutto chiaro o analizzabile. E questo era strano. Su Erinor si utilizzava questo tipo di scansioni e analisi da decenni, non c'era nulla che non fosse riconoscibile: nessuna combinazione, seppur nuova, che non si potesse decodificare. Enki era una persona estremamente analitica e curiosa, trovava sempre una soluzione, anche ai problemi più complessi, ma questo rebus gli stava facendo perdere la ragione. Lasciò il device sul tavolino di fianco al divano, si stirò e guardò fuori dalla vetrata.

Si era appisolato quando il comunicatore iniziò a vibrare.
Era Eren.
Di nuovo.
Non aveva nessuna voglia di sentirla, non quella sera almeno. Le relazioni tra colleghi della Guardia erano tollerate

purché non superassero una certa soglia. Difficilmente si generavano famiglie da coppie di agenti; la vita dei guardiani era estremamente erratica e, a volte, pericolosa. Enki aveva proposto ad Eren di iniziare a frequentarsi e vedere come evolveva la cosa ma, dopo qualche mese, iniziava già a sentirsi insofferente. Per lui la relazione era solo una valvola di sfogo, un fattore fisico che, seppur piuttosto latente per gli Erinoriani, aveva necessità di esprimersi. Enki era stato chiaro su questo punto ma Eren aveva iniziato a farsi più insistente. Forse era arrivato il momento di troncare?

Enki spense il comunicatore. Ne aveva avuto abbastanza per quel giorno. Si alzò dal divano e si avviò verso la camera. Avrebbe di nuovo sognato del saltatore, ne era certo; ormai era diventata una costante delle ultime notti.

Si addormentò quasi subito ed entrò nei sogni come di consueto. Tuttavia, c'era un'atmosfera diversa nel sogno, una vibrazione che gli era sconosciuta.

Si trovava sulla Terra, in una città che gli sembrava familiare. Era notte e il viale che stava percorrendo era pieno di locali affollati dai quali usciva musica. Era curioso, si avvicinò ad un bar che si chiamava Lux. Sembrava grande e dalle porte aperte usciva un tipo di musica che non aveva mai sentito prima, un po' confusionaria ma piacevole. Entrò nel jazz club, un posto raffinato, buio, affollato e un po' rumoroso, e si diresse verso il fondo della sala dove c'erano i musicisti.

Erano posizionati sopra ad una piccola pedana, al centro della sala circolare. Erano in quattro e, per quello che poteva riconoscere, suonavano un contrabbasso, un sassofono, una batteria e un pianoforte.

C'era una donna al piano: era Victoria. La saltatrice in effetti suonava il pianoforte, nella realtà, ma era la prima volta che la sentiva suonare.

Enki si sedette ad un tavolino a fianco della pedana e ascoltò la jazz band per un po'. Gli piaceva quella musica, era insieme rilassante ed eclettica. Dopo un altro paio di brani l'esibizione si concluse ed Enki applaudì la band insieme a tutto il pubblico: sembrava che la jam session avesse incontrato molto il favore della folla. Dopo un brano dedicato al bis la band lasciò il palco e si disperse tra i tavolini.

Enki perse di vista Victoria e stava quasi per lasciare il locale quando lei si avvicinò al tavolo con un drink in mano e gli chiese di potersi sedere. Lui si alzò e la fece accomodare.

«Ciao, lo sai che questo è il tavolo riservato agli ospiti speciali?» gli disse lei. Indossava un abito lungo, nero, senza maniche e a collo alto, e stava bevendo un cocktail rosa.

«È per questo che sei venuta a salutarmi? Come ospite speciale?» rispose lui, sorridendo.

Lei ammiccò ma non rispose e gli tese il bicchiere per fare un brindisi.

«Che ci fai qui? Sulla Terra intendo. Non sei un Terrestre, vero?» gli chiese.

Enki non se l'aspettava. Come poteva sapere che lui non era un Terrestre? Tuttavia non ebbe il tempo di risponderle: qualcosa distrasse la donna, che si alzò e scomparve davanti ai suoi occhi. Enki mosse qualche passo in giro per il locale, che in quel momento si era svuotato, ma di Victoria non c'era traccia.

L'uomo stava per abbandonare il club quando l'atmosfera iniziò a cambiare e, dal nulla, poco avanti a dove si trovava, cominciò a generarsi una turbolenza, come se l'aria iniziasse a ribollire. Poi ci fu una luce intensa e, dal nulla, si aprì una fenditura; verso quale posto non avrebbe saputo dire. Che fare? Enki però era un esploratore e, senza indugiare oltre, attraversò l'apertura.

Si ritrovò in un posto completamente vuoto dove non c'era nulla se non una distesa luminosa e dorata in tutte le direzioni.

«E adesso?» si disse. «Come esco da qui?» Gli bastò immaginare il varco dal quale era entrato e nuovamente questo si materializzò davanti ai suoi occhi. Dette un'occhiata fuori dal varco ed ecco di nuovo il jazz club dal quale era entrato.

«Ma che posto è?» si chiese Enki. In tutta la documentazione che aveva letto e studiato nel corso dell'addestramento su Erinor, non aveva incontrato nulla che raccontasse di un posto simile. Curioso com'era l'uomo iniziò a sperimentare, immaginando cose che si materializzavano all'istante davanti ai suoi occhi. Dopo un po' che era all'interno di quel lucore l'apertura verso l'esterno si aprì di nuovo, ma non entrò nessuno. Forse era tempo di rientrare nel sogno e poi nella realtà? Enki attraversò il varco, rientrò nel sogno precedente e poi iniziò a percepire un suono insistente. Era il comunicatore che lo riportava alla vita reale.

Enki aprì gli occhi, era l'alba su Erinor. Spense il comunicatore e rimase immobile nel letto a pensare a quello che aveva appena vissuto. Che cos'era? Era un luogo? Una proiezione mentale? Un sogno lucido? O che altro? Perché tutto quello che immaginava si manifestava immediatamente?

E chissà se il comunicatore aveva registrato qualcosa di anomalo. Riprese in mano il dispositivo e controllò la scansione notturna. Niente di strano. Solo un periodo di sonno profondo più lungo del solito.

In tutti gli anni in cui era stato un agente operativo mai gli era capitato di imbattersi in una dimensione così particolare:

era stato incredibile finire su Xender, il suo pianeta, come ormai lo definiva, ma questa dimensione di luce era qualcosa di completamente diverso e, in qualche modo, destabilizzante. Si chiedeva se sarebbe riuscito a rientrarci. La notte successiva avrebbe cercato di ritrovare il varco.

C'era una storia, sulla Terra, che Enki aveva scoperto grazie al saltatore. Era la storia di una bambina che cadeva in una dimensione parallela seguendo un coniglio bianco. Era Victoria il suo coniglio bianco?

La favola gli rimase in testa tutto il giorno, anche durante le riunioni periodiche per gli agenti non in missione e durante le ore dedicate alle analisi.

A cena, quella sera, Enki si era fermato alla mensa centrale, dove aveva incontrato Nikko e Jender: due vecchi compagni di addestramento. Avevano cenato insieme.

La mensa era un luogo abbastanza asettico, grandi vetrate che si affacciavano sulla città, pavimento grigio lucido, tavoli e sedie in legno e una zona, lungo una delle pareti cieche, dedicata ai risequenziatori e alle ricette proposte per il giorno.

Per quella sera era consigliata una *boule* di verdure rosse con cereali.

Enki replicò il piatto del giorno e si sedette al tavolo con i due ragazzi.

Nikko e Jender si assomigliavano molto, pur non essendo fratelli. Erano alti quanto Enki, capelli castano chiaro e occhi verdi. Nikko era un po' più spigoloso di Jender ma era l'unica differenza tra i due.

«C'è Eren che ti cerca», gli disse Nikko. «Sta dicendo in giro che non la richiami e non ti sei più fatto vivo.»

Enki cominciò a sentirsi irritato e non ebbe voglia di ribattere.

Jender disse però una cosa che lo fece pensare: «Se non ne puoi più taglia corto, così è frustrante sia per lei che per te.»

«Questo è vero», rispose lui pensieroso.

«Anche se è comodo avere qualcuno con cui condividere le fasi acute», disse Nikko sorridendo.

«Sempre che questo qualcuno poi non ti si appiccichi addosso», ribatté Enki scocciato.

«C'è un nuovo programma che gira tra gli agenti e sembra che aiuti ad allontanare le fasi acute ancora di più», disse casualmente Jender.

«Un altro po' e diventeremo dei cadaveri ambulanti», intervenne Nikko.

«Certo, ma considera le missioni di lungo corso. Potrebbe diventare un problema», aggiunse Jender.

Nikko annuì ripensando al suo ultimo assegnamento. Era durato quasi un anno, su un pianeta semi disabitato, dal quale era tornato da un paio di settimane. Non era stato piacevole e il programma di cui gli parlava Jender gli sarebbe stato utile.

«L'hai scaricato, per caso?» chiese Enki.

«No, ne sentivo parlare Mardon con altri agenti d'assalto, se vuoi chiedo in giro.»

«Solo se ti capita, non perderci troppo tempo.»

«Sì, tranquillo, interessa anche a me. Potrei partire a breve in missione e meglio prevenire situazioni rischiose.»

«Io chiamerei Eren», disse Nikko con un sorriso malandrino. «Anche se non ho mai capito perché sei andato proprio in cerca di lei. Per carità è una bella ragazza ma sembra ancora molto… non so, indecisa su quello che vuole dalla vita.»

«A dire il vero non lo so, tre mesi fa era sembrata una buona idea ma adesso proprio no.»

Jender si alzò, aveva finito di cenare e disse che il mattino dopo, molto presto, lo aspettava un addestramento specifico per la prossima missione.

«Chiudi con lei, fai un favore a te stesso e anche a Eren. Buonanotte ragazzi.»

Poco dopo si alzò anche Nikko ed Enki tornò verso il suo alloggio, pronto per un'altra notte di sonno e per trovare il passaggio verso il Lux, come aveva soprannominato il mondo dorato, prendendo a prestito il nome del jazz club che gli aveva aperto la strada.

Ci volle molto più tempo del previsto ad Enki per ritrovare la via; non capiva come far apparire nuovamente la piega per entrare nel Lux.

Nei sogni continuava a rincorrere Victoria ma non riusciva più ad avvicinarsi a lei, come se la donna fosse in fuga. Anche durante la veglia Enki poteva vedere che Vee stava attraversando un brutto momento: era spesso in frequenza negativa e non c'era nulla che riuscisse a tirarla fuori.

Ogni mattina Enki si svegliava sempre più frustrato. Ormai dubitava di riuscire a ritrovare la strada, chiedendosi alla fine se quello che aveva sperimentato fosse effettivamente accaduto.

L'inizio della settimana successiva fu anche più pesante: Eren gli fece visita al suo alloggio. Era mattina ed Enki stava uscendo per recarsi al solito *briefing* quando si trovò Eren fuori dalla porta dell'alloggio che lo stava aspettando.

«Eren, che ci fai qui?»

La ragazza indossava la divisa d'ordinanza, che faceva risaltare i suoi occhi grigi. Sembrava particolarmente provata, era pallida e aveva occhiaie scure sotto agli occhi stanchi. Forse non aveva dormito.

«Sono due settimane che mi eviti. Volevo sapere che sta succedendo.»

Enki chiuse la porta dell'alloggio e fronteggiò la donna.

«Non ti sto evitando, sono solo molto occupato con il mio lavoro. Ti avrei richiamato in un momento di calma.»

Eren sorrise. «Quando, l'anno prossimo?» disse sprezzante

Enki si sentì attaccato e gli tornarono alla mente le parole di Jender. «Senti, non ho molto tempo, devo andare al *briefing* e ho una montagna di analisi che mi aspetta, ma se vuoi ne parliamo più tardi, potremmo trovarci in mensa per pranzo.»

Eren era stanca di dover rincorrere l'uomo. «No, voglio una risposta adesso. Se vuoi troncare basta dirlo. Sappiamo tutti che il saltatore ti tiene molto occupato, anche se ormai ci stiamo chiedendo se sia solo lavoro per te.»

Enki si sentì giudicato. «Non ho niente da dire al riguardo, la mia assegnazione non è argomento di dibattito», rispose piccato.

«D'accordo, ma questo non risponde alla mia domanda.»

Enki si sentì messo in un angolo. «Bene, allora, sono d'accordo con te a troncare la relazione. Non ho più tempo libero, il lavoro sta assorbendo tutte le mie energie e sarebbe sbagliato nei tuoi confronti darti false illusioni.» Lo disse in tono distaccato e in un certo senso sollevato.

Eren si sentì rifiutata. Aveva sperato fino all'ultimo che affrontando l'uomo lui avrebbe fugato i suoi dubbi, e invece ecco arrivare la fine che aveva tanto temuto. Gli piaceva Enki, troppo probabilmente; era sempre stato un trofeo ambito alla Guardia, ma sembrava che nessuna fosse sufficientemente interessante per lui. E poi, di punto in bianco, le aveva chiesto di iniziare una relazione. Era stato molto diretto sulle sue aspettative: il lavoro e il suo assegnamento avevano la priorità su tutto. Eren aveva accettato al di là di ogni logica. Era convinta che, frequentandosi, avrebbe fatto cambiare idea all'uomo. Ma le cose non erano cambiate affatto, anzi, dopo le prime settimane avevano iniziato a vedersi sempre meno, con la scusa del lavoro, e dopo qualche mese ecco arrivare la chiusura.

«Prendo nota della tua decisione», disse lei.

Enki annuì e non aggiunse altro.

Eren lasciò andare l'uomo verso gli ascensori e attese che non fosse più in vista per sfogare tutta la sua frustrazione con un pianto liberatorio.

Era stato troppo duro con lei? Si chiese Enki mentre saliva sull'ascensore per raggiungere il sessantesimo piano. Forse sì, anzi, sicuramente sì. Aveva gestito la cosa molto male: avrebbe dovuto troncare con Eren settimane prima, ma il chiodo fisso dell'assegnazione gli aveva obnubilato la mente. Eren, di fatto, non gli interessava. Pensava di essere stato chiaro con lei fin dall'inizio, ma evidentemente lei aveva comunque frainteso.

L'ascensore si fermò al cinquantaduesimo piano e Jender salì a bordo.

«Ciao, come va?» gli chiese, vedendo Enki con espressione tesa.

«Ciao, potrebbe andare meglio.»

«Che è successo?'

«Eren. Mi ha fatto un'imboscata fuori dal mio alloggio. Ha preteso una spiegazione. Abbiamo troncato.» Lo disse con un tono cupo.

«Be', era quello che volevi, in fondo.»

«Sì, però mi sento abbastanza male. Ho sbagliato ad attendere così tanto. Comunque ormai è andata, non posso più farci nulla.»

«Speriamo che la cosa si chiuda qui», gli disse Jender. Enki lo guardò con sguardo interrogativo.

«Che vuoi dire?»

«Eren è una persona abbastanza vendicativa. Una donna ferita può creare problemi.»

Enki non ci aveva pensato. «Che pessima idea iniziare una relazione. Maledizione a me», disse tra i denti.

Jender dopo un po' aggiunse: «Inutile fasciarsi la testa adesso. Ah, a proposito, ho ottenuto l'applicazione di cui parlavamo qualche giorno fa.»

Enki lo fissò, interessato. «Te la passo. L'ho già testata e funziona bene.»

«Grazie, una buona notizia in questa giornata iniziata così male.»

Jender gli sorrise. Sincronizzarono i comunicatori ed Enki ottenne l'applicazione. L'avrebbe analizzata più tardi. Controllava sempre il codice prima di integrare nuove funzioni nella sua struttura fisica.

La giornata passò, pesante com'era iniziata.

In mensa erano iniziate a serpeggiare voci sulla rottura tra Enki ed Eren, e non erano sicuramente a favore di Enki. Quello che Jender gli aveva anticipato si stava rivelando esatto: Eren si stava vendicando.

Enki pensò di evitare la mensa per un po', giusto per eludere i commenti inutili.

Quella notte fece un incubo dietro l'altro ma, verso mattina, finalmente, provò la stessa sensazione che aveva provato durante il sogno prima di entrare nel Lux. Si trovava sul ponte di una nave che veleggiava su acque tranquille, era il tramonto e non c'era anima viva in vista. Enki si spostò verso la prua della nave e fissò l'orizzonte. Il sole stava tramontando proprio davanti a lui e, ad una certa distanza, si vedeva terra affiorare poco più avanti. La nave si stava dirigendo proprio lì. Arrivò a destinazione in un lampo ed Enki scese sul molo: una lunga passerella che, in fondo, sprofondava tra il fogliame di una fitta foresta tropicale.

Ormai era buio ma Enki percorse tutta la passerella ed entrò nella foresta in cerca di risposte. Il sentiero si sviluppava attorno agli alberi. Dopo un certo tempo Enki avvistò un fuoco da campo in lontananza. Si avvicinò di buona lena e quando giunse nei pressi vide Victoria seduta davanti al fuoco, intabarrata in una coperta.

«Ciao, vieni», gli disse invitandolo a sedersi. Enki si accomodò.

«Ti ho già visto, al jazz club mi sembra, vero?» gli chiese. Enki la fissò sbalordito: quella che aveva davanti non era una proiezione della sua mente, ma la donna vera e propria.

«Sì, qualche giorno fa. Abbiamo fatto quattro chiacchiere.»

«Perché mi stai seguendo?»

Enki optò per la sincerità e gli raccontò di essere un guardiano di Erinor.

«E così vi arrogate il diritto di controllare i viaggiatori di tutto il Dominio.»

«Lo facciamo da molto tempo, nessuno ha mai avuto da ridire.»

«Nessuno che ne fosse cosciente. Chi sa della vostra esistenza?»

«Praticamente nessuno nel Dominio ci conosce.»

Victoria rimase silenziosa. «Sei entrato nel Lux?» gli chiese poi.

«Sì, ma non sono più riuscito a ritrovare la strada, dopo la prima volta.»

«La strada non esiste per la maggior parte dei sognatori; solo per alcuni si schiude e lascia entrare solo chi è in vibrazione armoniosa con esso.»

«Come faccio a ritrovare la strada?»

Vee scosse il capo. «Non puoi. Sta al Lux decidere quando farti passare.»

Enki si chiese se fosse veramente Victoria la persona che aveva davanti. Sembrava estremamente diversa dalla donna terrestre. Molto più consapevole e determinata.

«Sì, sono lei, la parte vera di lei, quella che è nascosta sotto strati di incertezza, depressione e difficoltà. Lei diventa me solo quaggiù, in un mondo dove nessuno può dirle cosa deve fare e come deve essere. Io sono Victoria», rispose, come se avesse captato quello che Enki aveva pensato nella sua mente.

Enki avrebbe voluto continuare la conversazione ma la donna si alzò.

«Devo andare adesso, ma ci incontreremo di nuovo. Enki...» disse, dissolvendosi mentre lo diceva. Enki rimase davanti al fuoco ancora un po', poi qualcosa di imprevisto scosse quel paradiso tropicale. Un vulcano in lontananza iniziò a eruttare ed Enki si ritrovò in mezzo alla lava. La sensazione di avere il corpo in fiamme lo catapultò fuori dal sogno.

Si svegliò turbato e, in un certo senso, rincuorato dal sogno che aveva appena fatto.

Era riuscito a parlare con Victoria ma, soprattutto, avevano parlato del Lux.

Quel posto era reale, quindi; non se l'era immaginato. Adesso doveva trovare il modo di tornarci. Victoria aveva parlato di vibrazione, quindi di frequenza. Doveva analizzare più in profondità le scansioni della notte in cui era entrato nel Lux e quelle della notte appena trascorsa. La chiave doveva essere lì.

Nei giorni successivi l'uomo continuò a concentrarsi sulle analisi ma non era ancora riuscito a trovare la chiave di volta.

Un tardo pomeriggio si trovava in uno dei laboratori del quarantesimo piano e stava cercando di utilizzare una console più potente del comunicatore per effettuare un'indagine più approfondita, quando Nikko entrò nel cubicolo.

«Ehi, come sei messo?»

Enki stava fissando il monitor, quasi ipnotizzato. «Così...»

Nikko allungò la testa per fissare la scansione. «Ehi, bello, ho già visto quel pattern», disse l'uomo puntando lo schermo.

Enki aggrottò la fronte. «Quale pattern?»

«Posso?» gli chiese Nikko e a un cenno di assenso di Enki iniziò ad eliminare layers dall'immagine. Lasciò solo uno schema molto basilare e quasi invisibile ad occhio non allenato.

Enki non se l'aspettava, gli era sfuggito completamente. «Dove l'avevi già visto?»

«In un saltatore di Gorgo, il sistema nel quale sono stato in missione un po' di tempo fa.»

«Hai scoperto dove porta?» gli chiese Enki sempre più curioso.

«No, l'abbiamo semplicemente classificato come rumore di fondo, però magari a qualcosa serve.»

«Mah, chi lo sa, non sembra avere molto senso.»

«Infatti. Comunque, come sei messo? Tra un po' ci vediamo in mensa?»

Nikko sarebbe partito l'indomani per una nuova missione e sarebbe stato via per qualche settimana. Voleva salutare i compagni della Guardia con una cena collettiva.

Enki si stirò, spense la console salvando i dati · sul comunicatore e si alzò. «Vengo con te. Per stasera ne ho abbastanza.»

«Bene!»

Il giorno dopo Enki si svegliò con il mal di testa; la sera prima la festa era andata avanti per un bel po'. L'uomo dette un'occhiata al comunicatore e attivò l'app del controllo fisico in cerca del problema. Eccolo lì, fegato e stomaco appesantiti, muscoli cervicali bloccati e nervo vago in tilt. Utilizzò il trattamento standard e, pochi secondi dopo, cominciò a sentirsi meglio. Problema risolto.

Enki in generale non amava le procedure mediche ma, al contrario, utilizzava spesso le applicazioni di controllo fisico. Aveva anche sviluppato in autonomia applicazioni che erano state poi adottate dalla Guardia: integrazioni che interagivano con i sistemi principali e che, in occasioni specifiche, potevano ritardare le necessità corporee, come il bisogno di cibo e acqua.

Non aveva ricordi dei sogni fatti durante la notte precedente, segno che doveva essere ben distrutto quando era andato a dormire.

Durante la giornata si concentrò su quello che gli aveva detto Nikko e sulle scansioni dei giorni incriminati. Lo stesso pattern in effetti era presente in entrambi i casi e solo in quelli: non c'era traccia dello schema nelle altre scansioni.

Qualche notte più tardi incontrò nuovamente Victoria, questa volta sulla terrazza di un grattacielo di una città di mare che poteva essere Hong Kong. Era seduta al tavolino del lounge bar e stava bevendo qualcosa fissando il panorama. Non c'era nessun altro lì attorno.

«Ciao Enki, ci si rivede.»

«Ciao Victoria», disse mentre si sedeva al tavolo.

«Stai cercando l'accesso al Lux vero? Ma le analisi tecniche non serviranno.»

Come faceva a saperlo?

«Leggo quello che ti porti dietro», gli disse.

Di nuovo Enki pensò che quella che aveva davanti sembrava una persona totalmente diversa da quella che stava seguendo.

Lei sorrise.

«Come faccio a ritrovare il Lux? Se non con le scansioni per trovare l'ingresso, come?»

«Te l'ho già detto: devi immaginare la stessa frequenza che ti ha aperto la porta la prima volta. È l'unico modo.»

«Ma il Lux è accessibile anche da altre dimensioni?»

«Diciamo di no; prettamente durante il sogno. Ci sono altre vie ma richiedono impegno e costanza.» E poi aggiunse sorridendo: «Pensavo stessi cercando me, non il Lux.»

«Diciamo che mi sento incuriosito da entrambi», disse sorridendo a sua volta. «Non ho ancora capito che cos'è il Lux.»

«Il Lux è un posto di questo universo, fatto di una sostanza che risponde a determinati stimoli. È una zona molto potente e il subconscio individuale è in diretto contatto con esso.»

Enki rimase pensieroso, elaborando quello che Victoria gli stava dicendo. «Come fai a conoscere queste cose?»

«Nei sogni sono in contatto con altri viaggiatori. La comunità in effetti è piuttosto estesa.»

«E non ricordi nulla durante la veglia?»

«Purtroppo no, sarebbe molto più facile vivere se ricordassi tutto quello che so qui. Anche gli altri viaggiatori hanno lo stesso problema. Stiamo cercando un modo per ricordare. A quanto sembra tu sei l'unico che mantiene i ricordi anche quando sei sveglio.»

Enki la guardò stupito. «Com'è possibile?»

Victoria guardò verso il parapetto di cristallo. «Difficile a dirsi. Forse qualcosa nella tua fisiologia, oppure voi Erinoriani avete capacità mentali estremamente sviluppate.»

Improvvisamente il sole tramontò e Victoria si alzò, segno che stava per andarsene.

«Difficile però riuscire a parlarci così.»

«Lo so ma è quasi ora di andare per me.»

«Ci rivedremo?» chiese lui alzandosi a sua volta.

«Sì, ma ho qualche difficoltà nella vita reale: più difficoltoso è vivere nella realtà, meno capacità di proiezione ho qui nei sogni.»

«Che tipo di difficoltà?»

«Depressione, prettamente. La mia vita così com'è non ha più molto da dire. Sto cercando di trovare degli stimoli esterni ma non ci sto riuscendo molto bene.»

Enki le strinse un braccio. «Non posso intervenire nella realtà, se non a fronte di una violazione: è la nostra legge.»

Victoria sospirò. «Allora dovrò inventarmi qualcosa. Ci dobbiamo incontrare nella vita reale. Dovrai raccontarmi del Lux, forse, così riuscirò a ricordare»

«Potresti semplicemente non credermi.»

«Lo so, ma ho bisogno di sapere che c'è una via d'uscita. Ho un progetto per il Lux ma non posso metterlo in atto solo nel sogno, devo esserne cosciente anche nella realtà.»

«Raccontami.»

Ma Victoria si stava già dissolvendo. «La prossima volta, Enki. Ricordati di me.» E scomparve.

L'uomo chiuse gli occhi per un attimo. "Impossibile non ricordarsi di te", si disse.

Quando riaprì gli occhi non si trovava più sul tetto dell'edificio ma in un sotterraneo male illuminato. «Un altro incubo?» si disse. Ma nello stesso momento in cui pronunciava la frase sentì la propria frequenza cambiare, e l'apertura verso il Lux si materializzò davanti a lui. Enki sorrise ed entrò.

Da quel giorno trascorse parecchio tempo in quel luogo: voleva sperimentare e capire come funzionasse. Con un po' di pratica riuscì a proiettare la sua immaginazione sulla sostanza del Lux e manifestare dapprima oggetti di piccole dimensioni fino a proiettare l'immagine di Xender e a mettere piede sulla spiaggia che si trovava giù dal sentiero che partiva dalla casa sulla roccia in cima alla scogliera. Adorava quel posto, ci aveva passato molto tempo in solitudine.

La materia del Lux era estremamente duttile e impressionabile anche se, a lungo andare, Enki non capiva come potesse essere utilizzata in maniera più costruttiva. Rimanere nel Lux era un'azione fine a sé stessa. Chissà cosa intendeva Victoria quando aveva menzionato di avere un progetto. Doveva incontrarla di nuovo e farsi spiegare.

Dopo quella notte in cui si erano incontrati a Hong Kong, però, non era più riuscito a ritrovarla. Era passato più di un mese, ormai. Sulla Terra dove abitava era giunto l'inverno, il periodo che lei più odiava.

Enki doveva lasciare da parte il Lux per un po' e cercare la donna in giro per i sogni: le sue letture erano abbastanza stabili ma il suo stato emotivo era sceso a picco con l'arrivo del freddo e del buio.

Trascorsero altri dieci giorni prima che Enki, finalmente, ritrovasse le sue tracce.

Ad ogni sogno chiedeva in giro, a tutti quelli che incontrava, se avessero sue notizie. Ma non aveva avuto fortuna, infatti non aveva incontrato altri viaggiatori. Dopo lungo girovagare, però, incontrò un uomo che gli sembrava di aver già visto. Era forse il contrabbassista che aveva suonato con Victoria al jazz club? Erano nella toilette di un ristorante, Enki si stava lavando le mani e l'altro uomo era appena entrato. Si guardarono.

«Tu sei il guardiano di Erinor vero?» gli chiese il tizio biondo.

«Sì, mi chiamo Enki.»

«Victoria mi aveva parlato di te.»

Enki tirò un sospiro di sollievo, finalmente qualcuno che conosceva il suo nome.

«La sto cercando, sai dov'è? Non la vedo più da qualche giorno. Sono preoccupato.»

«Non sta molto bene, ha qualche problema a gestire la depressione. Non riesce più a sognare, da un po'. Sto cercando anch'io di contattarla ma ha chiuso le comunicazioni. La depressione abbassa la frequenza dello stato d'animo e non si riesce più a comunicare.»

«Strano, perché anche negli incubi riusciamo a trovare la strada per contattare i soggetti. Forse lei sta prendendo qualche farmaco che non le permette di liberarsi durante il sonno», disse Enki. «Proverò a controllare», disse infine.

«Salutala da parte di Kai se la vedi. A presto Erinoriano», disse l'uomo che uscì dal bagno lasciando Enki con più dubbi di quanti ne avesse prima di incontrarlo.

Dopo averci pensato un po' su, l'Erinoriano decise di entrare nel Lux e di provare a rintracciare Victoria da lì. Dal mondo dorato si aprì un varco che Enki attraversò senza remore. Si ritrovò in una specie di sala comune di un ospedale o una casa di cura. L'ambiente era luminoso ma un po' triste. C'erano sbarre alle finestre, i pavimenti erano di linoleum di un colore verdino e i muri erano dipinti di bianco. Ai tavoli sparsi in giro per la sala erano sedute poche persone, prettamente anziani in vestaglia.

Che strano posto, pensò Enki. Si guardò attorno: se il Lux lo aveva portato lì quando aveva pensato a Victoria allora lei doveva essere presente in questa realtà.

Si mosse tra i tavolini fissando le persone finché giunse ad un tavolo, in un angolo della stanza, dove una donna stava giocando con delle strane carte da gioco. Enki la fissò a lungo e riconobbe gli occhi chiari di lei.

«Victoria! Ti ho trovato finalmente», disse alla donna. Era anziana, avrà avuto ottant'anni, i capelli bianchi raccolti in una crocchia, la pelle grinzosa e lo sguardo acquoso. Stava fissando una carta che aveva appena girato sul tavolo

«Lo straniero», disse sovrappensiero.

Enki si sedette e cercò di attirare l'attenzione della donna. «Come stai?» le chiese. «Mi riconosci?»

Lei lo guardò aggrottando la fronte. «Sei il nipote di Alice?» gli chiese indicando con il capo una donna dall'altra parte della sala.

«No, sono Enki. Ricordi? Ci siamo incontrati qualche settimana fa. Mi hai parlato del Lux.»

Victoria scosse il capo. Enki allora le prese una mano e lei, al contatto, sgranò gli occhi.

«Enki... è passato così tanto...»

«Che ti è successo? Non riuscivamo più a trovarti. Ho incontrato Kai nei sogni, anche lui è preoccupato.»

Victoria lo fissò negli occhi, sembrava un po' più giovane ora. «C'è qualcosa che non va, mi sento strana...»

«Sei in ospedale? Ti stanno somministrando qualche farmaco?»

Lei ci pensò su. «Non lo so. I farmaci possono interferire con il sonno e i sogni?»

Enki confermò: «Alcune sostanze sì.»

«Non riesco a ricordare dove sono nella veglia, la situazione deve essere grave. Tu non riesci a controllare?»

«Proverò a vedere se riesco a capire cosa ti sta succedendo. Però lo sai che non posso intervenire.»

Lei annuì. «Meglio di niente.» Poi gli chiese: «Cosa posso fare perché tu intervenga? Perché ci si possa incontrare nella vita reale?»

Enki rimase pensieroso. I sogni dei guardiani non erano soggetti a verifica, quindi non c'erano rischi che quello che stava per dire a Victoria venisse intercettato. Se su Erinor l'avessero scoperto si sarebbe messo in guai seri. «L'unico modo è aprire un varco tramite i sogni e saltare in un'altra dimensione.»

Lei sgranò gli occhi. Poi iniziò a pensare. «Forse tramite il Lux...»

«Potrei darti una spinta, ma sarà pericoloso... non posso permettere che si sappia; su Erinor potrebbe essere un problema, per me.»

Victoria scosse il capo. «No, devo un trovare un modo in autonomia, non posso metterti in mezzo.»

Rimase pensierosa per un po'. «Deve esserci una via, sicuramente. Devo solo riuscire a ritrovarmi nei sogni e a essere cosciente.»

«In questo caso posso aiutarti: posso venire a cercarti ogni sera per assicurarmi che tu sia lucida.»

«Non corri rischi, così?»

Lui scosse il capo. «No, e possiamo provare insieme ad entrare nel Lux e a trovare un modo per farti saltare. Ci penserò.»

Lei annuì e si alzò dal tavolo. «D'accordo. Sento che è ora di andare. Ci ritroviamo nel prossimo sogno, allora.»

Enki si alzò a sua volta. «Va bene, ti ritroverò.»

Lei sorrise e gli strinse una mano. «Ci conto.» E scomparve.

Enki si svegliò il mattino dopo con i compiti da fare. Dopo i soliti briefing si chiuse in laboratorio per fare delle analisi sulle scansioni di Victoria: doveva capire perché si era isolata.

Dopo tutto il giorno davanti ai display l'uomo lasciò il laboratorio, completamente esausto. Aveva verificato che Victoria stava prendendo dei farmaci per la depressione e che questo generava il blocco. Quella notte l'avrebbe cercata tramite il Lux, come la notte precedente, e le avrebbe comunicato la novità. In effetti non vedeva l'ora di incontrarla.

Il Lux lo portò in una specie di centro benessere. Si trovava in un bagno turco: una stanza enorme, piastrellata di bianco, con panche di legno tutto attorno alle pareti. Un varco sulla parete più lontana portava ad una stanza identica. E così via, stanza dopo stanza, apparentemente senza soluzione di continuità. Le stanze erano colme di vapore e sembrava non esserci nessuno in giro. Enki, abbigliato solo con un asciugamano bianco legato in vita, stava morendo di caldo mentre vagava per le stanze in cerca di Victoria. Si concentrò su di lei e, finalmente, nell'ultima stanza in cui entrò incontrò un capannello di persone che affollavano le panche. Chiacchieravano querule, nonostante la temperatura soffocante.

Enki cercò di mettere a fuoco gli individui nonostante la nebbia. Si avvicinò alle persone ma Victoria non era tra loro. Un colpo d'aria, arrivato da chissà dove, dissipò temporaneamente il vapore ed Enki notò una donna intabarrata in un accappatoio grigio scuro in un angolo della stanza, seduta a terra. Si stringeva le ginocchia al petto e sembrava completamente alienata dall'ambiente circostante. Enki si accucciò vicino a lei e le strinse un ginocchio.

«Ciao Victoria.»

La donna, un po' alla volta, sembrò tornare in superficie e mettere a fuoco lo sguardo.

Gli sorrise. «Enki, mi hai trovato anche stavolta!»

Lui annuì. «Come promesso.» Si alzarono e si andarono a sedere sulla panca più vicina. La stanza era diventata silenziosa, non c'era più nessuno in giro.

Enki la tenne per mano, non era sicuro che se l'avesse lasciata andare sarebbe rimasta lucida.

«Hai capito perché non ho coscienza di me nei sogni?» gli chiese.

«Sì, stai prendendo psicofarmaci», le disse senza girarci intorno.

Lei sgranò gli occhi. «Cazzo... com'è possibile? Non ho mai voluto saperne di quella roba...»

«Forse stai passando un inverno difficile, o meglio, più difficile del solito», ipotizzò lui.

«Come faccio a smettere? Devo darci un taglio prima di trovarmi con il cervello spappolato. Devo lasciarmi degli indizi che possa riconoscere nella realtà.»

Enki ci pensò su. «Devi scuotere la coscienza con qualche immagine forte, un posto che ti piace, un ricordo che ti ha molto coinvolto.»

«Il mare, il sole, la pineta dei giorni caldi dell'estate... torno sempre lì quando ho bisogno di ricominciare.»

«Bene allora, prova a tenere quell'immagine fissa in mente poco prima di svegliarti. Magari non ci riuscirai al primo tentativo, ma continuando a insistere vedrai che avrai successo.»

«Ok, ci proverò. Spero di farcela, comincio a sentire anche qui gli effetti nefasti della depressione: come essere avvolti da una coperta che attutisce tutto quello che arriva da fuori, c'è solo questa sensazione ovattata...»

Enki si preoccupò. Se gli effetti del suo stato d'animo arrivavano così in profondità forse la situazione era peggiore del previsto. Avrebbe dovuto andare sulla Terra a controllare, anche se doveva stare attento a coprire le sue tracce: alla Guardia non erano ben viste le azioni non concordate. Ma Victoria in quel momento sembrava così fragile, quasi non riuscisse a tenersi insieme. La donna che aveva davanti era diversa da quella che aveva conosciuto nei sogni mesi prima, come se stesse sbiadendo.

«Hai bisogno di una vacanza, nella vita reale intendo. Dovresti prendere un po' di sole, staccarti dalla routine.»

«Mi piacerebbe, ma non ho nessuno con cui andare via e ho troppo da fare al lavoro per prendere ferie adesso.»

«La tua salute è più importante di tutto il resto.»

«Lo so...»

Victoria rimase silenziosa per un po'. Enki decise di cambiare argomento.

«Mi avevi parlato di un progetto per il Lux.»

Lei sembrò riaccendersi. «Sì, ci sto pensando da un po'. Mi piacerebbe che le capacità che abbiamo nel Lux fossero accessibili anche dalla realtà. Questo in parte succede già, ma il processo è veramente difficoltoso perché bisogna combattere contro sé stessi per riuscire ad arrivarci... in un certo senso riprogrammarsi. Mi piacerebbe che la fase di riprogrammazione fosse più rapida, per tutti.»

Enki la guardò. «E hai già un piano?»

«Stavo pensando a un modo per fare un bypass alla programmazione e andare diretti alla fonte. Ho qualcosa in mente, ma devo fare dei test. È per questo che devo essere cosciente del Lux quando sono sveglia e, soprattutto, ricordare tutti gli esperimenti e i processi logici che ho sviluppato qui.»

«È un progetto interessante e ambizioso.»

Lei sorrise. «Mi piacciono le sfide!»

Enki lo sapeva. Voleva farle altre domande ma si sentì tirare verso l'alto, segno che si stava per svegliare. «Sto per uscire dal sogno», le disse.

Lei lo guardò con un'espressione un po' sofferente. «Ti cercherò di nuovo, ma tu devi suggestionarti per uscire dalla depressione ok?»

«Ci provo. Enki, non lasciarmi sola...» gli disse stringendogli la mano mentre l'uomo si dissolveva.

Il giorno seguente Enki tenne sotto stretta osservazione la donna: sembrava invischiata in una situazione senza uscita. Era bloccata in un loop di pensieri e frequenze negative e non riusciva a venirne fuori. Doveva aiutarla per quanto possibile, anche a costo di darle una spinta per saltare via. Se fosse stato scoperto l'avrebbero radiato dalla Guardia: non si era mai sentito che un guardiano avesse favorito una fuga verso un altro pianeta. Doveva studiare bene l'operazione, non doveva lasciare tracce. Stava abbozzando un piano nella sua testa, quella sera, quando incontrò Zorda che stava per entrare nella mensa. Eren non si era più vista in giro ed Enki era tornato a frequentare la sala pubblica.

«Ciao Enki, come vanno le tue analisi sul saltatore?»

Enki decise di mantenersi il più neutro possibile. «Niente di nuovo: un po' di frequenze negative in più, ma in sostanza sempre gli stessi tracciati.»

«Stai controllando anche i valori relativi alla depressione?»

«Sì, non sono confortanti: c'è un decadimento, non così marcato ma da tenere sotto controllo.»

«Ok, tienimi aggiornato.» Enki annuì ed entrò in mensa. La stanza era quasi vuota, era piuttosto tardi.

«Cena tarda anche per te?» chiese al suo supervisore.

Zorda sospirò. «Sì, giornata infinita al Consiglio: delibere da approvare e troppe chiacchiere.»

Replicarono alcuni piatti dai risequenziatori e poi scelsero un tavolo vicino alle vetrate. Fuori era buio pesto.

«Che programmi hai per le prossima licenza?» gli chiese Zorda. Era molto attento che i suoi collaboratori si riposassero nei giorni di licenza previsti. Enki aveva una decina di giorni di permesso, a breve.

«Pensavo di andare al lago di Geonosees a fare qualche nuotata, magari un po' di sci nautico, rivedere qualche vecchio amico.»

Zorda voleva chiedergli dei genitori, anche se lo sapeva essere un argomento delicato, ma Enki lo precedette.

«E tu? Anche la tua licenza dovrebbe essere prossima se non sbaglio.»

«Sì e credo proprio che me ne andrò su Oriander.»

Enki sorrise. Era uno dei pianeti approvati, che gli abitanti di Erinor potevano visitare come turisti a breve o a lungo termine.

Era un bellissimo pianeta, in una delle galassie centrali del Dominio, che veniva utilizzato a scopo prettamente turistico e ricreativo. Era stato colonizzato tempo addietro da una civiltà avanzata e particolarmente dedita al relax: di fatto Oriander era il pianeta secondario abitato dalla specie.

Il pianeta offriva svaghi a vari livelli, anche se la maggior parte degli Erinoriani si recava in loco per godere delle spiagge o delle stazioni montane.

C'era anche qualche abitante di Erinor che si era stabilito sul pianeta in pianta stabile, caso abbastanza raro per gli Erinoriani.

Zorda era un patito di immersioni e su Oriander le location dedicate a tale sport erano innumerevoli.

«Hai deciso di tornarci, allora. Stesso posto dell'ultima volta?» gli chiese Enki.

«No, pensavo di provare qualcosa di diverso, sto vagliando le alternative. Ci sono un paio di opzioni interessanti. Tu ci sei mai stato?»

Enki scosse il capo. «Troppo casino, ci ho provato qualche anno fa ma sono tornato indietro praticamente subito. Immagino di aver scelto la città sbagliata.»

«Quale?»

Enki ci pensò su. «Mi sembra si chiamasse Oreina? Possibile?»

«Sì, in effetti è una delle città più grandi, alle cui periferie si trovano spiagge tra le più belle del pianeta. Però è molto popolosa.»

«Troppo, per me: ho bisogno di rilassarmi, e la confusione non aiuta.»

Zorda sorrise. Nemmeno lui era un patito delle zone affollate, ma trovarsi in mezzo ad abitanti di altri mondi era pur sempre piacevole una volta o due l'anno.

«Purché non ci si isoli troppo da tutto il resto», gli disse Zorda in tono bonario. Sapeva bene che Enki non era esattamente una persona socievole. O meglio, per esserlo doveva trovarsi in un ambiente a lui congeniale. Infatti, non aveva alcun problema a relazionarsi ma, se aveva a che fare con persone a lui non gradite, tendeva a isolarsi e poi a staccarsi dal circostante.

«Ma no, solo che le ultime analisi sono state un po' pesanti da decriptare e mi hanno assorbito parecchio.»

«Ho sentito anche di Eren.»

Enki sbuffò. «Sta facendo terra bruciata?»

«Un po', all'inizio; adesso non trova più molto credito in giro. Lei è un ottimo agente, ma purtroppo a volte tende a fissarsi su idee preconcette e a non vedere più in là del suo naso.»

Strano che Zorda parlasse di un agente in questi termini, solitamente non si sbilanciava.

«Deve averne dette veramente di tutti i colori per farti reagire così.»

«Sì, è anche arrivata a ipotizzare un tuo coinvolgimento con il saltatore.»

Enki sgranò gli occhi.

«È stata richiamata all'ordine immediatamente. Sembra che abbia chiesto il trasferimento a Geonosees, se questo ti fa stare più tranquillo.»

«Ah, non sapevo. Ecco perché non la vedo più in giro da un po'.»

«Credo che abbia optato per una carriera nella ricerca.»

«Se questo la farà stare meglio sono contento per lei», disse Enki finendo il riso che aveva nel piatto.

«Sono sempre complicati i rapporti tra agenti, purtroppo. Vorrei che la vita per i guardiani fosse un po' più facile o un po' più soddisfacente», disse Zorda con una punta di malinconia. Enki rimase zitto, non sapeva come rispondere a questa affermazione perché di fatto era perfettamente d'accordo con il suo supervisore. Se non ci fossero stati tutti questi divieti, procedure e obblighi, la vita dei guardiani sarebbe stata un po' più semplice, meno stressante e meno frustrante.

Poi, di punto in bianco, Zorda gli disse: «Se non riesci a decifrare le analisi del saltatore dovresti fare un salto sul suo pianeta, potrebbe essere più semplice raccogliere i dati che mancano.»

Enki lo guardò stupito. «Ma le regole dicono che non ci possiamo avvicinare ai soggetti se non in caso di violazione diretta.»

Zorda accavallò le lunghe gambe e quasi sbuffò. «Le regole non devono sovrapporsi al buonsenso. Non c'è pericolo di contagio con i terrestri, almeno non su periodi brevi. Poi, visto e considerato che sulla Terra ci sei già stato, non vedo problemi a farti tornare lì. Ovviamente per poco tempo, ma potrebbe essere importante. Basta non avere contatti diretti con il saltatore: non si deve accorgere di essere sotto controllo.»

Enki non credeva alle sue orecchie. Zorda aggiunse: «Ne parlerò con il Consiglio domani, vediamo di farti ottenere l'autorizzazione.»

Enki non sapeva come rispondere. «Non abbiamo mai fatto eccezioni alle regole per altri saltatori, mi chiedo cosa abbia lei di speciale.»

Zorda guardò fuori dalla finestra per un attimo. «C'è qualcosa che non afferro. La sua struttura, la sua fisiologia, hanno qualcosa di diverso. C'è bisogno di qualche informazione in più», disse l'uomo alzandosi da tavola. «Ti farò sapere nei prossimi giorni. Nel frattempo, teniamo la cosa tra noi.»

Enki annuì e gli augurò la buonanotte.

Con calma Enki raccolse i piatti e li portò ai risequenziatori, e poi lasciò la mensa dirigendosi verso il suo alloggio. Perché Zorda voleva mandarlo sulla Terra? Non c'erano state modifiche significative alle letture di Victoria, a parte qualche peggioramento dello stato di depressione. Che Zorda sapesse del Lux? Enki aveva controllato ma non aveva trovato riferimenti sul mondo dorato nella banca dati universale di Erinor. Quindi, teoricamente, nessuno sul pianeta era a conoscenza di quella dimensione specifica. Sempre che Zorda non avesse agito come stava agendo Enki, cioè mantenendo il più assoluto riserbo. In effetti, se il Lux fosse stato scoperto dalla Guardia, chissà come sarebbe andata a finire. Il Lux non lasciava passare nessuno che non fosse in vibrazione positiva con esso, ma su Erinor non ci si fermava di fronte a nulla e una strada si sarebbe trovata, prima o poi. Ma il Lux come avrebbe reagito? Si trattava pur sempre di una coscienza collettiva: se fosse stata manipolata cosa sarebbe successo alla coscienza individuale di ognuno degli abitanti del Dominio?

Enki raggiunse il suo alloggio e, per quella sera, si lasciò le preoccupazioni alle spalle.

Passarono varie settimane dopo quella sera. Enki non era ancora stato sulla Terra, l'autorizzazione non era ancora stata concessa, il Consiglio stava dibattendo sulla liceità o meno di questa visita straordinaria.

Nel frattempo, Victoria si era un po' ripresa. Sembrava che fosse riuscita ad autosuggestionarsi per smettere di prendere i farmaci e, infatti, anche se a fatica, era riuscita a tornare cosciente della sua vita reale durante i sogni. Enki non doveva più raggiungerla tramite il Lux, i due avevano ricominciato a incontrarsi normalmente. Victoria gli aveva presentato anche molti saltatori di altri pianeti che frequentavano il mondo dorato. Era una comunità piuttosto nutrita e, come Victoria gli aveva già riferito, nessuno di loro ricordava il Lux in stato di veglia. Nessuno a parte Enki.

L'estate sulla Terra era arrivata e di nuovo passata e l'inverno stava per fare capolino.

Enki e Victoria non avevano fatto progressi sul fronte Lux, come nessun altro degli abitanti del Dominio che condivideva la stessa esperienza.

Victoria cominciava a sentirsi irrequieta: l'arrivo del primo freddo e del buio le creava turbolenza. Se almeno fosse riuscita a ricordarsi di Enki durante la veglia avrebbe avuto un obiettivo da perseguire, ma le due dimensioni sembravano totalmente impermeabili l'una all'altra.

Una notte di ottobre Victoria sognò di essere sulla cima di un edificio molto alto. Era giorno, il cielo era coperto, e questa sorta di piramide a base quadrata affondava le radici in una foresta molto fitta, parecchi metri più in basso. La donna stava guardando giù: era in piedi sulla roccia calcarea più esposta e stava valutando la distanza dal suolo contando i gradoni. Improvvisamente sentì un tonfo alle sue spalle, come se qualcosa fosse caduto dall'alto.

Victoria scese dal parapetto e si guardò intorno. Nell'angolo più lontano scorse una figura accovacciata e piegata in due, sembrava sofferente.

La donna si avvicinò. Era un uomo quello stretto a sé stesso. Era Enki. Sembrava stare molto male, era pallido e aveva gli occhi chiusi. Victoria si abbassò e gli strinse una mano.

«Enki, mi senti? Come stai?»

Lui aprì gli occhi a fatica e respirò a fondo. Poi mise a fuoco la donna e le sorrise. «Ciao», rispose.

Lei gli sorrise di rimando. «Cos'è successo?»

«Penso di essere arrivato da un incubo: era buio pesto e stavo precipitando. Comunque, eccomi qui.»

«Conosci il posto?» gli chiese guardandosi intorno.

Enki scosse il capo dopo una rapida occhiata. «Nemmeno io», disse lei alzandosi in piedi.

Poi improvvisamente la piramide iniziò a tremare violentemente e i due si ritrovarono a terra di nuovo, aggrovigliati l'uno all'altra. In lontananza, verso le montagne, il cielo iniziò a lampeggiare.

«Bella location per un sogno», disse lui mentre si tirava a sedere aiutando poi Victoria a mettersi seduta. Di nuovo l'edificio tremò e la donna si strinse a lui. «Penso che tra un po' crollerà tutto», gli disse.

«Pazienza», rispose tenendola stretta. Si guardarono negli occhi per un po', poi lei appoggiò la testa al suo petto. «Sarebbe bello stare così nella realtà», gli disse.

«Già. Magari prima o poi ci riusciremo», rispose lui.

«Ma agli agenti di Erinor è permesso socializzare con gli alieni?» gli chiese.

«Non proprio, ma le cose potrebbero cambiare, chi lo sa...»

Un'altra scossa fece aprire una crepa sul tetto dell'edificio. «Ecco, ci siamo, tempo scaduto», disse Victoria sospirando.

Enki la guardò e poi finalmente, dopo tanto tempo che ci stavano girando intorno, si baciarono. Quando arrivò la scossa successiva, l'ultima che mise fine al sogno, Enki si risvegliò nel suo alloggio su Erinor con una sensazione di elettricità sulle labbra. Sorrise, ripensando a Victoria. Sarebbe stato bello anche per lei ricordare quel momento. L'uomo respirò a fondo e poi si girò dall'altra parte. Mancava ancora un bel po' all'alba, magari si sarebbero incontrati di nuovo prima di mattina.

Era inizio dicembre sulla Terra e Victoria era di nuovo in sofferenza. Stava valutando se lasciare o meno il lavoro: era esausta e da qualche parte doveva iniziare.

Una delle sere prima di Natale la donna si sentiva particolarmente agitata; era in dubbio se riprendere con gli psicofarmaci, ma alla fine decise per il no. Meditò per qualche minuto e poi si coricò.

Era tardi, quella sera, ma Enki era ancora in laboratorio alla ricerca di qualche risposta dalle ultime analisi sue e di Victoria, qualcosa che lo indirizzasse verso il Lux. All'improvviso il comunicatore emise un segnale di anomalia. Enki verificò subito: erano le letture di Victoria. Qualcosa non andava: le letture risultavano sconclusionate, sembrava si stesse per aprire un varco ma forse non sufficientemente stabile per farla passare; si sarebbe potuta spezzare. Che fare? Doveva informare Zorda? Le letture diventavano sempre più instabili di minuto in minuto. Non c'era tempo, doveva andare subito. Ma doveva utilizzare una delle sue applicazioni ombra in modo che il salto non venisse tracciato. Dopo qualche rapida operazione sul terminale attivò l'opzione di salto. Istantaneamente Enki si ritrovò nel soggiorno dell'appartamento di Victoria.

L'ambiente era buio ma c'era un lucore proveniente dalla zona notte. Enki si diresse verso la camera da letto. Victoria si stava agitando nel sonno e il lucore proveniva da lei: si stava per aprire un varco. Enki si sedette di fianco alla donna e le strinse una mano proiettando il suo controllo per farla ritornare ad uno stato di tranquillità. Dopo qualche minuto, finalmente, le letture rientrarono nella norma e il lucore scomparve. Enki sospirò di sollievo: pericolo scongiurato. Visto che era in loco ne approfittò per fare una scansione molto più profonda e accurata: l'avrebbe aiutato a generare un varco per fare in modo che Victoria saltasse verso un'altra dimensione e che Enki, finalmente, potesse intervenire ufficialmente. Ci sarebbe voluto un po' per completare l'operazione, così decise di stendersi di fianco a lei. Erano diventati intimi nei sogni, negli ultimi giorni, ed era strano adesso essere lì, nella realtà, con lei. Era strano soprattutto pensare che, se si fosse svegliata, lei non lo avrebbe riconosciuto perché non riusciva a ricordare i sogni che condividevano. Probabilmente, a trovarselo lì nel letto, sarebbe andata fuori di testa. Ci volle un'oretta prima che la scansione venisse completata; Enki stava quasi per addormentarsi quando il comunicatore lo avvisò del completamento dell'operazione. A fatica si alzò, strinse la mano di Victoria, le dette un bacio e lasciò la camera da letto. Tornato in soggiorno riaprì il varco verso Erinor e si lasciò la Terra alle spalle.

Appena rientrato nel laboratorio verificò che le tracce di copertura che aveva lasciato fossero rimaste attive e che il varco non fosse stato rilevato. Dopo alcuni minuti di analisi frenetiche poté tirare un sospiro di sollievo: tutto a posto, non c'erano stati picchi o letture anomale.

Spense le console e si avviò verso il suo alloggio: adrenalina permettendo aveva bisogno di farsi una buona dormita.

Quella notte non sognò, o meglio, non ricordò nulla al risveglio e così per i giorni successivi. Nonostante la preoccupazione non ci furono conseguenze: il salto non era stato intercettato e nessuno si era fatto vivo.

Dopo un paio di settimane Enki cominciò a respirare normalmente. Nel frattempo, nonostante il blackout dei sogni, utilizzò la scansione che aveva fatto su Victoria quella sera, sulla Terra, per mettere a punto il suo piano. Era ora che si incontrassero nella vita reale e doveva trovare un modo per spingere la donna nella direzione giusta.

Dopo quasi tre settimane di silenzio onirico Enki e Victoria si incontrarono di nuovo, stavolta dentro il Lux.

«Ciao Enki», gli sorrise e lo abbracciò. «Cosa sarebbe successo se non fossi venuto sulla Terra?» gli chiese. Ricordava tutto. Anche se, quando lui era stato lì, lei stava dormendo.

«Come fai a ricordare?»

«Non lo so, non dovrebbe essere possibile: non ero cosciente quando sei venuto da me. Forse qualcosa sta cambiando o forse non era sonno lo stato in cui mi trovavo in quel momento. Me lo sono chiesto a lungo nei giorni scorsi.»

«Ho effettuato una scansione profonda quando sono stato lì, sto studiando i dati: forse c'è un modo per farti saltare.»

Lei sospirò, ma cambiò argomento: «Ero preoccupata per te. Non ti ho più visto nei giorni scorsi, temevo che fosse successo l'irreparabile.»

«Tutto a posto su Erinor, ma non sono più riuscito a sognare dopo quella notte; non so perché... forse la preoccupazione, o chissà che altro. Comunque non so cosa ti sarebbe successo se non fossi intervenuto: non avevo mai visto letture così fuori norma.»

«Meno male che sei intervenuto allora!» disse lei stringendosi a lui.

Poi lui si staccò. «Dobbiamo parlare del salto, voglio portarti via dalla Terra e farti venire su Erinor.»

«Per sempre?» chiese lei.

«Non lo so, ma potrebbe essere un inizio.»

«Non pensi sia un posto troppo complicato per continuare gli studi sul Lux?»

«Forse sì, ma da Erinor vorrei portarti su Xender.»

Lei sgranò gli occhi. Xender era il pianeta che Enki aveva scoperto per puro caso, un posto magnifico e disabitato, al quale era impossibile accedere se non tramite le coordinate esatte da portale. Tutto attorno al pianeta stazionavano campi di asteroidi che disturbavano le frequenze e, anche impostando la posizione esatta, era impossibile atterrare al suolo se non tramite un disturbo di frequenza specifico, da applicare alle coordinate tramite il comunicatore.

«Forse da lì potremmo avere libertà di movimento. Ma ti lasceranno andare? Dalla Guardia intendo.»

«Probabilmente no, c'è qualcuno che si è ritirato su altri pianeti ma sono stati casi molto sporadici. Me ne potrei andare e basta.»

«Immagino che verrebbero a cercarti: non penso che il Consiglio permetta che la vostra tecnologia cada in mani aliene.»

Enki inspirò a fondo. «Un passo alla volta, d'accordo?»

Lei annuì.

Nei giorni successivi i due si incontrarono assiduamente per mettere a punto il piano di fuga. Enki cercò di spiegarle come intendeva procedere ma, a parte capire che avrebbe sentito una forte spinta a saltare, Victoria non riuscì a cogliere tutti i tecnicismi.

«Dovrò instillarti il meccanismo di salto ma in modo molto sottile: su Erinor nessuno dovrà capire che ho originato io l'incidente. L'importante è che tu ti lasci andare e che non opponga resistenza perché, in questo caso, potresti finire in zona sconosciuta.»

«Come fare a non opporre resistenza se in quello stato di non ancora sonno non ho i ricordi della vita onirica?» chiese lei. «Non sono brava a lasciarmi andare, il rischio di mettermi di traverso è ben concreto.»

Enki ci pensò un po' su. «Cercherò di inviarti un messaggio subliminale, sperando che sia sufficientemente articolato da darti la giusta indicazione.»

L'uomo sembrava un po' dubbioso.

«Speriamo di non combinare pasticci», rispose lei. «Più che altro non voglio farti correre rischi inutili.»

Lui sorrise. «Un passo alla volta», rispose.

In pieno inverno Enki completò la procedura che avrebbe applicato a Victoria e che le avrebbe permesso di saltare. Si sarebbe dovuta spostare in una dimensione non molto lontana da Erinor, un posto sufficientemente ospitale dove il recupero sarebbe stato abbastanza agevole. Ma qualcosa andò storto e lei si ritrovò nel Limbo.

Ricordi

Victoria quel giorno, quello dedicato alla gita al lago, si svegliò con le parole della voce che l'avevano ammonita prima di saltare nel limbo. Era una voce maschile, un tono conosciuto che però non riusciva a mettere a fuoco.

Sembrava ancora notte fonda, non filtrava luce dalle tende. Enki stava dormendo, sembrava rilassato e in pace.

Victoria stava facendo un bel sogno prima di svegliarsi: si trovava in uno chalet di montagna con grandi vetrate; fuori nevicava fitto e la stanza, un bel soggiorno con divani e poltrone di pelle, era riscaldata da un grande camino a parete. L'atmosfera era calda e rilassata. Victoria era lì con qualcuno: un uomo che assomigliava ad Enki. Erano seduti su uno dei divani in pelle e stavano parlando di un argomento strano, qualcosa che si chiamava Lux. Avevano strane teorie: parlavano di riuscire a dare accesso a questo Lux a molte persone, con delle procedure specifiche; frequenze da usare ripetutamente. Poi avevano fatto una pausa dall'argomento complicato e lui l'aveva baciata. Victoria si era sentita riempire il petto di gratitudine, una sensazione di benessere diffuso. Quando le cose stavano per farsi interessanti altre persone erano entrate nella stanza. Un tizio biondo, Kai, una donna con i capelli corti rosso fuoco, Ejira, un uomo con i capelli lunghi blu, Arian, due fratelli gemelli, Tiris e Serianna. Presero in giro i due che si stavano baciando e poi si accomodarono sulle poltrone per discutere di un piano per ricordare. Ma ricordare cosa? «I sogni che stiamo facendo raccolgono molto materiale ma non possiamo processarlo qui, non ci sono regole fisse a cui appoggiarci. Devi farci strada tu, Erinoriano.» Victoria trasalì quando le tornò in mente quella frase. L'aveva pronunciata Arian. Lei ripensò ai sogni che aveva fatto quando era ancora sulla Terra. Arian c'era stato anche lì, e anche gli altri. Ed Enki... tutte le immagini di tutti i sogni che avevano condiviso le arrivarono addosso in un attimo e ricordò tutto. Anche che era stato lui ad aiutarla a venire su Erinor, la porta che aveva aperto per lei mettendo a rischio la propria vita e tutto quello che aveva fatto finora, attendendo pazientemente che lei ricordasse. Perché così avevano deciso prima di farla saltare: lui l'avrebbe aiutata a ricordare ma non poteva intervenire direttamente. Un senso di gioia e leggerezza la liberarono finalmente dall'oppressione che si era portata dietro per mesi. Lacrime copiose le scesero sulle guance: non si sentiva così da molto molto tempo. Doveva dirlo ad Enki, subito. Si avvicinò a lui e lo strinse, finalmente nella realtà, come avevano immaginato di poter fare tante volte durante i sogni. Enki aprì gli occhi e vide Victoria che piangeva e sorrideva allo stesso tempo. «Grazie per essermi venuta a prendere», gli sussurrò. Lui la strinse e respirò a fondo. Finalmente l'attesa era finita.

Victoria lo guardò negli occhi e lo baciò. Lui non si tirò indietro ma poi lei si staccò. «Rischio di farti finire in detenzione?»

«Probabile, ma chi se ne frega.»

«A me frega.»

«Ne parliamo dopo», disse lui mettendo fine ad ogni protesta.

Victoria si sentì finalmente rigenerata: ogni molecola del suo corpo era leggera e vibrava ad una frequenza positiva. Non si sentiva così bene da molto tempo. Non c'era fretta, aspettativa, bisogno, necessità. C'era solo profonda e pura gratitudine. Si stese contro Enki e appoggiò la testa contro il suo collo.

«Come stai?» le chiese.

«Benissimo!» rispose sospirando. «E tu?»

Lui sorrise, gli occhi brillanti e trasparenti. «Bene, rilassato.»

«Mi dispiace di essermi messa di traverso durante il salto, ho provato a non opporre resistenza ma probabilmente troppo tardi. Il Limbo non è un bel posto in cui finire.»

«Lo so, più che altro perché non ci sono molti appigli per soccorrere i saltatori.»

«Capita spesso che i viaggiatori finiscano lì?» chiese lei.

«No, era da qualche anno che non succedeva.»

«E poi sono finita su Xenyum. Ho proprio fatto full.»

«Cos'è "full?"» gli chiese lui.

Ma Victoria stava già scivolando verso il sonno. «Poker... poi ti spiego...»

La donna si addormentò e questa volta si permise di lasciarsi andare, ben conscia che al risveglio Enki sarebbe stato lì con lei.

Quando Victoria si fu addormentata Enki raccolse il comunicatore dal comodino e non senza un po' di trepidazione controllò le letture: dopo il fatto le due strutture molecolari, sua e della donna, sembravano sovrapporsi. Quella di Vee si era adattata a quella di Enki e viceversa, ma l'uomo era convinto che quando fossero stati separati per un po' le due strutture sarebbero tornate all'origine. Le letture attuali potevano essere un problema: se fossero state registrate avrebbero identificato subito l'illecito. Enki però era più preoccupato per la struttura anomala che aveva individuato in Victoria. Controllò i dati, ma in quel momento l'anomalia non era presente. Che stranezza. Ripercorse velocemente le scansioni precedenti ed effettivamente l'anomalia si presentava solo in alcuni casi: quando Victoria aveva un livello basso di energia. Ci avrebbe riflettuto, sentiva di dover andare al fondo della questione. Enki cifrò le ultime letture eseguite quel mattino, bloccò il comunicatore e si rilassò contro Victoria. Avevano ancora un paio d'ore prima della sveglia, meglio approfittarne.

Due ore dopo, la luce inondò la camera: le tende si erano aperte e il calore di Esya, la stella di Erinor, stava riscaldando l'ambiente.

Enki aprì gli occhi a fatica, avrebbe dormito ancora, come gli capitava spesso nelle giornate d'estate della sua infanzia. Quando sua madre era occupata in progetti critici e non tornava a casa per qualche giorno, la gestione dei figli spettava al padre, il quale era sempre stato più accomodante di Eyra: lasciava dormire i ragazzi fino a tardi, quando non avevano scuola, e li lasciava liberi di gestire il loro tempo. Motivo per cui ad Enki mancava molto la casa di Geonosees: gli ricordava le estati senza fretta di quel periodo. Aymus aveva insegnato ai figli il significato del tempo e, in un certo senso, il concetto di benessere. Ovviamente, quando Eyra tornava a casa, padre e figli erano d'accordo a coprirsi l'un l'altro. La madre di Enki era una persona estremamente intelligente e acuta ma anche molto estremista: su certi argomenti non c'era verso di poter ragionare. Enki respirò a fondo cercando di lasciare indietro le immagini dell'infanzia. Fissò Victoria che stava ancora dormendo e la svegliò con calma accarezzandole il volto. Lei aprì gli occhi a fatica e gli sorrise quando lo mise a fuoco.

«Ora di andare?» gli chiese con la bocca un po' impastata.

«Quasi», le disse, e poi la baciò.

Quel contatto era terapeutico per entrambi: come riuscire a respirare di nuovo ossigeno e vita insieme, dopo lungo tempo di grigiore e noia.

Un'ora più tardi, indossando abiti bianchi e leggeri, stavano attendendo l'ascensore per scendere al piano terra e dirigersi verso il lago. Enki voleva fare una passeggiata; ci avrebbero messo una mezz'ora per raggiungere la destinazione, ma avevano entrambi bisogno di fare un po' di movimento.

Quando le porte dell'ascensore si aprirono Enki rimase sorpreso di vedere Jender nell'abitacolo.

«Ciao, non eri ancora in missione?» gli chiese.

«Tornato ieri, c'è stato qualche imprevisto. Ne parleremo domani al briefing», rispose l'uomo. «E lei deve essere il saltatore», disse tendendo la mano a Victoria.

La donna rimase stupita, non si aspettava un atteggiamento amichevole. Gli strinse la mano e lo fissò, aveva un aspetto familiare. Si presentarono.

«Come va l'addestramento?» le chiese Jender.

«Intenso ma produttivo», rispose lei.

Lui annuì e poi chiese ad Enki: «Giornata libera?»

«Sì, andiamo al lago.»

Jender sapeva già che a Victoria non era permesso allontanarsi da Geodees. «È un bel posto, rilassante, non ci va mai nessuno. Ti piacerà», le disse. In quel mentre l'ascensore si fermò al ventiduesimo piano.

«La mia fermata. A più tardi», disse Jender uscendo.

Victoria rimase pensierosa lungo tutta la discesa.

«Che c'è?» le chiese Enki.

«Non so… Jender ha un aspetto conosciuto, stavo cercando di ricordare dove l'ho già visto.»

Enki ci pensò su. «Magari assomiglia a qualcuno che conosci sulla Terra?»

Victoria non era convinta. «Mah, mi tornerà in mente. Sembra una persona amichevole.»

«Sì, lo è, siamo amici.»

«Vi frequentate anche nel tempo libero?»

«Sì, a volte capita, quando non siamo occupati in missione.»

Victoria era curiosa della vita su Erinor. Qui su Geodees sembrava tutto molto regolamentato e rigido.

Nel frattempo, erano arrivati al piano e uscirono alla luce. Non c'era nessuno in strada, solo qualche trasporto che sfrecciava qua e là. "Geodees, la città fantasma." Pensò la donna tra sé e sé.

Victoria respirò a fondo. Nell'aria c'era quel profumo di fiori che aveva già sentito quando era arrivata su Erinor. «Questo profumo è buonissimo: è veramente profumo di fiori?» chiese ad Enki che stava facendo strada attraverso i palazzi.

Enki sorrise. «Sì, proviene da un fiore bianco che si chiama proprio Erinor e che dà il nome al pianeta. È piccolo e cresce un po' ovunque, ma non in città. Però il suo profumo è talmente intenso che viene portato dal vento e si fa sentire anche a Geodees.»

Raggiunsero il limitare della città in poco tempo. La giornata era molto piacevole, faceva caldo ma l'aria fresca rendeva la temperatura gradevole.

Le propaggini urbane cedettero quasi istantaneamente ad un paesaggio dapprima campestre e poi quasi lagunare. Il terreno era punteggiato qua e là da cespugli di Erinor che crescevano un po' ovunque. La strada lastricata aveva ceduto il passo ad un sentiero che serpeggiava attorno ad alberi simili a pini marittimi, con le chiome fulgide mosse dalla brezza. Il boschetto si infittì per poi aprirsi improvvisamente su una spiaggia di sabbia bianca mista a piccoli ciottoli, e su un meraviglioso specchio di acqua verde chiaro. Il profumo di sale saturava l'aria.

«Wow», disse Victoria riempiendo gli occhi con quella vista meravigliosa.

Il lago sembrava più un mare, una distesa d'acqua a perdita d'occhio; la riva sull'altra sponda non era visibile. Le sembrò di essere tornata sulla Terra, durante le vacanze estive. La giornata era chiara, la luce quasi bianca del sole si rifletteva sulle acque cristalline, appena mosse dalla brezza profumata. "Che paradiso!" pensò la donna. "Potrei restare qui per sempre."

«È così strano che non ci sia nessuno, sulla Terra un posto così verrebbe preso d'assalto», disse all'uomo, che avvicinatosi alla riva stava stendendo sulla sabbia un asciugamano che aveva tirato fuori dallo zaino.

Si sedettero per terra.

«Purtroppo, Geodees non è una città mondana e nemmeno la zona del lago lo è: in realtà è più un'area produttiva che territorio naturale. Dall'altro lato del lago sorgono alcune centrali per la gestione dell'energia.»

«Interessante», disse Victoria mentre si toglieva le scarpe: la sensazione della sabbia tra le dita era meravigliosa.

Anche Enki tolse le scarpe e il maglione, rimanendo in maglietta.

Victoria voleva parlare del Lux ma era anche molto curiosa di sapere di più su Erinor.

«Quanti abitanti ci sono su Geodees? Uscendo dalla Torre mi è sembrata una città fantasma.»

«Ci sono circa mezzo milione di individui in città e dintorni ma, come già ti dicevo, qui non c'è tempo per lo svago. Come hai visto in questi giorni, non siamo mai usciti dalla Torre e non è un caso. Per spostarci, anche da una parte all'altra della città, utilizziamo i portali. È tutto molto più semplice, non si perde tempo per fare i chilometri, non abbiamo bisogno di trasporti, se non i pochi a sfera e utilizzati in casi eccezionali. È tutto molto più fluido in questo modo, abbiamo limitato i tempi morti.»

Victoria lasciò correre lo sguardo sul cielo blu. «A volte, per noi sulla Terra, il viaggio è più importante della destinazione.»

Enki la guardò scettico. «Non quello che ti porta al lavoro tutti i giorni, no?»

Victoria sospirò. «No, quello proprio no.»

«Comunque, anche alla Torre, ho sempre l'impressione che non ci sia nessuno in giro. È stata una sorpresa incontrare Jender in ascensore, oggi.»

«Diciamo che la zona degli alloggi dove sono situati il tuo e il mio è abbastanza disabitata. È stata rivista qualche anno fa: gli alloggi ridotti di metratura e aumentati di numero. Erano state fatte delle proiezioni e si prevedeva che negli anni a venire ci sarebbero stati più agenti in forza, ma le previsioni sono state disattese.

«Come mai?»

«Ci sono state meno nascite, negli ultimi tempi, e c'è stato un incidente che ha coinvolto parecchi agenti, a causa di un vortice.»

Victoria sgranò gli occhi. «Come l'incidente di cui mi parlavi giorni fa, quando il Consiglio ha decretato i giorni di riposo obbligatori?»

«L'incidente con questo vortice è più recente, si parla di una trentina di anni fa ed è stato davvero disastroso. Non sai mai cosa può succedere quando si apre un vortice, ma soprattutto, non sai mai cosa ci possa essere dall'altra parte. La nostra tecnologia è molto evoluta, ma non riusciamo a vedere oltre certe soglie, come ad esempio gli ingressi dei vortici, o meglio di alcuni di essi.»

Victoria tolse il maglione, cominciava a fare caldo. «Quindi può essere veramente pericoloso fare l'agente.»

«Sì, possiamo controllare tante cose delle nostre vite, come l'invecchiamento, le malattie, le nascite e i bisogni primari, ma siamo comunque mortali.»

Victoria rimase scioccata e sgranò gli occhi. «Come ci riuscite? Non avevo capito che poteste fare tanto.»

«In effetti non ne abbiamo mai parlato. La nostra tecnologia è molto avanzata, utilizziamo applicazioni specifiche per ogni necessità, si integrano con la nostra struttura fisica e le capacità mentali. Siamo riusciti a destrutturare ogni necessità fisiologica e interveniamo sulle strutture molecolari tramite i comunicatori o le console.»

«Quindi non invecchiate? Potreste vivere per sempre?»

Enki raccolse un sasso dalla sabbia. «Il fatto che teoricamente possiamo, non significa che poi succeda. Di fatto la vita è molto lunga ma in un modo o nell'altro si arriva sempre al dunque. Siamo e rimaniamo mortali.»

Victoria non riusciva a digerire l'informazione. «E rimanete giovani per tutto l'arco della vita?»

«Questo sì: il controllo sulle malattie e sull'invecchiamento sono state le prime conquiste ottenute dal mio popolo.»

Victoria si sentiva intimidita. Questa civiltà era anni luce più avanzata di quella a cui lei apparteneva, non c'era paragone. «È deprimente vedere tutto quello che avete conquistato, e quanto lontani siano i nostri due mondi. È come se fossimo degli uomini delle caverne in confronto a voi.»

«Tu sei entrata nel Lux. Con tutta la nostra tecnologia non ci saresti mai entrato senza le tue dritte.»

«Che vuoi dire?»

«Che la tecnologia non è tutto», rispose lui stendendosi sull'asciugamano.

«Mah, sarà... La vostra superiorità vi mette sul piano degli dèi rispetto alle vite molto più banali che conduciamo noi sul nostro pianeta. È quasi inconcepibile che possiate vivere liberi dal giogo delle malattie, della vecchiaia, della fame e di tante altre brutture a cui noi invece siamo assoggettati.»

Enki la guardò di traverso. «Come dicevo, la tecnologia non è tutto. Infatti, non garantisce la felicità o la libertà di vivere come ci aggrada. Non c'è nessuno qui su Erinor che possa dirsi veramente libero. Tutti i ruoli sono legati alla società a doppio filo, non ci sono scopi non conformi ai nostri dettami. Non posso decidere di lasciare il mio lavoro per andare a fare lo scultore, per fare un esempio banale. Siamo servitori dei nostri compiti, e nella maggior parte dei casi non c'è una via d'uscita.»

Enki in quel momento sembrò particolarmente infelice.

«Però, visto il grado tecnologico che abbiamo raggiunto, non abbiamo il diritto di essere infelici.»

«Insomma, mi stai dicendo che ogni società ha i suoi lati negativi.»

«Direi di sì. Non ne ho ancora vista una che sia in perfetto equilibrio. Quello sarebbe un bel balzo evolutivo.»

«Comunque, lo scopo della tecnologia non è garantire la felicità. Sulla Terra si dice che il denaro non può comprare la felicità ma di fatto non è quello il suo compito.»

Enki annuì. «Ho colto il punto. La tecnologia in sé è un ottimo mezzo per i fini per i quali è stata disegnata. Quindi il concetto di libertà deve essere collocato su un piano differente.»

Victoria assentì: «Anche se devi considerare che la tecnologia in vostro possesso vi ha liberato da gioghi molto pesanti. Pensa

di rimanere bloccato in un letto di ospedale per anni perché
l'evoluzione della diagnostica o della medicina sono rimaste al
tempo del medioevo e i medici non sanno diagnosticare o curare
la malattia che ti affligge. Questa è una delle liberà che avete
conquistato. Ce ne sono altre di pari importanza ma su piani
diversi. La liberà di denaro, per esempio, o quella di tempo.»

Enki ci pensò su. «Sono concetti interessanti e quello che dici
è condivisibile. Un'altra nostra libertà è quella di non utilizzare
denaro o forme di baratto. Non ce n'è bisogno.»

«Non avete altre forme di compensazione?»

Enki annuì. «Diciamo che il ruolo che si va a ricoprire nella
società si porta dietro una serie di benefici come alloggio, vitto,
tecnologia e così via.»

«Non avete negozi allora», chiese lei.

Enki scosse il capo. «Non servono. Grazie alle nostre attività
abbiamo accesso a tutto quello di cui abbiamo bisogno.»

Victoria sospirò. «Forse, allora, quella che vi manca è la
liberà di tempo.»

«Esatto», disse lui, e non aggiunse altro.

Victoria rimase a rimuginare su quello che si erano detti.
Poi una domanda le uscì spontanea. «Visto che non invecchiate,
quanti anni hai Enki?»

Lui, che non si aspettava un interrogativo di questo tipo, si
sentì punto sul vivo. «Non vedo la necessità di divulgare questa
informazione», disse chiudendo gli occhi e godendosi la pace di
quella giornata all'aperto.

«A ben vedere potresti anche avere cent'anni. Sarebbe un po'
strano.»

«Perché? Che differenza fa? Cento più, cento meno...»
rispose lui mantenendo gli occhi chiusi, come se il caso non
fosse suo.

Victoria sgranò gli occhi. «Addirittura, duecento?!»

«Argomento chiuso, Victoria, ripeto che non fa differenza.»

Lei arricciò le labbra e non aggiunse altro, Enki era stato categorico. Si chiese se fosse un argomento spinoso per gli abitanti di Erinor, anche se lo trovava strano. Decise che per il momento si sarebbe tenuta la curiosità. E poi c'erano argomenti più importanti da affrontare. Però si stava troppo bene al sole, e scelse di assaporare quella sensazione di calore sulla pelle per un po'.

Enki la svegliò una mezzora più tardi. «Pensavo che avessi dormito a sufficienza la notte scorsa.» la punzecchiò.

«Sembrerebbe proprio di no», rispose lei con la bocca un po' impastata. La temperatura si era alzata parecchio ed Enki si era tolto la maglietta. «Mettiamo i piedi nell'acqua?»

Victoria si tirò a sedere. «Si può?»

«Sì, non tutto è proibito qui sul pianeta.» Si alzarono lasciando i vestiti sull'asciugamano e, in costume da bagno, camminarono con calma verso la battigia. Victoria entrò spavalda in acqua ma tornò indietro immediatamente. «Gelida!!!»

Enki sorrise sotto i baffi. «In effetti non te l'avevo detto. Siccome la temperatura scende molto di notte l'acqua non riesce mai scaldarsi più di tanto.»

«Diciamo che ho rischiato l'infarto... L'acqua è fredda anche per te?»

«Sì, non si riesce a stare dentro a lungo, la maggior parte delle volte usiamo la muta per nuotare.»

Con molta calma la donna riprovò a prendere l'acqua e dopo un bel po' riuscì a tenere dentro i piedi per quasi cinque minuti mentre Enki era riuscito ad entrare fino alle ginocchia.

«Basta, troppo fredda, rischio il congelamento», disse Victoria ritirandosi. Enki sorrise e tornò verso riva.

Spostarono l'asciugamano sotto le fronde degli alberi e si sedettero all'ombra, Victoria indossò nuovamente il maglione per riprendersi dallo shock termico.

«Quante ore d'aria abbiamo ancora a disposizione?» gli chiese

«Almeno altre tre. Al ritorno prendiamo un trasporto così riusciamo a sfruttare la giornata al sole.»

«Che bella idea!» disse lei. «Dobbiamo parlare del Lux», aggiunse dopo un po'.

Lui annuì.

«Di fatto tu e io siamo gli unici a ricordare l'esperienza che abbiamo vissuto attraverso i sogni. Ma i viaggiatori sono tanti e appartengono a molti mondi diversi.»

«Quanti sono?» le chiese Enki.

«A parte quella decina che hai conosciuto anche tu, almeno un migliaio.»

Enki sgranò gli occhi. «Non avevo capito che fossero così numerosi.»

Lei annuì. «Dobbiamo aiutarli a ricordare, solo così potremo estendere la rete e la vibrazione necessaria per entrare in quel mondo anche dalla realtà.»

«Avevi già un piano allora», le disse

«Più che un piano era un'idea, ma credo che sia la pista giusta.»

«Come pensavi di procedere?»

«Come hai fatto a fare in modo che ricordassi?» gli chiese senza rispondere.

Enki diventò un po' titubante. «Come ho fatto ad aiutarti a saltare. Ti ho dato qualche spinta qua e là.»

Victoria divenne pensierosa. «Dobbiamo trovare un modo per fare la stessa cosa tramite i sogni. Non possiamo certo contattare i viaggiatori nella realtà, a meno di non avere uno stuolo di agenti dalla nostra parte che ci aiutino a risvegliare i dormienti...»

Enki se ne uscì con un'idea alla quale lei non aveva pensato lontanamente: «Dovremmo chiedere al Lux che tipo di strategia utilizzare.»

«Ottima idea. Proviamoci stanotte.»

Enki annuì. Victoria rimase silenziosa per un po'. Era Enki la chiave di volta di questa esperienza, era sempre stato lui. Lei aveva aggregato i viaggiatori nei sogni, creando un ambiente che potessero condividere, ma era stato lui il primo saltatore a ricordare nella realtà, e dovevano seguire lui per arrivare al prossimo passaggio. Victoria ne era convinta: accedere al Lux dalla realtà avrebbe cambiato la vita di tutti; dapprima solo dei viaggiatori, ma poi la vibrazione sarebbe diventata più forte e manifesta, e chiunque ne avrebbe potuto beneficiare. E poter ricordare adesso tutte le esperienze che aveva vissuto nei sogni e nel Lux era un desiderio divenuto realtà. Ed Enki? Che ruolo aveva nella sua vita? Anche lui era un desiderio divenuto realtà? Victoria decise di prendere le cose come venivano senza fasciarsi troppo la testa. Doveva ancora capire se quello che stava vivendo fosse reale o frutto di qualche strano evento. Magari si trovava sulla Terra e stava solo facendo un sogno molto vivido. In ogni caso, era stato importante recuperare i ricordi e le esperienze che aveva fatto nei sogni, e avere questa sensazione che tutto stesse andando a posto e che tutte le ansie e le preoccupazioni si fossero dissolte in un attimo, come aver eliminato la zavorra inutile. Era stata molto ansiosa e depressa sulla Terra negli ultimi mesi e, se fosse riuscita a ricordare tutto quello che sapeva adesso, la sua vita sarebbe stata un po' meno pesante. Riflettè però sull'oscurità che l'aveva avvolta: se non fosse successo, sarebbe riuscita ad entrare nel Lux e a venire su Erinor? Probabilmente no, perciò non tutto il male veniva per nuocere.

Chissà dov'era la Terra rispetto ad Erinor. Lo chiese ad Enki. Lui raccolse il comunicatore dallo zaino e visualizzò una mappa del Dominio. Erinor era più o meno al centro, mentre la Via Lattea era situata nella periferia più lontana. Victoria sentì improvvisamente freddo.

«Tutto ok?» le chiese lui.

«È incredibile pensare di essere così lontana da casa.»

«Solo se pensi in termini di spazio, ma per noi lo spazio non esiste: grazie ai portali viene del tutto annullato.»

«È un concetto affascinante. E complicato.»

Victoria avrebbe voluto chiedergli mille altre cose, ma il comunicatore di Enki vibrò: c'era una chiamata in arrivo da Zorda. Strano che il suo supervisore si facesse vivo proprio oggi, durante la giornata di riposo. L'uomo rispose con un po' di trepidazione.

«Ciao Enki, dovete rientrare. C'è un problema, forse un vortice in apertura; abbiamo un briefing tra una mezz'ora.» Il tono di Zorda era freddo, ma Enkì poté cogliere chiaramente la tensione nella voce del suo responsabile. L'uomo si irrigidì, la situazione doveva essere piuttosto grave.

«D'accordo, ma dobbiamo prendere un trasporto.»

«Mandami le coordinate, ve ne invio uno di quelli veloci da qui.»

Enki chiuse la chiamata e fissò Victoria con sguardo cupo. Le riferì la conversazione e la donna sgranò gli occhi. Mille domande le affollarono la mente mentre si rivestivano in fretta. Il trasporto arrivò un minuto più tardi direttamente sulla spiaggia. Salirono e il mezzo ripartì a velocità sostenuta.

«È grave?» chiese Victoria ad Enki, che stava controllando il comunicatore. Zorda gli aveva inviato i primi rapporti.

«Potrebbe. C'è turbolenza e proprio nei pressi di Geodees, la zona dove ci siamo materializzati la prima volta, l'Attracco.»

Victoria sgranò gli occhi.

«Ci sono già delle guardie d'assalto a coprire la zona, ma potrebbe essere necessario che anche gli agenti operativi standard partecipino all'azione.»

«Stai attento», gli disse lei. Lui le strinse un braccio e annuì.

Pochi minuti più tardi il trasporto li lasciava davanti all'ingresso della Torre. Enki avrebbe accompagnato Victoria all'alloggio e poi sarebbe salito all'ultimo piano per il briefing.

Al venticinquesimo piano l'ascensore si fermò e salì un altro agente.

Victoria sgranò gli occhi. Lo conosceva. Molto bene. Si chiamava Nikko e l'aveva conosciuto nei sogni. Non aveva capito che altri Erinoriani oltre ad Enki utilizzassero i sogni per' viaggiare. Nikko era uno dei saltatori che conoscevano il Lux. Qui sul pianeta però non stava dando segni di averla riconosciuta. Enki presentò Victoria a Nikko. Si guardarono negli occhi e si strinsero la mano, ma non ci fu altra reazione da parte dell'uomo. Non ricordava. Ed ecco perché Jender le era sembrato così familiare: d'aspetto era molto simile a Nikko, forse erano fratelli.

«Hai qualche informazione in più?» gli chiese Enki cambiando discorso.

«Sono appena rientrato. Mi hanno richiamato d'urgenza, probabilmente ne sai tu più di me.»

Enki divenne scuro in volto. «Allora è davvero grave se anche gli agenti in missione sono stati richiamati.»

«Oppure il Consiglio vuole essere estremamente prudente. Visto quello che è successo trent'anni fa, non è da biasimare.»

Arrivarono al piano degli alloggi e Victoria ed Enki scesero. «Ci vediamo tra dieci minuti», disse Enki all'amico.

I due proseguirono a passo sostenuto verso l'alloggio di Victoria e quando furono entrati Enki l'abbracciò.

«Mi dispiace per oggi», le sussurrò.

«Non ti preoccupare, però stai attento e fammi sapere appena sai qualcosa», rispose lei.

Enki la baciò e poi si staccò. Le fece indossare un piccolo bracciale. «È il sensore per controllare i salti. Devi usarlo quando non sono con te ma l'ho ritarato: non ti darà fastidio.» Lei annuì. Enki le accarezzò il viso e poi uscì chiudendosi la porta alle spalle.

Victoria fissò la porta chiusa. Non aveva avuto tempo di realizzare quello che stava succedendo. Non aveva avuto il tempo di dire ad Enki di Nikko. E adesso questa catastrofe si stava avvicinando. Perché proprio adesso? C'entrava qualcosa il Lux? Era stata introdotta una frequenza che andava ad interferire con la struttura generale del pianeta? Sarebbe stato interessante capire che tipo di frequenze erano presenti quando si erano verificati i portali precedenti. Se solo Enki non fosse stato richiamato avrebbero potuto controllare insieme. E adesso era bloccata lì, senza nulla da fare e in attesa: la situazione che lei odiava di più.

Questa non ci voleva, pensò Enki mentre ripercorreva il corridoio verso gli ascensori. Non adesso che era a tanto così dal cambiare vita. Sapeva che aver scoperto il Lux gli avrebbe aperto porte che finora gli erano state precluse. Non poteva rischiare la vita ora. Soprattutto non poteva lasciare Victoria sola lì sul pianeta. Doveva ancora capire cosa le stesse succedendo: la struttura spezzata che aveva individuato rimaneva un mistero da svelare. Il pericolo doveva essere scongiurato, in qualche modo: Enki doveva rimanere in vita.

L'ascensore lo lasciò all'ultimo piano, il briefing si sarebbe tenuto alla sala del Consiglio. Le porte erano aperte e c'era un gran viavai di agenti. La sala era quasi piena, quindi oltre duemila guardiani erano presenti in loco.

Enki vide Zorda tra la folla, subito dopo l'ingresso, e lo raggiunse. L'uomo era scuro in volto, occhiaie blu cerchiavano gli occhi chiari.

«Com'è la situazione?» gli chiese Enki.

«Tra due minuti inizierà il briefing e condivideremo le notizie, comunque l'area è stata messa in sicurezza e la zona sembra stabile al momento. Si registra solo una forte interferenza.»

Enki annuì. Poi il Consiglio richiamò tutti all'ordine, Zorda si andò a sedere sul suo scranno ed Enki cercò un posto libero tra il pubblico. Jender richiamò la sua attenzione dalla terza fila: lui e Nikko gli avevano tenuto un posto.

Dopo che la confusione in sala si fu placata, fu Delian a prendere la parola.

«Alle dieci di stamattina è stato registrato un forte campo magnetico alle coordinate che vi sono già state comunicate. Memori del disastro capitato trent'anni fa abbiamo inviato subito la Guardia d'assalto a controllare. Il sito è sotto stretta verifica dalle dieci e trenta più o meno, e le letture sono estremamente erratiche. Non riusciamo a capire se si tratti effettivamente di un vortice, ma l'atmosfera sta vibrando in maniera anomala. L'aria è più spessa e abbiamo tracciato un perimetro di sicurezza. È necessario che tutti gli agenti prestino servizio presso il perimetro dandosi il cambio spesso, ogni quattro ore, per mantenere l'attenzione alta e vigile. Riceverete le comunicazioni relative ai vostri turni entro le prossime due ore. Riceverete anche le procedure a cui attenervi. Alcuni di voi saranno impiegati come analisti: questa volta dobbiamo riuscire a capire come analizzare l'eventuale altra dimensione che starà dall'altra parte del vortice. Dobbiamo riuscire ad arginare la crisi, non possiamo permetterci le perdite che ci sono state trent'anni fa. Significherebbe che non abbiamo imparato nulla dai nostri errori. La prima squadra di duecento agenti andrà avanti subito: chi riceverà il messaggio si dovrà presentare tra mezz'ora al portale principale per essere trasferito in loco. Preparatevi con l'equipaggiamento delle guardie d'assalto: sul posto saranno loro a coordinare le azioni. Raccomandiamo a tutti la massima attenzione, e segnalate immediatamente qualsiasi anomalia doveste riscontrare. Grazie a tutti.»

Dopo che Delian ebbe concluso, molti comunicatori degli agenti in sala ricevettero il messaggio; tra questi anche quello di Enki. «Maledizione, speravo di avere un po' più di tempo...» Nikko e Jender lo fissarono con sguardo cupo; a loro, il messaggio non era stato recapitato. «Pensavo che ti avrebbero lasciato fuori, visto che hai la responsabilità del saltatore», gli disse Nikko.

«Evidentemente non è così. Inutile stare a fasciarsi la testa. Vado a cambiarmi e ad informare Victoria. Spero che non verrà messa in sedazione finché sono via», disse lui alzandosi.

«Fai attenzione, ci vediamo più tardi», gli disse Jender stringendogli un braccio. Enki si diresse a passo spedito verso l'uscita della sala ma, appena fuori dalle porte, venne fermato da Zorda.

«Non sono riuscito a risparmiarti il primo turno, c'è stata una scelta casuale anche se non sono certo sia andata effettivamente così.»

«Prima o poi sarei dovuto andare. In realtà pensavo che sarei stato lasciato ad analizzare il portale.»

«Era quello che avevo proposto, ma sembra ci siano agenti più qualificati», disse Zorda con una punta di scetticismo nella voce.

«Vado a cambiarmi. Per Victoria ci sono istruzioni specifiche?»

Zorda scosse il capo. «No, il suo caso è passato in secondo piano. L'importante è che rimanga nel suo alloggio e che indossi il sensore. Se dovessero esserci problemi gravi mi occuperò di lei, la porterò in zona sicura.»

Enki annuì. «Bene, a più tardi allora.»

«Tieniti in contatto, dalla zona; fammi sapere che succede. Se la situazione diventa critica, cerca di restare indietro.»

Enki fissò l'uomo con sguardo stupito.

«Sappiamo entrambi che non sei un agente da sacrificare. Tienilo bene a mente.»

Enki rimase stupito dall'ultima affermazione del suo coordinatore, ma non ebbe tempo di soffermarsi troppo. Zorda lo congedò e si avviò di nuovo verso il Consiglio.

Enki si diresse a passo veloce verso gli ascensori. C'era parecchia ressa in giro per i corridoi, la discesa verso gli alloggi non fu veloce.

Prima di passare da Victoria entrò nel suo appartamento per cambiarsi e per raccogliere alcuni oggetti che lo avrebbero aiutato nelle analisi del portale. Non aveva ottenuto l'incarico, ma non per questo se ne sarebbe rimasto con le mani in mano. Un quarto d'ora più tardi entrò nell'alloggio di Victoria. La trovò seduta sul divano con un'espressione molto tirata. Si alzò di colpo quando lo vide e gli andò incontro.

«Che succede? Perché questo abbigliamento?»

Lui l'abbracciò. «Devo recarmi presso la zona del vortice, ho il primo turno insieme ad altri duecento agenti. Sarò di ritorno tra circa cinque ore.»

«Non dovresti andare, dovresti rimanere fuori dalla prima linea e analizzare quello che sta succedendo.»

«Lo so, è quello che speravo; ma dall'alto non la pensano così.»

«Nemmeno Zorda?»

Enki le riferì la conversazione che avevano avuto pochi minuti prima.

«Una persona di buon senso. Enki, ci ho pensato: dev'esserci un fenomeno che si ripete ad ogni apertura di vortice. Sono state analizzate le frequenze dei vari eventi?»

«Sì, ma non sono stati trovati pattern ripetitivi. Non sembra esserci causa comune tra gli eventi, non c'è nemmeno una sequenza temporale standard; l'ultimo caso è stato trent'anni fa e quello precedente circa cento anni prima. Non c'è uno schema logico.»

«Non riuscite a capire cosa c'è dall'altra parte?»

«Non sempre. Nella maggior parte dei casi, solo quando il vortice si apre e quello che c'è dall'altra parte passa di qua, riusciamo a capire. Non si riesce a scandagliare la sorgente: gli strumenti vanno in tilt, c'è troppa interferenza.»

Victoria chiuse gli occhi e si strinse all'uomo.

Poi lui si staccò. «Devo andare.»

«Cosa posso fare per aiutarti?» gli chiese. «Mi sento inutile chiusa qui dentro.»

Enki ebbe un'intuizione: «Entra nel Lux, chiedi aiuto alla comunità di saltatori, forse riuscirete a trovare una spiegazione che altrimenti non c'è.»

Lei annuì, determinata. Enki si fece consegnare il comunicatore, sbloccò alcune funzioni e le fece vedere come attivare la fase rem se non fosse riuscita a prendere sonno.

«Se il sensore non ti permette di entrare nel Lux dovrai annullare le sue funzioni.» Entrò in un'altra schermata del comunicatore e la istruì sulla procedura.

«L'ingresso nel Lux viene tracciato?» gli chiese.

«No, la sua frequenza non è captabile dai nostri sistemi di controllo. Entro ed esco dal Lux da anni senza lasciare traccia.»

«E se dovessi saltare via?»

«Non c'è pericolo, ormai sei in grado di controllarti. Tieni sempre a mente l'addestramento. Ah, Zorda potrebbe passare di qua, se... dovesse succedere qualcosa...»

Victoria respirò a fondo. «Fai in modo che non succeda, ok? Stai attento.»

Enki annuì, le dette un bacio e poi uscì; lasciandola di nuovo sola e in ansia. Questa volta però aveva un piano da seguire. Doveva aiutare Enki a scongiurare la catastrofe e il Lux le avrebbe mostrato come.

Enki arrivò al penultimo piano in mezzo a una confusione che non ricordava di aver mai visto alla Torre: c'erano guardiani ovunque, anche persone che non vedeva da anni; sembrava che fossero stati convocati anche civili da Geonosees. L'uomo era convinto che durante le crisi fosse necessario molto più controllo che in situazioni normali. La confusione generava solo problemi non preventivati.

Quando arrivò alla stanza in cui era stato attivato il varco, trovò altre decine di agenti in attesa. C'era una brutta aria, molta preoccupazione e sguardi cupi. Tutti ricordavano il disastro di

trent'anni prima: tutti gli agenti che avevano perso la vita perché
erano stati risucchiati dall'altra parte, in un mondo ostile, o fatti
a pezzi dagli abitanti dell'altra dimensione che erano arrivati su
Erinor.

Enki salutò un po' di guardiani che conosceva e si mise in
fila per prendere il varco.

Arrivò in periferia qualche minuto più tardi. Nugoli di agenti
a parte, non sembrava che ci fosse pericolo imminente. L'area
che era stata delimitata, anche se piuttosto vasta, presentava
solo un leggero bagliore: segno che la situazione era ancora in
fase embrionale.

Tutti gli agenti stavano analizzando la zona coordinati
dalla Guardia d'assalto. In una zona un po' più lontana, alcuni
macchinari venivano ammassati, pronti per essere utilizzati.
Non erano mai stati molto efficaci, ma con tutte le analisi che
erano state portate avanti negli ultimi trent'anni forse questa
volta avrebbero sortito qualche effetto: puntati verso il vortice,
dovevano riuscire a sigillare l'ingresso. Tuttavia, non sapendo
cosa si celasse dall'altra parte del vortice, l'effetto poteva risultare
piuttosto blando. Comunque, meglio di niente. Una delle guardie
d'assalto indirizzò i nuovi arrivati verso una zona un po' più
lontana dal perimetro chiedendo loro di eseguire delle analisi
specifiche e di inviare i risultati alla Torre. Enki si avviò e, tra la
folla, riconobbe due agenti che non vedeva da molto tempo: Aryes
e Aaldon. I tre erano stati compagni di addestramento come agenti
e, nonostante a quel tempo le lezioni fossero particolarmente
intense e lasciassero poco tempo per la vita sociale, avevano
comunque legato. Subito dopo l'addestramento, Aryes era stata
assegnata ad un caso in un sistema alla periferia del Dominio
e non rientrava in pianta stabile su Erinor da almeno quindici
anni, mentre Aaldon stava seguendo un progetto su una stazione

di ricerca remota e anche lui non rientrava a Geodees da molto tempo. Si salutarono con affetto nonostante la situazione critica.

«Ho sentito che stai seguendo il caso di un saltatore molto particolare», gli disse Aryes. Era una donna alta, un po' spigolosa, lunghi capelli biondi raccolti in una treccia spessa.

«Sì, è un caso interessante.»

«Ma è vero che il saltatore è qui sul pianeta?» gli chiese Aaldon, un uomo molto riservato, alto, capelli neri e occhi blu.

«Sì, è qui su Erinor», rispose Enki.

«L'hanno lasciata rimanere?» sgranò gli occhi Aaldon.

«Sì, principalmente perché i portali standard con lei non funzionano e ha una capacità di salto molto evoluta, tanto che il Consiglio ha accettato che venisse addestrata.»

«Questo è incredibile. Delian si deve essere ammorbidito parecchio per permettere che il Consiglio votasse a favore. Quasi quasi mi aspetto di vederlo ridere alla prossima riunione», disse la donna con un sorriso sarcastico.

Gli altri ridacchiarono.

Nessuno di loro aveva mai visto ridere il Consigliere.

Un paio di guardie d'assalto li guardarono storto e i tre rientrarono nei ranghi.

«Zero senso dell'umorismo, come sempre», disse Aaldon sorridendo sotto i baffi.

«Be', Delian è pur sempre il loro capo», disse Enki.

Aryes sollevò un sopracciglio.

Enki cambiò argomento.

«Come va su Andalon?» chiese alla donna.

«Una noia, anche se le emissioni di quel sistema sono molto particolari. Se riusciremo a rientrare alla Torre vi farò vedere le letture; al momento non abbiamo ricavato molto dalle analisi ma ci sono delle frequenze sulle quali vale la pena soffermarsi.»

«Non avete avuto contatti con gli autoctoni?» le chiese Aaldon.

«A volte si, quando non ne possiamo più facciamo una capatina nelle città per cambiare aria.» Aryes e i colleghi stazionavano su un avamposto che era stato costruito su una delle lune del pianeta. Studiavano l'atmosfera e le sue emissioni ma ogni tanto avevano bisogno di una pausa. «Sono tornata su Geonosees qualche mese fa, per una licenza; sono stata in città per un paio di settimane. Ho provato a rintracciare un po' di agenti ma apparentemente non c'era nessuno in giro.»

«Magari eravamo in licenza anche noi», rispose Aaldon. «Oppure avevamo il comunicatore staccato.»

«Conoscendovi direi la seconda», scherzò Aryes.

L'atmosfera si era un po' alleggerita. Ripresero a concentrarsi sulle scansioni. La situazione sembrava stabile: non c'erano stati picchi o cambiamenti nell'area interessata da quando la turbolenza si era manifestata. Restava però da capire cosa stesse succedendo. Enki sperava che Victoria sarebbe riuscita ad ottenere qualche informazione in più.

Victoria si coricò appena Enki fu uscito. Non aveva sonno, perciò seguì la procedura per disattivare il sensore e per attivare la fase rem. Appena attivata la funzione la donna perse conoscenza. Cominciò a sognare con un po' di difficoltà, sembrava ci fosse qualcosa che le impedisse di navigare: una sorta di atmosfera spessa che ammantava la zona onirica. La donna si chiese se dipendesse dal vortice.

Con un po' di energia in più riuscì a districarsi e ad entrare nel primo sogno. Si trovava in un sotterraneo buio e fumoso. Non aveva tempo di esplorare il circostante; richiamò il Lux, che rispose subito, ed entrò nel pertugio. Quando fu all'interno del mondo dorato la donna cominciò a sentirsi meglio: paura, ansia, preoccupazione furono spazzate via dalla sensazione di amore e gratitudine che erano proprie del Lux. Lì dentro sentiva che tutto era possibile.

Ricambiando le sensazioni che il Lux le trasmetteva, Victoria si concentrò sui viaggiatori che già utilizzavano quella dimensione per stabilire una connessione. Immediatamente si aprì un varco e Victoria, superandolo, fu catapultata in un ambiente urbano: una grande città ricca di grattacieli in acciaio e vetro. Poteva trovarsi in una città terrestre o su qualsiasi altro pianeta del Dominio.

Victoria si guardò intorno: c'era molta confusione; nugoli di persone affollavano le strade e sarebbe stato complicato avvistare qualcuno degli altri viaggiatori, in quel caos. Sembrava una giornata estiva, il sole di questo pianeta brillava da qualche parte, nascosto tra i grattacieli, e gli abitanti del posto indossavano abiti leggeri. Cercando di mantenere la calma in quella confusione, Victoria iniziò a muoversi lungo il marciapiede in cerca di qualche indizio; il Lux l'aveva fatta arrivare lì per un motivo, stava a lei trovarlo. Mentre passeggiava, la donna individuò un locale dall'altra parte del viale che stava percorrendo: un posto fuori luogo in una città così moderna. Si avvicinò e decise di entrare. Si trattava di una sorta di sala da tè, arredata in colori chiari, tavoli rotondi con tovaglie a righe e un bancone ricolmo di dolciumi. Un cameriere le si avvicinò e le chiese se si volesse sedere. Lei annuì. Il tizio l'accompagnò ad un tavolo in fondo al locale, molto appartato e non in vista dalla porta principale. Subito dopo le portarono una teiera con due tazze e un assortimento di pasticcini.

Dopo qualche minuto in cui non stava succedendo nulla e la donna stava per chiedersi se fosse il caso di proseguire la ricerca fuori da quel posto, un uomo che conosceva bene comparve da dietro un paravento. Era Kai e non lo vedeva da parecchio. Si salutarono con affetto e l'uomo si sedette al tavolo con lei.

«Non ti vedo da tanto, va tutto bene?» gli chiese.

«C'è stato un periodo turbolento su Gorgo, non siamo più riusciti a saltare per un po'. Stiamo ancora cercando di capire che cosa sia successo. Comunque, adesso sembra che i problemi siano stati risolti. Abbiamo ripreso a viaggiare da pochi giorni e stiamo riprendendo i contatti con tutti. Ma tu? Sei ancora su Erinor?»

«Sì, ormai sono lì da almeno una settimana, forse di più.»

«È vero che ricordi tutto durante la veglia?» le chiese l'uomo.

Lei sorrise e annuì. «Non lo credevo possibile ma di punto in bianco ho ricordato tutto. È stato davvero liberatorio! Come aver guadagnato una vita.»

«È stato l'Erinoriano?»

Victoria annuì di nuovo. «Non mi ha spiegato come abbia fatto, ha solo detto di avermi dato una spinta qua e là. Ovviamente non possiamo mettere in pratica la stessa procedura su tutti i viaggiatori, diventerebbe un compito enorme da portare avanti. Ha suggerito di chiedere una soluzione al Lux, ed effettivamente potrebbe essere un'ottima idea.»

«Lo dirò anche agli altri e ci proveremo.»

«Comunque, Enki non è l'unico Erinoriano che viaggia come noi.»

Kai la fissò sorpreso. «Altri come lui che ricordano?»

«No, quello che ho incontrato io non mi ha riconosciuto. Si tratta di Nikko.»

«Nikko? È uno dei più anziani. Pensavamo fosse un Gorgoniano, come me.»

«E invece no, è un agente come Enki. L'ho incontrato su Erinor, oggi; abbiamo scambiato qualche parola ma non mi ha riconosciuto. Non ricorda nella veglia, e, probabilmente peggio, non ricorda nemmeno nei sogni.»

«E magari non è l'unico Erinoriano. Chissà se ce ne sono altri...» si chiese Kai a voce alta.

Victoria divenne improvvisamente cupa. Kai la fissò con uno sguardo interrogativo. «Che succede? Problemi?»

«C'è un'emergenza su Erinor, un evento che non capitava da almeno trent'anni. Tutti gli agenti sono stati richiamati per gestire il problema. Si sta per aprire un vortice ed Enki mi ha chiesto di fare qualche indagine.»

«Un vortice? Sicura che sia un vortice? Sono eventi davvero rari oltre a essere molto pericolosi.»

«Lo so, e gli abitanti di Erinor sono molto indifesi contro questi eventi. Non riescono a vedere cosa c'è dall'altra parte del varco. Enki mi raccontava che ad un evento precedente sono morti centinaia di agenti.»

«Dobbiamo radunare un po' di viaggiatori e iniziare a indagare insieme tramite il Lux», suggerì Kai.

«In effetti sono qui per questo.»

Kai annuì e si alzò. «D'accordo allora, mi muovo subito. Vedo di passare parola e di iniziare a radunare gli altri viaggiatori.»

Victoria si alzò a sua volta. «Grazie, Kai.» Si abbracciarono e poi lui le sorrise. «Ci vediamo nel prossimo sogno.»

Kai sparì dentro al Lux e lei lo seguì poco dopo. Questo era un inizio, ma doveva cercare di contattare altri viaggiatori. Non sapeva da quanto fosse nel sogno: i tempi erano completamente dilatati o, al contrario, estremamente contratti in quella realtà.

Si concentrò nuovamente sugli amici di viaggio e il Lux le fece strada.

Si ritrovò nella casa di città dei nonni, anche se le stanze erano molto più spaziose e alcune svolte portavano a zone sconosciute. La grande terrazza esterna però era rimasta la stessa di quando, da piccola, ci passavo le ore giocando o correndo con i pattini a rotelle. Seduti al tavolo al centro del terrazzo, sotto la veranda ricoperta di glicine, c'erano due uomini e una donna. Victoria si avvicinò e riconobbe Arian, Tiris e Ariedes.

«Ciao ragazzi, come state?» li salutò sorridendo.

I tre si alzarono e l'abbracciarono a turno.

«Abbiamo saputo che ricordi», le disse Arian, l'uomo dai capelli blu. Era un abitante del pianeta Kalindar.

Lei annuì e raccontò ai tre quello che aveva già detto a Kai nel sogno precedente.

«Ottime notizie, allora: l'Erinoriano potrebbe aver trovato il modo giusto per farci ricordare», disse Ariedes.

Victoria raccontò anche di Nikko. «Mi chiedo quanti di noi non ricordino la vita reale qui nei sogni. Ero convinta che fosse naturale per tutti mantenere la memoria.»

Tiris rimase pensieroso. Lui e la sorella Serianna ricordavano di appartenere a Daardo, un pianeta poco abitato e quasi ricoperto d'acqua nella periferia della galassia, ma Ariedes, per esempio, non era sicura della sua provenienza, così come Nikko. E se anche lei fosse appartenuta ad Erinor? Se gli abitanti di quel pianeta fossero stati programmati per ricordare certe cose e dimenticarne altre? Magari in virtù della loro posizione di guardiani del Dominio? A questo punto però non si spiegavano Enki e la sua memoria. Tiris lasciò da parte le elucubrazioni e tornò a concentrarsi su quello di cui stavano discutendo gli altri tre.

«L'inizio del vortice si è presentato oggi su Erinor. Non si è ancora aperto, ma quando lo farà potrebbe causare danni incalcolabili. Sul pianeta la tecnologia in uso è molto avanzata, se un altro popolo con obiettivi meno accademici ci dovesse mettere sopra le mani potrebbe essere un problema per tutto il Dominio», stava dicendo Victoria.

Riportò anche la conversazione che aveva avuto con Kai, e il suggerimento di utilizzare il Lux per capire come e da dove il vortice si stesse aprendo.

«Mi sembra un'ottima idea utilizzare il Lux per arrivare alla fonte. Ma dobbiamo radunare più viaggiatori per riuscire ad essere efficaci nella ricerca», disse Tiris.

«Passeremo parola alla comunità. Se non ci sono problemi, ci incontreremo di nuovo al prossimo ciclo di sonno», disse Ariedes. Stava iniziando a diventare traslucida, segno che stava per uscire dal sogno. Poi toccò a Tiris e rimasero solo Arian e Victoria.

«Va tutto bene?» le chiese l'uomo. Si conoscevano da molto lei e il Kalindariano, quasi quanto era lunga l'amicizia tra Victoria e Kai.

«Tutto bene. Stanziare su Erinor è un'esperienza non sempre gradevole ma incontrare Enki è stato fondamentale.»

«Ci auguriamo tutti di riuscire a ricordare nella veglia. Non è facile ricominciare tutto da zero ogni notte.»

«Lo so, è frustrante, ma credo che interpellare il Lux in cerca di risposte sia la soluzione migliore.»

Arian annuì. La sensazione del risveglio si fece strada anche in lui. «Tempo di andare anche per me. Sento la sveglia strillare da qui... Ci vediamo presto!» e scomparve.

Victoria si ritrovò sola, a pensare alle prossime mosse. Si chiese se avesse ancora il tempo per cercare qualche altro viaggiatore, ma la sensazione di tornare a galla le fece capire che il tempo era scaduto e stava per svegliarsi.

Si ritrovò nella stanza buia dell'alloggio su Erinor. Era passata qualche ora, anche se nel sogno sembravano trascorsi solo pochi minuti.

Avvertì un rumore alla porta d'ingresso e poi la luce si accese. Scattò fuori dal letto e si catapultò in soggiorno. Enki era rientrato.

Si strinsero uno all'altra con gran sollievo. Enki andò a togliersi la divisa e, dopo una doccia, si sedettero al tavolo in soggiorno per una cena leggera.

«Allora, com'è la situazione?»

«È stabile, ed è strano perché, l'ultima volta, poche ore dopo che la turbolenza si era manifestata il vortice si era già aperto. Non si capisce che cosa stia succedendo.»

«Be' è un bene che non sia ancora successo nulla, abbiamo un po' più di tempo per indagare sulla causa», disse lei.

«Hai scoperto nulla?»

«Non ancora. Ho incontrato un po' di viaggiatori e passato parola. Durante il prossimo ciclo di sonno proveremo a stabilire la connessione. Quando devi tornare alla zona del vortice?»

«Dopodomani in serata.»

Victoria tirò un sospiro di sollievo, forse per il prossimo turno di Enki sarebbero riusciti a trovare una soluzione.

Enki era molto stanco quella sera, si spostarono in camera da letto e l'uomo crollò dopo aver posato la testa sul cuscino. Victoria non aveva sonno, avendo dormito tutto il pomeriggio, ma doveva rientrare nei sogni per continuare le indagini. Agì sul comunicatore, come aveva fatto poche ore prima, e si strinse ad Enki attendendo che il sonno la portasse via.

Michijel

*M*ichijel stava sfogliando un vecchio tomo di famiglia, seduto sul comodo divano in pelle nell'appartamento del suo palazzo. Il fuoco scoppiettava nel camino e le lampade accese davano alla stanza un senso di calore e di comfort.

La giornata era stata un po' fiacca. Un paio delle sue squadre erano uscite in perlustrazione in cerca di informazioni, ma le uscite non avevano dato gli esiti sperati. Gli informatori coinvolti non erano affidabili. Dopo i briefing Michijel aveva mandato le squadre a riposare; per il giorno seguente era prevista una perlustrazione in una zona molto a nord della città e molto battuta dai mutati, ma anche molto interessante dal punto di vista logistico. C'era una vecchia installazione militare, in quell'area, che prometteva di svelare alcuni dei quesiti che erano rimasti irrisolti da un bel po'.

L'uomo realizzò di avere fame; non si nutriva da qualche giorno ed era tempo di andare a caccia.

Lasciò il libro sul divano, si alzò e si avvicinò all'ampia finestra del soggiorno che si affacciava sulla strada più in basso. La giornata volgeva all'imbrunire, gli umani si stavano affrettando a rientrare nelle loro case: tra poco sarebbe scattato il coprifuoco. L'uomo respirò a fondo, un leggero senso di noia aleggiava sul suo stato di coscienza. Da quando Aryna aveva lasciato il palazzo, alcuni mesi prima, la routine era diventata un po' soffocante. Michijel fissò la sua immagine che lo guardava dallo specchio appeso alla parete adiacente. Si vide un po' pallido ma, a parte questo, il suo aspetto era immutato: capelli lunghi e neri, occhi blu, corpo alto e atletico, atteggiamento ferino. Sempre uguale a sé stesso, nessun cambiamento visibile; si sentiva diverso solo in profondità, dove l'assenza della donna aveva scavato un solco profondo. Con il tempo il dolore si era attenuato, ma la noia aveva lentamente preso il sopravvento.

Michijel si scosse dai suoi pensieri e uscì dall'alloggio. Scese le scale utilizzando la sua capacità di astrazione, la velocità di spostamento che aveva ereditato dal padre, e si ritrovò in strada proprio quando scattò il coprifuoco. Nell'ombra scorse i primi movimenti: i mutati stavano già tornando in superficie emergendo dai buchi nei quali si nascondevano durante il giorno. Michijel guadagnò il centro della strada e poi si diresse a sud, verso il suo terreno di caccia preferito.

Il mattino dopo, molto presto, colpi alla porta d'ingresso traghettarono Michijel fuori dal sonno. L'uomo uscì dal letto, indossò una vestaglia kimono e andò ad aprire.

Era Gabrijel alla porta. Il fratello del non umano entrò come una furia.

«Che succede?» gli chiese Michijel.

Gabrijel si avvicinò alla finestra del soggiorno e indicò una direzione ad est. «Guarda», disse a Michijel.

L'alba stava tingendo il cielo di rosa, ma, nonostante la mancanza di luce, un leggero tremolio era ben visibile ad una certa altezza, sopra ai palazzi.

«Che diavolo è?» disse Michijel, più a sé stesso che al fratello.

«Non si capisce. Anche andando sul posto, sotto al fenomeno, non è chiaro cosa sia. L'hanno rilevato i miei agenti un paio d'ore fa.»

Michijel fissò il gemello senza vederlo. Gabrijel e Michijel erano gemelli eterozigoti, nati da madre umana e padre mutato. Non avevano nulla in comune, nell'aspetto, tranne gli occhi: iridi di un blu profondo ereditate dalla madre.

"Vortice?" pensò Gabe, i due fratelli erano telepati.

"Speriamo di no. Non ci serve un'altra invasione, adesso."

"Non è detto che il vortice porti al mondo di nostro padre."

"Vero. Meglio dare un'occhiata alla vecchia documentazione, dev'esserci qualcosa che parla dell'evento dell'epoca. Dobbiamo trovare più dettagli possibile che descrivano l'accadimento, per poter mettere in piedi un piano di difesa."

Gabe divenne pensieroso. «Non credo di avere nulla al riguardo nella mia biblioteca. Forse al Palazzo d'Inverno.»

L'edificio menzionato da Gabrijel era situato in una zona fuori dal perimetro sicuro della città e molto vicino al luogo in cui dovevano recarsi le squadre di Michijel in perlustrazione quel giorno.

«Non è una bella zona, ma abbiamo una missione in programma per oggi al Sanatorio»

Gabe ci pensò su. «Possiamo organizzare un'uscita congiunta con un paio delle mie squadre e cambiare obiettivo, se per te va bene.»

Michijel annuì. «Sì, penso che sia saggio. Zorhah coordina il gruppo per oggi, gli dirò di contattarvi. Dovremmo anche tenere sott'occhio il fenomeno.»

«Ce ne occupiamo noi: terremo monitorata l'anomalia e dirò a Sennaya di preparare gli agenti per l'uscita. Io controllerò in soffitta da me, vediamo se trovo qualcosa», disse Gabrijel dirigendosi verso la porta d'ingresso.

«D'accordo, sentiamoci appena abbiamo novità», rispose Michijel.

Quando il fratello se ne fu andato, il mezzo demone tornò a guardare fuori dalla finestra: con l'approssimarsi del levare del sole il tremolio stava diventando più accentuato. Michijel sospirò ripensando alla sensazione di noia che aveva sperimentato solo poche ore prima e chiedendosi cosa avrebbe riservato loro il futuro.

Un mondo nuovo

Dopo che si fu coricata, per Victoria fu difficile cercare di andare in profondità: la coscienza rimaneva a galleggiare in superficie. Dopo un po', finalmente, la corrente la portò a fondo e cominciò a sognare.

Si ritrovò all'imbrunire in una città di aspetto quasi medievale: palazzi alti, in pietra chiara - alcuni in stile gotico, altri che incorporavano elementi barocchi - gli uni addossati agli altri senza soluzione di continuità, e che si affacciavano su entrambi i lati di una strada lastricata in pietra grigia. Non c'era anima viva nei paraggi, e nemmeno mezzi di trasporto in movimento o parcheggiati ai lati della strada. Victoria si chiese se si trattasse di una città contemporanea o di un qualche posto in un passato lontano. In quel mentre i lampioni si accesero tutti insieme e un senso di urgenza cominciò a farsi sentire nell'aria. Victoria richiamò il Lux; meglio non sostare troppo in un luogo che sembrava stesse per diventare ostile. Tuttavia, non accadde nulla: nessuna reazione, nessuna apertura, nessuna via di fuga. La donna ritentò più volte ma, di nuovo, non ci fu risposta. Era la prima volta da quando era in contatto con il Lux che il mondo dorato non rispondeva alla sua chiamata.

«Maledizione, e adesso?» Dall'altra parte della strada notò che il portone di uno dei palazzi sembrava accostato. Decise di tentare. Salì i quattro gradini e sbirciò all'interno. Il portone si apriva su un grande androne illuminato a giorno; sulla sinistra una scala in pietra chiara, protetta da una ringhiera in metallo, saliva verso i piani superiori mentre, di fronte al portone, l'androne dava accesso ad un giardino rigoglioso e ben curato racchiuso in un chiostro interno. Anche qui non c'era nessuno.

Victoria entrò e si chiuse il portone alle spalle. Mosse qualche passo e, dopo aver dato un'occhiata al giardino deserto, decise di provare a salire la scala: forse ai piani superiori avrebbe trovato qualche risposta. Ogni due rampe di scale un lungo corridoio si apriva sulla sinistra del ballatoio. La donna provò ad aprire alcune delle porte del primo piano, ma senza successo. Sembrava che il palazzo fosse stato sprangato e le persone che vi abitavano sparite chissà dove.

Victoria continuò a salire e dopo altri cinque piani giunse all'ultimo: la scala portava ad un piccolo ballatoio che ospitava una sola, grande porta massiccia in legno scuro a doppio battente. Avvicinandosi Victoria osservò che c'erano degli intagli sulla porta: scene di caccia tra creature mitologiche. La donna si chiese se la porta che aveva davanti desse accesso ad una suite presidenziale.

Vee provò una delle due maniglie rotonde di metallo dorato, che cedette subito e la introdusse in un appartamento accogliente e ampio, un posto in cui le sarebbe piaciuto abitare. Un bel fuoco scoppiettava nel camino sulla sinistra e molte lampade accese, sia a pavimento che faretti a soffitto, davano alla stanza una sensazione di calore. L'arredamento era molto minimale ma di buon gusto: di fronte al camino era posizionato un divano ad "u" in pelle marrone scuro e, a coprire la parete di fondo, lasciando libera solo l'ampia finestra dai vetri piombati, una libreria in legno tinta miele ricolma di libri. Un tavolo squadrato e massiccio e sei sedie occupavano la zona di destra.

Victoria entrò nella stanza studiandone i particolari: c'erano molti dettagli, quasi troppi per trattarsi solo di un sogno. Poteva chiaramente vedere i titoli sulle copertine dei libri e notare i nodi dei listoni in legno del pavimento. Anche la sensazione tattile era molto vivida, così come quella olfattiva: nella stanza aleggiava un delicato profumo di verbena. Victoria proseguì nell'esplorazione. Sulla destra del soggiorno si aprivano due porte: una dava accesso ad una camera da letto piuttosto spaziosa con un grande letto in tek dalle linee moderne, quasi giapponesi, mentre l'altra dava su uno studio foderato di librerie, con poltrone comode e una grande scrivania squadrata al centro della stanza. La porta sulla sinistra del soggiorno portava ad una cucina moderna e ad un piccolo bagno.

Non c'era anima viva nell'appartamento, nessuno a cui chiedere in che posto fosse finita.

Si avvicinò all'ampia finestra dello studio e guardò in basso. Probabilmente l'appartamento si trovava al sesto o settimo piano, la strada sotto sembrava piuttosto lontana. I lampioni illuminavano a giorno il circostante e Victoria cominciò a mettere a fuoco movimenti sospetti che serpeggiavano qua e là. Non riusciva a capire cosa stesse succedendo, c'erano ombre in movimento un po' ovunque. Poi finalmente riuscì a vedere: le creature avevano l'aspetto di insetti enormi che uscivano dai vicoli e si riversavano in strada. Avevano forme strane: millepiedi o cavallette, lombrichi o scarabei, e tutti si stavano dirigendo nella stessa direzione. Victoria alzò lo sguardo verso l'alto e nel cielo: nella stessa direzione verso cui procedevano gli insetti, c'era una strana luminescenza, quasi una spirale che si muoveva in senso antiorario e sembrava diventare più luminosa di minuto in minuto. Victoria gelò improvvisamente: che si trovasse dall'altra parte del vortice che si stava aprendo su Erinor? Le creature che stavano marciando verso l'apertura non sembravano amichevoli ma pronte a dare battaglia. Doveva trovare Enki e fargli sapere cosa stesse succedendo. Doveva assolutamente riuscire a rientrare nel Lux. Riprovò varie volte ma la porta non si aprì. «Perché diavolo non funziona?» La donna si sentiva esausta, sembrava che i tentativi di aprire il portale stessero risucchiando tutta la sua energia. Stava per mettersi a sedere su una delle poltrone dello studio quando finalmente il lucore bianco del Lux si materializzò in un angolo della stanza ed Enki fece capolino dall'apertura.

«Finalmente ti ho trovato. Non riuscivo a capire dove fossi finita», le disse lui entrando nella stanza.

«Aspetta, non farlo chiudere!» cercò di fermarlo. Ma l'apertura si era già dissipata e Victoria iniziò a imprecare. Enki si avvicinò alla donna e le chiese spiegazioni.

«Non so che posto sia questo ma non riesco a uscire, il Lux non si manifesta qui.»

Enki corrucciò la fronte e provò subito a riaprire la porta. Ci fu solo un bagliore ma null'altro.

«Dove siamo?», le chiese, ma Victoria scosse il capo. «Sembra un incubo e, peggio, temo che sia il mondo che sta dietro al vortice», gli disse indicando il lucore nel cielo e poi le creature in movimento.

«Maledizione!» imprecò Enki fissando gli insettoidi. «Sarà un disastro.»

«Sono migliaia», disse Victoria. «Li avete già incontrati?»

«No, e non siamo attrezzati per affrontarli. Sappiamo della loro esistenza ma non abbiamo mai interferito. Non li possiamo controllare.»

«Sai di che mondo si tratta?»

«No, ce ne sono molti con forme di vita a metà tra l'umanoide e l'insettoide. Se avessi il comunicatore potrei fare qualche analisi, ma così...»

Victoria si sentì impotente. Che dovevano fare ora? Attendere di svegliarsi? Scendere in strada e farsi ammazzare per velocizzare il processo? No, doveva esserci una via d'uscita, c'era sempre: se era riuscita a uscire dal Limbo sarebbe uscita anche da questo posto.

«Dobbiamo fare qualcosa Enki.»

L'uomo sospirò. Poi disse qualcosa che la lasciò interdetta: «Proviamo ad andare verso il vortice, se c'è una via d'uscita probabilmente è da quella parte.»

Victoria ci pensò su e annuì. «D'accordo, proviamo a scendere.»

Lasciarono l'alloggio e scesero le scale. Arrivati al piano terra Victoria suggerì di cercare un ingresso alternativo a quello principale: se fossero usciti in strada da lì sarebbero stati catapultati nel mezzo della marea.

Enki approvò e si diressero verso il chiostro in cerca di un'uscita più sicura. Provarono tutte le porte che si affacciavano sul giardino interno ma non ebbero fortuna. Ne mancavano solo un paio su quel lato, e all'ultimo tentativo la porta in fondo si aprì.

Dall'altra parte c'era una stanzetta buia, sembrava quasi un'anticamera. Attesero che i loro occhi si abituassero all'assenza di luce e poi Enki le fece strada. «Da questa parte, c'è luce che filtra da là in fondo.»

Enki aprì d'impeto la porta e i due si ritrovarono in una stanza molto grande, quasi una sala conferenze, dotata di molte file di sedie in legno allineate verso un tavolo massiccio attorno al quale era in corso una riunione. Una ventina di persone stavano discutendo con un tizio alto, probabilmente il capo del gruppo, che stava illustrando qualcosa su una cartina dispiegata sul tavolo. L'uomo aveva capelli lunghi e corvini e occhi blu ed era vestito completamente di nero con una giacca di pelle dal taglio orientale, pantaloni scuri e un paio di stivali di pelle al ginocchio.

Quando i due entrarono nella stanza tutti ammutolirono e l'uomo alto fissò Victoria. Aveva un'espressione indecifrabile in volto e c'era qualcosa di ferino nel suo sguardo. La donna pensò che non fosse del tutto umano.

«Aryna?» le chiese.

Lei sgranò gli occhi e poi scosse il capo. «Mi chiamo Victoria.»

«Chi siete? Da dove sbucate?» chiese uno del gruppo. Era abbigliato a strati, con una cotta di maglia a coprire abiti di lana grezza; probabilmente una divisa, condivisa da tutti i presenti tranne che dall'uomo in nero. Indossavano cinture attrezzate con quelle che sembravano armi: pistole, pugnali e altri aggeggi che Victoria non riconobbe.

«È reale questo mondo?» chiese lei senza rispondere.

I soldati stavano per intervenire ma l'uomo alto li fermò con un gesto imperioso della mano.

«Sì, è un mondo reale. Da dove venite?»

Fu Enki a rispondere: «Siamo passati tramite i sogni. Arriviamo da Erinor, il posto che probabilmente sta dall'altra parte del vortice.»

Victoria rimase un po' in disparte. Possibile che quello fosse un mondo reale? Avevano saltato sia lei che Enki? Non c'erano stati indicatori che si fosse aperto un portale e, a quest'ora, su Erinor sarebbero scattati degli allarmi. E la barriera antisalto?

Impossibile. A meno che il vortice non avesse fatto da tramite. E perché l'uomo abbigliato in nero l'aveva chiamata Aryna? E se si trattava di un posto reale come riuscivano a capirsi? Enki non aveva il comunicatore con sé. Troppe domande. Victoria tornò a concentrarsi sulla conversazione in corso tra Enki e gli altri uomini.

«Non si verificano vortici da più di trecento anni, qui da noi. Non sono eventi naturali», disse l'uomo in nero.

«Sapete come chiuderli?», chiese Enki.

«No, le nostre capacità tecnologiche non sono così avanzate. E voi?»

«Avremmo bisogno di eseguire delle analisi sull'anomalia, in particolare sulla sua frequenza per poter riuscire a fare qualcosa», rispose Enki. «Purtroppo, arrivando da un portale alternativo, non abbiamo con noi gli strumenti necessari per poter eseguire le analisi.»

L'alieno ci pensò su un po' e poi offrì loro di cooperare.

«Forse, in qualche modo, possiamo aiutarci a vicenda. Noi non possiamo permettere che i mutati passino in un'altra dimensione: sono esseri estremamente virulenti, il contagio che portano attraverso il dna è altamente distruttivo. Stiamo cercando di contenerli da lungo tempo e se dovessero stabilirsi su un altro mondo tutti gli sforzi finora compiuti sarebbero stati vani. Senza contare che la vostra civiltà verrebbe probabilmente spazzata via.»

Enki annuì. «D'accordo, come procediamo?»

L'alieno si presentò tendendo loro la mano. «Mi chiamo Michijel, sono a capo di questa gilda: è una struttura armata che contrasta le orde dei mostri, gli insettoidi. Noi li chiamiamo mutati.»

Enki gli strinse la mano. «Sono Enki, sono un agente operativo del pianeta Erinor. Noi guardiani gestiamo le anomalie che si verificano tra i mondi.»

«Quindi anche i vortici», disse Michijel.

«Sì, anche se la nostra capacità di intervento dipende molto dal tipo di vortice. Credo che questo sia particolarmente esteso.»

Michijel poi portò l'attenzione su Victoria e le strinse la mano. «Sei un agente anche tu?»

Victoria scambiò un rapido sguardo con Enki. Quanto era saggio dire? Meglio lasciare fuori il Lux, si disse lei, anche perché qui le comunicazioni erano interrotte. «No, sono una di quelle anomalie di cui parlava Enki: sono un saltatore.»

Michijel annuì. «Li conosco, ne abbiamo avuti anche sul nostro mondo.»

«Cosa è successo al vostro pianeta? Non è usuale che ci siano più specie stanziali sullo stesso mondo», intervenne Enki.

Michijel divenne pensieroso. «C'è stata una sorta di frattura, parecchi secoli fa», disse. «Le linee geomagnetiche si sono spostate e il nostro mondo è entrato in contatto con quello dei mutati. È stata una catastrofe. I mostri sono entrati in massa, hanno ucciso, depredato, copulato e generato una nuova genia. Molti di noi hanno sangue di mostro anche se l'aspetto è quasi del tutto umano.» Per un attimo gli occhi di Michijel divennero rossi.

Victoria trattenne a stento un'esclamazione di sorpresa.

«Loro, invece, sono umani», disse l'uomo in nero indicando gli altri uomini del gruppo. «Sono agenti e fanno parte della gilda.»

Uno di questi intervenne; sembrava nervoso, sulle spine: «Michijel il tempo fugge, dovremmo procedere con il piano...»

«Tranquillo Kerjs, con l'arrivo dei nostri ospiti i piani sono cambiati.»

«Ma l'invasione?»

«La gestiremo diversamente. Nel frattempo, avvertite tutti di non uscire. Mantenete le difese attive e al massimo», disse mentre faceva cenno a Enki e Victoria di seguirlo. Avrebbero continuato la conversazione nei suoi alloggi.

Quando furono usciti, Kerjs scambiò uno sguardo allibito con Jorkas, un altro degli agenti. «Questa novità non mi piace, i viaggiatori potrebbero aver mentito. Potrebbero essere sentinelle venute per spiarci.»

Fu Karos a rispondere, era il capogruppo: «Penso che Michijel li possa smascherare facilmente e se invece sono chi dicono di essere tanto di guadagnato.»

«E nel frattempo cosa dovremmo fare?», chiese Jorkas.

«In libertà. Mantenete d'occhio il perimetro. Nessuno deve entrare qui dentro, questo è imperativo.»

Gli uomini annuirono e lasciarono la stanza di malavoglia. Questo cambio di programma non faceva bene a nessuno.

Michijel fece strada verso i suoi alloggi e Victoria ed Enki non se la sentirono di riferire all'alieno che c'erano già stati pochi minuti prima e che arrivavano proprio da lì.

Quando furono nell'appartamento di Michijel l'uomo li fece accomodare sul divano di fronte al fuoco e li lasciò per qualche minuto.

«Che facciamo?» chiese Victoria ad Enki, quando l'alieno fu uscito dalla stanza.

«Non capisco come questo possa essere un mondo reale; non dovresti aver saltato da dentro Erinor, ci sono le barriere, e il Lux non interagisce con la realtà quindi nemmeno io dovrei trovarmi qui.»

«Dovremmo addormentarci e verificare al risveglio, non credo ci sia altro modo.»

Enki si stava agitando. «E se dovessimo trovarci ancora qui?»

«Sei preoccupato?», gli chiese lei avvicinandosi e stringendogli una mano.

«Sì, molto, per quello che potrà capitare su Erinor quando faremo ritorno. Per il vortice e ...» ma l'uomo non continuò.

Victoria insistette: «E cosa? C'è altro che non mi hai detto?»

Enki stava per aprire bocca ma Michijel rientrò nella stanza. Aveva in mano dei documenti e un piccolo vassoio con due bicchieri contenenti un liquido ambrato. Appoggiò il vassoio sul tavolino posto tra il caminetto e il divano e, da buon ospite, li invitò a servirsi.

Victoria ringraziò e, mentre raccoglieva uno dei due bicchieri, gli chiese: «Tu non prendi nulla?»

Lui scosse il capo. «La mia dieta non è... convenzionale», disse, ma non aggiunse altro.

"Chissà cosa intende", si chiese Victoria.

Michijel si sedette sul divano, di fianco a Victoria, e stese alcuni documenti sul tavolino, tra cui una mappa. Da una tasca della giacca poi l'uomo estrasse un pad che accese e sul quale attivò un paio di applicazioni.

«Siamo ancora a livelli rudimentali di tecnologia, questo è un dispositivo sperimentale.» Michijel appoggiò il pad al centro del tavolino: visualizzava la stessa mappa cartacea ma, in bianco, erano tracciate delle linee che si intersecavano: una sorta di griglia sovrapposta al territorio urbano. Probabilmente la mappa identificava la città in cui Enki e Victoria erano comparsi.

«Questa è la posizione delle linee geomagnetiche della città», disse, poi spostò la mappa sul device e indicò altri due punti. «Questa è la posizione del palazzo in cui ci troviamo, e questa è la zona in cui si sta aprendo il vortice...»

«... proprio sopra all'incrocio di due linee», concluse Enki. «Mi chiedo se...» disse poi a mezza voce.

«... sul tuo pianeta il vortice si stia aprendo su uno stesso incrocio di linee», concluse Michijel. I due uomini si fissarono.

«Ritieni che i mutati siano in grado di aprire un vortice?», chiese Enki.

Michijel si appoggiò allo schienale del divano. «Da quello che sappiamo lo escludo: i mutati sono sempre in cerca di espandersi, se avessero a disposizione questa tecnologia a quest'ora avrebbero aperto altre porte verso nuovi mondi.»

Enki diventò cogitabondo. Victoria si chiese se gli stesse passando per la testa quello che aveva appena pensato lei, cioè se il vortice fosse stato inizializzato su Erinor. Ma non aveva alcun senso: gli Erinoriani, per definizione, vigilavano sulle anomalie e non contribuivano alla loro generazione. A meno che qualcosa di veramente marcio si stesse sviluppando tra le fibre più nascoste della società. Doveva essere un evento naturale, decise Victoria, scartando volutamente qualsiasi altra opzione.

«Posso dare un'occhiata al terminale?», chiese Enki. Michijel glielo tese senza indugio.

L'Erinoriano cominciò a studiarlo. Era un oggetto piuttosto rudimentale ma aveva del potenziale. Se avesse potuto smontarlo forse si sarebbe potuto riconvertire in qualcosa di utile. Michijel, a domanda, gli fornì gli attrezzi necessari. Enki si spostò nello studio. Michijel gli accese tutte le lampade disponibili e lasciò che lavorasse sul dispositivo. Victoria dapprima seguì Enki, ma poi si sentì inutile. Non poteva essere di nessun aiuto all'Erinoriano ma forse poteva indagare un po' sul mondo nel quale erano atterrati. Tornò in soggiorno e Michijel le indicò il divano.

«Perché mi hai chiamato... Aryna poco fa?», chiese lei.

Michijel si aspettava la domanda ma non riuscì a trattenere una fugace espressione di dolore. Si concentrò sul fuoco che scoppiettava ardente nel camino.

«È una persona che ho conosciuto molto tempo fa, una persona speciale. Non ho più sue notizie da molto tempo.»

Victoria si sentì fuori posto, immaginò che questa donna fosse stata un'amante per l'uomo che aveva davanti.

Poi lui cambiò argomento: «Non appartenete alla stessa specie, tu e l'Erinoriano.» Era un'affermazione, non una domanda.

«È così. Come lo sai?»

I suoi occhi divennero rossi per un attimo, tanto che Victoria si chiese se l'avesse solo immaginato.

«Lo sento», rispose enigmatico

Victoria lo fissò con sguardo interrogativo.

«Non sono del tutto umano, per natura ho alcune capacità mentali molto sviluppate.»

Victoria si chiese se fosse un telepate.

«Se non sei un'Erinoriana a che specie appartieni?» le chiese.

«Sono una Terrestre, il mio pianeta si chiama Terra, fa parte del sistema Sol.»

Michijel scosse il capo. «Non conosco il tuo mondo.»

Victoria quasi sospirò di sollievo, forse era un bene. Per quanto affascinante potesse sembrare, quest'uomo le trasmetteva una sottile sensazione di disagio. Forse, a ben vedere, poteva affermare che le mettesse i brividi.

Michijel sorrise e lei corrugò la fronte.

«Sono un empatico», disse Michijel a mo' di spiegazione.

«Tra le altre cose», aggiunse lei. Michijel accentuò il sorriso.

«Raccontami del tuo mondo», gli chiese poi.

«Questo pianeta si chiama Nova. Era un pianeta abbastanza pacifico prima dell'arrivo dei mutati. C'erano già state influenze in passato tra Nova e l'altro mondo, ma nessuno ci aveva mai dato molto peso: bambini che nascevano con strane malformazioni, sparizioni, omicidi molto cruenti o avvistamenti inquietanti. Erano casi sporadici, e nessuno sul pianeta ha mai fatto il collegamento tra gli avvenimenti. Il problema si presentò in maniera massiva quando si aprì il vortice di cui vi parlavo poco fa. È stato un evento catastrofico. Si aprirono delle spaccature vere e proprie tra i due mondi e molti mutati passarono di qua. Con il tempo le spaccature si saldarono ma il danno ormai era fatto. Il fattore di riproduzione e di crescita dei mutati è molto superiore a quello degli umani e le razze si sono mischiate senza controllo. Solo da pochi anni è stata messa in atto una lotta feroce e senza quartiere verso i mostri. Le gilde, come la mia, sono squadre organizzate: eserciti privati che si schierano contro i mutati puri per preservare la razza umana e arginare in zone specifiche delle città la presenza aliena.»

«Una cosa non mi è chiara», lo interruppe Victoria. «Questi mostri hanno capacità mentali? O sono esseri di puro istinto, più simili ad animali che a esseri umani?»

«Sono dotati di capacità mentali, alcuni anche superiori; mio padre era uno di questi. Lo scopo ultimo della specie, però, è quello di riprodursi e saturare l'ambiente e quindi, di fatto, sono più simili ad animali che a esseri senzienti.»

Victoria era incuriosita dalla storia di famiglia.

«Tuo padre era un mutato, dicevi poco fa.»

«Sì, mentre mia madre era un'umana. Una delle tante umane che ebbero la sfortuna di incontrarlo. Mio padre era una sorta di principe tra le schiere dei mutati, dotato di un forte spirito di conquista e di un esercito a disposizione. Arrivò qui durante il cataclisma e generò un numero imprecisato di figli. Avendo i mutati vita molto lunga (mio padre non fa eccezione in questo) il numero dei figli è sconosciuto. Io e mio fratello gemello siamo gli unici ad avere ereditato da nostra madre un aspetto quasi del tutto umano. Anche mio fratello Gabrijel è a capo di una gilda.»

«Non avete preso da vostro padre, allora», commentò lei.

«Solo alcune caratteristiche, e non tra le migliori.»

Victoria si chiese se Michijel si disprezzasse veramente così tanto come lasciava trasparire.

«Abita in città anche tuo fratello?»

«Sì, qualche quartiere più a sud.»

In quel mentre Enki ritornò in soggiorno con il dispositivo in mano.

«Novità?», gli chiese Victoria.

Lui annuì e si sedette di fianco a lei. «La memoria di questo pad è un po' limitata ma sono riuscito a riprogrammarlo. Ora posso eseguire qualche analisi rudimentale. Il problema è la portata: dovremo avvicinarci molto di più al portale per ottenere qualche risultato.»

«Quanto?» chiese il Novano.

«Dovremo essere ad almeno duecento metri dal vortice per ottenere delle letture comprensibili.»

Michijel ci pensò su. «Potremmo utilizzare i tunnel sotterranei, sempre che non siano stati già presi d'assalto dai mutati. Invierò una squadra per verificare lo stato del passaggio. Torno tra poco», disse alzandosi e lasciando la stanza.

Victoria si avvicinò di più ad Enki e dette uno sguardo al device: era incredibile come la conoscenza potesse trasformare un pezzo di metallo in uno strumento utile; era convinta che Enki se la sarebbe potuta cavare in qualsiasi situazione, anche la più disperata.

«Che cosa ti ha raccontato l'alieno?», le chiese Enki.

«Mi ha parlato un po' della storia di famiglia: suo padre era un mutato, sua madre un'umana. Pare che solo lui e suo fratello abbiano un aspetto umano tra tutta la progenie.»

«Solo l'aspetto, temo.»

Victoria lo guardò con sguardo interrogativo.

«Credo che sia un emofago», rispose Enki a bassa voce.

Victoria sgranò gli occhi. «Non credevo che esistessero...»

Enki annuì. «Sì e non hanno una buona fama, anche se non ne ho mai incontrato uno di persona. Me ne hanno parlato altri agenti. Dicono che sono più simili a bestie che ad esseri senzienti.»

«Tuttavia, Michijel sembra... normale. E poi vive tra gli umani.»

«Può essere che sia in grado di controllarsi. E poi è umano a metà.»

Victoria non era del tutto convinta. «Da cosa deduci che sia un emofago?»

«Gli occhi: a tratti assumono una sfumatura rossastra.»

Victoria ci pensò su. «Chissà... comunque non credo che sia educato chiederglielo.»

Enki scosse il capo. «Finché non diventa pericoloso non è un problema. Solo stiamo attenti.»

Lei annuì. E poi rientrò nel discorso interrotto a metà prima che lui si mettesse a lavorare sul pad: «Cosa stavi per dirmi prima?»

Enki si incupì, non rispose subito. Solo quando Victoria lo incalzò Enki sputò il rospo. «Una struttura incompleta nelle tue analisi», le disse senza giri di parole.

Victoria lo fissò confusa.

Enki prese una mano di lei tra le sue. «Sto tenendo sotto controllo la tua struttura da quando sei arrivata su Erinor», le spiegò con calma. «Va tutto bene, ma c'è una struttura spezzata che ogni tanto compare, come se fosse rumore di fondo. Non si manifesta sempre, solo quando sei stanca.»

Victoria si strinse a lui. «Cosa significa? È preoccupante?»

Lui l'abbracciò. «È un'anomalia. Stavo indagando un po' più a fondo quando è iniziato il problema con il vortice.»

«Potrebbe trattarsi di contagio tra le strutture?» Victoria sentiva crescere l'ansia.

«Lo escludo. Ma vorrei avere il comunicatore per tenerti sotto controllo.»

Victoria si preoccupò ulteriormente. «Dev'essere proprio grave allora.»

Lui la guardò negli occhi. «Non lo so, non posso fare ipotesi finché non ho messo a fuoco il problema.»

Victoria si stava un po' innervosendo. «Non ti sei fatto nemmeno un'idea?» insistette.

Lui intuì l'impazienza di lei. «Sono strutture che a volte si manifestano nei dormienti che stanno sognando.»

Lei rimase allibita. «Vuoi dire, come se non fossi qui?»

Lui non confermò e non smentì: «Non capisco nemmeno io. Tu come ti senti?»

«A parte essere terrorizzata per la situazione mi sento bene, come nella realtà.»

«Questa è un'altra cosa che ancora non mi spiego.»

«Come abbiamo fatto ad arrivare qui? Sono sempre più convinta che dipenda da qualche interferenza generata dal vortice.»

Enki si incupì molto.

«Un'altra cosa che ti preoccupa, vero? Che il vortice possa essere stato generato su Erinor.»

Enki si irritò ma trattenne la rabbia, Victoria poteva avere ragione. In effetti ci aveva pensato ma aveva ricacciato indietro l'idea. «Non posso pensarci», disse alzandosi e dirigendosi alla finestra. «È una bestialità.»

Victoria lo seguì e lo strinse da dietro. Se il vortice fosse stato generato su Erinor il mondo di Enki si sarebbe sgretolato. Le sue convinzioni, i dogmi, l'addestramento, la vita consacrata a proteggere gli altri... tutto sarebbe crollato come un castello di carte. Cosa lo aspettava al suo rientro sul pianeta?

«Non è una situazione assurda?», gli disse lei appoggiando la testa contro la schiena di lui. «Siamo qui, su un pianeta che non sappiamo se esista o se sia solo frutto del nostro subconscio, con un corpo che non sappiamo se sia reale o se sia rimasto su Erinor in stato dormiente, e sull'orlo di una catastrofe, vera o fasulla che sia.»

Enki si voltò e la strinse. «Almeno siamo insieme.»

Lei lo guardò negli occhi e lo baciò. La sensazione fu reale, per entrambi: più reale di quando erano stati insieme nei sogni. Corpo o no, questa situazione era del tutto anomala.

Furono interrotti da passi affrettati fuori dalla porta. Si staccarono poco prima che Michijel entrasse.

«Cattive notizie», disse entrando nell'alloggio e chiudendosi la porta alle spalle. «I tunnel sono impercorribili, i mutati stanno accorrendo verso il portale da tutte le strade possibili. Abbiamo però controllato anche la via attraverso i tetti e al momento risulta libera. Passeremo di là.»

«I mutati si possono arrampicare sui palazzi? O possono volare?» chiese Victoria.

«Possono arrampicarsi, ma i palazzi sono dotati di meccanismi di sicurezza che impediscono la risalita. Da quello che sappiamo i mutati non possono volare, almeno non in autonomia. Erano allo studio degli strumenti di volo ma non sappiamo come sia andata a finire. Comunque, la cosa migliore è che io contatti mio fratello e che si arrivi al vortice con la sua assistenza», disse Michijel.

L'uomo non completò la frase che qualcuno bussò alla porta dell'alloggio. Victoria ed Enki fissarono il padrone di casa con sguardo interrogativo ma Michijel si era già diretto all'uscio e, dopo aver aperto, fece passare il nuovo ospite.

Si trattava di un uomo dall'aspetto massiccio, capelli biondi e mossi, occhi chiari e qualcosa di ferino nell'atteggiamento. Indossava abiti pregiati: una giacca damascata sui colori del blu sopra ad un paio di pantaloni scuri e stivali di cuoio al ginocchio. Abiti costosi, indizio che probabilmente si trovavano di fronte ad una persona di alto rango. Che fosse il fratello di Michijel? Ne avevano appena parlato: come poteva essere già qui? E anche se fosse stato suo fratello non si assomigliavano per niente: Michijel era alto e sottile, capelli neri e lisci, mentre quest'uomo era alto e di corporatura imponente. L'unico punto a vantaggio dell'ipotesi che fossero fratelli era il colore degli occhi: un azzurro quasi blu, molto intenso.

Il nuovo arrivato entrò nella stanza e fissò Victoria molto intensamente, tanto che lei si avvicinò ad Enki. Michijel tolse tutti d'imbarazzo facendo le presentazioni. «Vi presento mio fratello, Gabrijel. Mentre questi sono Enki e Victoria. Con molta probabilità arrivano dal mondo che sta dietro al vortice», spiegò brevemente.

Gabrijel strinse la mano ai due ospiti e Victoria chiese come il gemello potesse essere già lì, visto che ne avevano parlato solo pochi secondi prima. Fu Gabrijel a spiegare.

«Tra le altre abilità, siamo telepati: per noi è molto più semplice comunicare in questo modo.»

«Utilizzate i portali per spostarvi?» chiese Enki, molto affascinato dalla situazione.

«No, utilizziamo la capacità di astrazione: convertiamo spazio e tempo per spostarci molto velocemente.» Fu Michijel a rispondere e Gabrijel aggiunse: «Uno dei doni di nostro padre.» Gabe sembrava già conoscere molto sugli ospiti del fratello ed essere già a parte delle conversazioni che erano intercorse tra i tre in precedenza. Magari i gemelli potevano manipolare il tempo non solo in relazione agli spostamenti, si disse Enki. "Chissà se anche il gemello è un emofago", si chiese poi.

Come a rispondere all'Erinoriano, gli occhi di Gabrijel divennero rossi per una frazione di secondo a conferma della caratteristica di entrambi.

Michijel interruppe le elucubrazioni: «Dobbiamo pianificare l'uscita per evitare danni collaterali.»

Si accomodarono al tavolo del soggiorno per studiare la strategia. Con l'aiuto di una mappa più dettagliata, Gabrijel segnò il percorso più agevole per raggiungere il punto che sembrava adatto per eseguire le scansioni. In linea d'aria la distanza era di poche centinaia di metri, ma passando per i palazzi il percorso era piuttosto accidentato. Sarebbe stato più semplice lasciare gli umani indietro, ma Enki era assolutamente necessario per eseguire le analisi. Decisero di comune accordo che sarebbero stati i due fratelli a trasportare gli umani fino al punto stabilito.

«Io porterò Victoria mentre Gabrijel porterà Enki», disse Michijel dopo che ebbero stabilito il percorso.

Enki non era molto d'accordo, ma sembravano non esserci soluzioni alternative. Come diavolo si erano cacciati in questa situazione avrebbe tanto voluto saperlo. Non vedeva l'ora di tornare su Erinor, solo per recuperare i suoi strumenti di analisi.

I due fratelli si alzarono e Michijel disse: «Andiamo, vi facciamo strada.»

Enki lasciò sfilare i gemelli e poi disse a Victoria a bassa voce. «Preferirei che non venissi ma non mi tranquillizza nemmeno l'idea di separarci. Pensi di farcela?»

Lei annuì decisa. «Certo, dove vai tu vado io.»

Enki le strinse la mano.

Uscirono dall'alloggio e scesero le scale fino al piano sottostante. Percorsero il lungo corridoio fino in fondo, dove incontrarono un'altra scala. Salirono le due rampe che li portarono ad un ballatoio, su cui una scaletta a chiocciola li condusse ad un sottotetto molto ampio che probabilmente correva tutto attorno al palazzo. Avanzarono verso il fondo dello stanzone, dove l'altezza del soffitto si abbassava sensibilmente; solo Victoria riuscì a stare eretta, gli altri si dovettero incurvare per raggiungere la parete dove era situata la porta d'uscita.

Michijel utilizzò una chiave spessa per aprire la porta blindata e, prima di spalancarla, dette una rapida occhiata all'esterno per verificare che l'accesso fosse libero.

Quando Michijel dette il via libera, gli altri tre attraversarono l'uscio e si ritrovarono in un ampio spazio terrazzato protetto da una ringhiera di metallo. Michijel li condusse al bordo più lontano e, per un attimo, si sporsero a guardare sotto. La strada era ad una trentina di metri più in basso e brulicava di insetti, visibili anche in assenza di luce naturale. Victoria rabbrividì osservando la scena.

Fortunatamente, come aveva predetto Michijel, i mutati rimanevano a terra: quando tentavano di arrampicarsi sui palazzi venivano immediatamente ributtati indietro.

Victoria si guardò intorno per riuscire ad individuare il percorso che avevano stabilito sulla mappa e realizzò che non c'erano passerelle tra un palazzo e l'altro.

«Salteremo», le disse Michijel, che si era avvicinato. Lei sgranò gli occhi. «Non vi dovete preoccupare, la velocità sopperirà alla distanza.»

Enki, che si era avvicinato, le strinse una mano. «Non sarà molto diverso da quando abbiamo saltato dal tetto su Xenyum», le disse per tranquillizzarla.

«Ero terrorizzata anche quel giorno», rispose. «E a dirla tutta sembra che siano passati anni anche se è successo solo pochi giorni fa.»

Lui la guardò e le sorrise. «Supereremo anche questa.»

Gabrijel li richiamò all'ordine: «Siete pronti?»

I due annuirono.

«Non lasciate la presa e non opponetevi ai movimenti», ribadì Michijel.

Quando Enki e Victoria annuirono Gabrijel disse: «Bene, andiamo.»

Tutto quello che accadde dopo fu incomprensibile. Entrambi gli umani si sentirono sollevare e tutto attorno a loro divenne confuso. "È questa la capacità di astrazione?" si chiese Victoria. Il circostante era diventato un'immagine confusa: solo chiazze di colore e rumori in lontananza. La sensazione che però dominava su tutto il resto era di forte pressione, con lo stomaco sottosopra e un senso di nausea crescente. Pochi secondi più tardi finalmente la corsa si fermò e Victoria si ritrovò a terra, in preda ai conati. A differenza della donna, Enki era solo molto pallido, ma in piedi, appoggiato a una balaustra del terrazzo dove erano atterrati. Michijel e Gabrijel stavano controllando il perimetro dal tetto del palazzo e osservando il fenomeno che si stava verificando proprio sopra le loro teste: c'era un debole lucore che si sprigionava dall'area, ma il fatto più inquietante era l'aria spessa, ribollente e deformata, che rendeva impossibile vedere attraverso il vortice.

Sembrava che il fenomeno stesse raggiungendo la sua acme. C'erano un centinaio di metri di distanza tra il gorgo e il palazzo sottostante, ma nonostante questo la turbolenza era piuttosto evidente: aria gelida carica di elettricità spazzava il circostante con raffiche imprevedibili. Enki alzò lo sguardo: il vortice era proprio sopra di loro. Che brutta situazione... e chissà su Erinor cosa stava succedendo. L'uomo si avvicinò a Victoria che si era seduta a terra. «Come stai?», le chiese.

«Non saprei... ho la sensazione che le varie parti del corpo non siano al loro posto... soprattutto lo stomaco», disse lei.

Enki le strinse una spalla ma lei, cercando di dominare la nausea, continuò: «Meglio iniziare le analisi. Non penso sia saggio rimanere troppo allo scoperto.» Enki annuì ed estrasse il pad da una delle tasche della giubba. Fece partire un paio di applicazioni e attese. Il device era un po' lento, ma stava raccogliendo i dati che sarebbero serviti ad analizzare il fenomeno. Michijel si avvicinò. «Funziona?» gli chiese.

Enki annuì. Il piccolo dispositivo stava registrando dati che per gli altri erano incomprensibili ma che per Enki cominciavano ad avere un senso. Dopo qualche minuto di attente verifiche a quello che stava leggendo sul display, Enki sospirò e spense il device.

«Stesse letture che ho visto su Erinor. Credo proprio che non rimangano dubbi: il vortice metterà in comunicazione il mio mondo con il vostro», disse rivolto ai due gemelli.

I due si guardarono per un momento, probabilmente stavano comunicando. Poi Michijel parlò: «Torniamo a palazzo, dobbiamo studiare una strategia per proteggere il tuo mondo ed impedire che troppi mutati passino di là.»

Enki annuì e aiutò Victoria a rimettersi in piedi. La donna si chiese se sarebbe riuscita a reggere un altro viaggio allucinante a ritroso, sperava di raggiungere almeno il tetto del palazzo di Michijel prima di dare di stomaco.

L'emofago si avvicinò e la guardò con sguardo interrogativo. Lei annuì, respirò a fondo e attese di essere riportata di nuovo in centrifuga. Questa volta però Michijel sembrò aver ridotto la velocità, perché il trasferimento fu molto meno traumatico: Victoria ebbe la sensazione di essere rinchiusa in una bolla protettiva dove la percezione di movimento sembrava essere stata annullata. "Chissà cosa è cambiato", si chiese.

Anche stavolta il viaggio fu molto breve e in pochi secondi si ritrovarono sul terrazzo da dove erano partiti. Victoria rimase in piedi, sembrava non avesse subito effetti collaterali. Fu Enki, stavolta, a piegarsi in due dopo aver toccato terra; evidentemente Gabrijel non aveva avuto lo stesso riguardo che Michijel le aveva riservato. Victoria si avvicinò a lui mentre i fratelli iniziarono a parlottare tra loro.

«Come va?» gli chiese.

Enki scosse il capo.

«Ci vorrebbe il tuo comunicatore», disse lei. Lui chiuse gli occhi come a corroborare l'affermazione. Dopo qualche secondo, l'uomo sembrò riprendere colore. «Maledizione... nemmeno durante l'addestramento ho avuto questi problemi...»

I due Novani gli concessero un paio di minuti scambiando qualche parola telepaticamente.

"Che hai combinato Gabrijel? L'Erinoriano non si regge in piedi."

"Non ho avuto tempo di nutrirmi a dovere in questi giorni, sono un po' a corto di energia."

"Non è un buon motivo per prosciugare gli ospiti."

"Punti di vista. Meglio questo che qualcosa di più invasivo, non trovi?"

Michijel non rispose e lo fulminò con lo sguardo. Oltre ad essere emofagi, i gemelli, in caso di emergenza, potevano assorbire l'energia vitale delle altre creature per riuscire ad allungare i periodi di digiuno tra un pasto e l'altro.

"*Il tempo stringe, dobbiamo andare*", pensò Gabe.

Il gemello annuì e i due si avvicinarono agli alieni. «Torniamo giù: dobbiamo fare il punto della situazione tra di noi, poi dovremo convocare gli eserciti di tutte le gilde per passare all'azione. Non c'è molto tempo.»

«Andiamo», disse Enki mentre si tirava in piedi a fatica. Si appoggiò a Victoria e seguì i fratelli che fecero strada verso l'alloggio di Michijel.

Quando rientrarono nell'appartamento, Enki dovette sedersi sul divano davanti al fuoco: era pallidissimo e molto debole.

Michijel gli portò un bicchiere colmo di un liquore di colore scuro. «Ti aiuterà a recuperare più in fretta.»

Spostarono le mappe sul tavolino di fronte al divano e iniziarono a pianificare l'azione contro i mutati.

Dopo un'ora avevano già stabilito come procedere: Michijel e Gabrijel avrebbero contattato i capi delle altre gilde per organizzare un'uscita unificata di tutte le squadre, a bordo dei mezzi pesanti ed equipaggiate con le armi a dispersione.

Anni prima, durante una missione ricognitiva, i mutati avevano utilizzato una di queste armi che disperdevano nell'atmosfera un composto estremamente tossico. Michijel era quasi morto durante l'uscita e, dopo essere stato tratto in salvo da Aryna, che all'epoca faceva parte del contingente, erano iniziate le indagini sul composto mefitico che era stato utilizzato. Dopo qualche mese, le gilde di Michijel e Gabrijel, avevano messo a punto l'arma modificata: dispersa nell'etere attaccava i geni mutati portando ad una morte veloce e indolore. Sfortunatamente anche i mezzosangue erano sensibili al composto, cosa che faceva dei gemelli due obiettivi attaccabili. Con il tempo la soluzione era stata modificata ed erano stati sviluppati dei filtri protettivi. Tuttavia, la protezione migliore si era rivelato il tank: un mezzo pesante d'attacco dotato di scudi molto spessi. Era molto lento nei movimenti ma estremamente efficace, sebbene il suo raggio d'azione fosse piuttosto limitato.

Tempi tecnici di preparazione permettendo, tutte le gilde si sarebbero radunate al massimo entro qualche ora davanti al vortice, in attesa di intervenire quando il varco si fosse aperto. Nel frattempo, avrebbero utilizzato le armi a dispersione per liberare il più possibile la zona dai mutati.

Finché erano in corso i preparativi, Michijel suggerì a Victoria ed Enki di riposare qualche ora: sarebbero stati a bordo del tank di Michijel, ma finché l'azione non fosse partita era meglio che recuperassero le forze. Il non umano li accompagnò in uno degli alloggi dedicati alle guardie, un paio di piani più sotto.

Il piccolo appartamento contava un piccolo soggiorno, una camera da letto e un bagno. L'arredamento era molto spartano ma di buon gusto, mobili in legno scuro e squadrato e pavimenti in legno come nell'alloggio dell'emofago.

Michijel li lasciò sulla soglia. «Verrò a chiamarvi quando saremo pronti a partire. Riposate. Ci vediamo più tardi.»

Enki entrò nell'alloggio e si stese subito in camera da letto, non riusciva a stare in piedi e non capiva perché. Victoria si stese di fianco a lui.

«Non capisco perché sono così a corto di energia. Non mi è mai capitato in tanti anni di servizio.»

«È stato il viaggio di ritorno dal vortice?» gli chiese lei

«Sì, mi ha lasciato prosciugato, anche se non ho avuto sensazioni diverse rispetto all'andata: sempre come essere in centrifuga ma nulla di diverso.»

«Non riesci a fare qualche verifica con il pad?»

«No, è troppo poco potente, è già stato un miracolo raccogliere quei quattro dati dal vortice. Servono altri tipi di sensori per scansionare la struttura molecolare.»

Victoria si strinse a lui. «Speriamo che qualche ora di sonno aiuti.»

Enki annuì e sbadigliò. Dopo pochi secondi il suo respiro si fece profondo, segno che si era addormentato. Victoria si strinse di più all'uomo e chiuse gli occhi.

Adunata

Nel frattempo, nel Lux, Kai e gli altri si stavano dando da fare per raggiungere tutti i viaggiatori che conoscevano. Dovevano cercare di radunarne il più possibile per poter investigare sul vortice che si stava aprendo su Erinor e di cui aveva parlato Victoria. Kai aveva già contattato una ventina di saltatori e stava per raggiungere il punto d'incontro, nel Lux. Chiese al mondo dorato di farlo passare e l'apertura di materializzò dentro al sogno. Kai superò il varco e giunse, poco dopo, alla zona d'incontro dove erano già presenti almeno una cinquantina di saltatori. Arian stava già discutendo del piano d'azione.

«Victoria ci ha chiesto di cercare la causa dell'apertura del vortice su Erinor. Proveremo ad aprire un varco tramite il Lux; non sappiamo dove ci porterà ed è bene muoverci in massa per fronteggiare qualsiasi situazione ci sia in atto. Non dovremmo essere portati in un posto reale, ma con le interferenze del vortice non sappiamo cosa succederà. Rimaniamo uniti e facciamo fronte comune: se dovessimo apparire in un posto reale potremmo anche non ricordare cosa facciamo lì. Speriamo che questa eventualità non capiti.»

Kai raggiunse Arian e Nikko, che era arrivato da poco. «Non ricordare potrebbe essere veramente problematico», disse Kai salutandoli. «Una cinquantina di persone catapultate chissà dove, che non si riconosce più e in preda ad amnesia totale: uno scenario molto poco piacevole.»

«Me ne rendo conto, ma potrebbe accadere. Come quando ci risvegliamo dal sonno nei nostri letti e non abbiamo nessun ricordo dei veri noi stessi, qui.»

«Se dovesse accadere non ricorderemmo nemmeno quello che ci stiamo dicendo, quindi andiamo e vediamo che succede», aggiunse Nikko lasciando da parte i discorsi filosofici.

Tutti gli altri annuirono.

Arian dette il segnale e tutti i viaggiatori si concentrarono insieme per chiedere al Lux di portarli alla sorgente del problema. Dopo qualche secondo, un'apertura molto grande si aprì davanti al gruppo, sufficientemente estesa da farli passare tutti insieme. I saltatori si guardarono l'un l'altro e poi imboccarono l'ingresso verso l'ignoto.

Quando superò il portale e si ritrovò dall'altra parte, Nikko sgranò gli occhi e poi crollò sulle ginocchia. Un po' alla volta tutti i viaggiatori arrivarono a destinazione e almeno altri cinque ebbero la stessa reazione di Nikko.

Kai si guardò intorno. Si erano materializzati in un insediamento che sembrava abbandonato: un piccolo villaggio, un insieme di vecchi edifici bassi in pietra spessa, nei pressi di un'oasi. Il cielo ambrato stava imbrunendo colorandosi di viola, e l'aria era già piuttosto fredda; un vento insistente cominciava a spirare dal deserto.

Kai si avvicinò a Nikko. «Va tutto bene?» gli chiese inginocchiandosi.

Nikko lo guardò stranito. «Provengo da Erinor anch'io, come Enki. Non lo ricordavo fino a prima di arrivare qui. Com'è possibile che non ricordassi? E perché adesso?»

Kai non seppe rispondere. «È meglio se troviamo un riparo, quando saremo al coperto potremo discuterne insieme: ho visto altri avere la tua stessa reazione, potrebbero essere Erinoriani come te.»

Nikko sgranò gli occhi di nuovo e si guardò intorno: in effetti c'erano altri che, come lui, erano crollati al suolo; nella penombra del crepuscolo, però, non riusciva a metterli a fuoco. Tornò a concentrarsi su Kai. «D'accordo, andiamo, voglio vedere gli altri; ma prima mettiamoci al riparo.»

Nikko si tirò in piedi e così anche Kai. Cercarono Arian e si radunarono tutti attorno a lui.

«Proviamo a vedere se una di queste costruzioni porta da qualche parte; se il Lux ci ha portato qui dev'esserci un ingresso nelle vicinanze», disse Arian cercando di sovrastare il rumore del vento che aumentava di minuto in minuto.

Si sparpagliarono in giro, alla poca luce naturale ancora rimasta, e provarono ad entrare negli edifici. Finalmente, dall'ultima costruzione prima del deserto, quella più grande, uscì Zarko; uno dei viaggiatori che aveva avuto la stessa reazione di Nikko poco prima. Li richiamò: «Qui! Ci sono scale che scendono verso un sotterraneo!»

Accorsero tutti verso la costruzione, entrarono e, pochi per volta, iniziarono la discesa. Lampade a muro si accesero al loro passaggio illuminando la scalinata scavata nella roccia rossa. Lo scavo era stato fatto in modo preciso e anche l'impianto di illuminazione seguiva gli stessi criteri. Kai si chiese dove fossero capitati, se si trattasse di un sogno oppure di realtà. Le sensazioni tattili erano molto vivide: la roccia fredda e irregolare sotto le dita, la temperatura sempre più fredda man mano che scendevano e il sentore di umidità che penetrava nelle ossa. I sogni erano di norma molto reali per lui, ma la percezione quaggiù era estremamente accurata e soprattutto ininterrotta, nonostante la sua attenzione fosse rivolta ad altro. Continuarono a scendere per un centinaio di gradini e finalmente, dal basso, si cominciò a percepire un debole lucore e un ronzio piuttosto fastidioso. I viaggiatori si guardarono l'un l'altro e proseguirono. Dopo una ventina di scalini e un paio di svolte, la scala finì aprendosi su un ampio atrio alto appena un paio di metri e illuminato fiocamente dalle stesse lampade che correvano lungo la scalinata. Svariati accessi si aprivano sul vestibolo e, prima di proseguire, i viaggiatori si fermarono per decidere quale varco prendere. Furono tutti d'accordo a seguire il ronzio che, da uno degli accessi, risultava più intenso. Imboccarono il corridoio. Dopo un centinaio di metri il passaggio si allargò e il soffitto si alzò improvvisamente. Il rumore divenne assordante e i viaggiatori si ammassarono all'imbocco della caverna osservando la scena, inorriditi.

C'erano dei macchinari enormi che vibravano intensamente e mettevano in risonanza anche le pareti della grotta. Erano tutti allineati in quattro file ordinate e, a spanne, Kai calcolò che ce ne fossero almeno una trentina, forse di più. Erano cubi di metallo scuro grandi almeno cinque metri per lato, la cui superficie era coperta di bassorilievi geometrici. Scariche di energia azzurrina attraversavano a ritmo regolare le facciate dei cubi, illuminando le figure incise sul metallo. I cubi erano posizionati dentro a canali scavati nel terreno ad almeno un metro di profondità e che disegnavano una griglia nel terreno. L'energia scatenata dai cubi correva lungo il reticolo di condotti per poi concentrarsi verso un bacino di raccolta che inviava il fascio luminoso lungo un tunnel che si incanalava nella roccia.

I viaggiatori si radunarono all'imbocco della grotta; il rumore prodotto dall'impianto era insopportabile e non era possibile avvicinarsi troppo.

Zarko fu il primo a parlare. «È reale o è un sogno? E se è reale, cosa diavolo può essere questa... cosa?»

«Proviamo ad aprire il Lux?» disse Arian senza rispondere.

Tutti i viaggiatori tentarono, ma invano; non c'erano segni che il Lux interagisse con questo scenario.

«Temo che questo posto sia reale, visto che il Lux non risponde», disse Kai.

Un sottile senso di panico si generò tra tutti i presenti. La domanda che si diffuse nella mente di tutti fu: "E adesso? Come usciamo da qui?". E poi si guardarono l'un l'altro. «Se è reale allora abbiamo mantenuto la memoria del Lux e della vita onirica. Com'è possibile?» disse Zarko.

Arian cercò di mantenere la calma anche se non aveva minimamente pensato all'argomento. Valutò le possibilità ma dovevano andare con ordine, una cosa alla volta.

«Che il pianeta sia reale o meno dobbiamo cercare di capire dove siamo e cosa sta succedendo. Poi valuteremo gli altri aspetti. Siete d'accordo?»

Ci fu un consenso generale. «Meglio se ci dividiamo in gruppi più piccoli e diamo un'occhiata in giro. Sembra strano che il sito sia del tutto incustodito, potremmo cercare un centro operativo o qualcosa di simile. Potremmo essere su Erinor ma inutile fare supposizioni.»

«Forse gli Erinoriani potrebbero cercare tracce del loro linguaggio o della loro tecnologia nei paraggi: sarebbe una conferma che siamo sul loro pianeta», disse Kai rivolto più che altro a Nikko.

«Sì, controlliamo in giro. I cubi non mi sono familiari ma non sono stato su tutti i presidi del pianeta. Ci sono alcune zone militari in disuso e questo sito potrebbe farne parte», rispose l'agente.

I viaggiatori si divisero in cinque gruppi più piccoli, ognuno con un Erinoriano tra i componenti. Tornarono nell'atrio alla fine della scalinata e imboccarono gli accessi prendendo direzioni diverse. Scoprirono che i corridoi che stavano perlustrando portavano a laboratori di analisi e che erano completamente deserti. Il gruppo di Nikko arrivò in uno di questi stanzoni, che conteneva svariate console e monitor. L'Erinoriano si avvicinò e iniziò a digitare comandi sulla tastiera di uno strumento simile agli analizzatori che si usavano alla Torre. Dopo qualche minuto confermò l'ipotesi: «Siamo su Erinor», disse con aria grave. «Questo insediamento è situato nei pressi della località di Rodios. Il sito non è presidiato, probabilmente a causa delle forti interferenze emanate dall'impianto. Stanno utilizzando l'energia geomagnetica per proiettare l'apertura del vortice appena fuori Geodees. Ci stiamo praticamente suicidando», aggiunse sconfortato.

Se effettivamente stava succedendo quello che poteva leggere dagli analizzatori, i responsabili dell'azione sarebbero finiti come minimo in sospensione: l'azione sarebbe stata considerata un atto di alto tradimento.

Dopo qualche minuto, tutte le compagini in avanscoperta si ritrovarono di nuovo nell'atrio per condividere le informazioni. Gli Erinoriani si misero al centro del gruppo e fu Nikko a prendere la parola. «La situazione è abbastanza grave: l'energia che viene spedita verso Geodees indica che il vortice che si aprirà sarà molto esteso. Non abbiamo trovato informazioni relative al mondo che sta dall'altra parte dell'apertura, lo capiremo solo quando il varco sarà aperto. A questo punto dobbiamo chiedere aiuto al Consiglio, dobbiamo cercare di fermare l'apertura del vortice a costo di sabotare l'impianto. Qui e adesso, però, non abbiamo i mezzi per farlo: le console sono blindate, abbiamo bisogno della nostra tecnologia che include i comunicatori e altri dispositivi.»

Gli altri Erinoriani annuirono.

«Come vorreste procedere?» chiese Arian.

«Dovremmo contattare Enki, lui ha un aggancio nel Consiglio: Zorda. Il consigliere dovrebbe essere abbastanza imparziale. Ovviamente non ne abbiamo la certezza ma meglio Zorda che Delian: quest'ultimo coordina la Guardia d'assalto e, tenuto conto che siamo su Rodios, un ex presidio militare, probabilmente gli assaltatori hanno avuto una parte rilevante nella faccenda.»

«Sarebbe meglio non fare parola del Lux con il Consiglio di Erinor», aggiunse Kai. «Potremmo essere costretti ad abbandonarne l'utilizzo.»

«Non credo che su Erinor il Lux sia conosciuto, ne avremmo sentito parlare. Farebbe parte del Dominio da tenere sotto controllo, anche se il mondo dorato non ne fa effettivamente parte», disse Zarko.

«E se fosse un progetto di livello 9? Non tutti avremmo accesso a queste informazioni, anzi, probabilmente solo il Consiglio e pochi altri ne sarebbero a conoscenza», disse Endel, uno degli Erinoriani; un analista di primo livello ancora piuttosto giovane ma con una mente particolarmente brillante.

«Tuttavia, da qualche parte dobbiamo cominciare. Se contattiamo Enki potrebbe essere lui ad avvicinare Zorda con qualche scusa plausibile che non comporti la condivisione delle informazioni sul Lux», disse Arian.

«Sapete che turni sta facendo Enki in questi giorni?» chiese Arrow, un'agente Erinoriana. Era stata richiamata sul pianeta, come molti altri, per la comparsa del vortice.

«Era nell'area del vortice con il primo turno», rispose Nikko. «Ora dovrebbe avere più di un giorno di riposo. A meno che non capiti la catastrofe, ovviamente.»

Arian ci pensò su. «Proviamo a contattarlo da qui. Visto che non possiamo tornare ai nostri siti tramite il Lux, dobbiamo per forza attendere un intervento esterno per rientrare. Vediamo se gli strumenti funzionano.»

Furono tutti d'accordo e si riunirono nel laboratorio più grande. Nikko e gli altri Erinoriani iniziarono a digitare febbrilmente sulle console scuotendo il capo. C'era troppa interferenza, non si riusciva a far funzionare gli strumenti. Si fermarono qualche minuto a parlottare tra loro. Dovevano riuscire a potenziare il segnale per superare la barriera generata dai cubi. Si spostarono ognuno in un laboratorio diverso, riattivarono le comunicazioni interne e si misero al lavoro.

Gli altri viaggiatori si sparpagliarono in giro in avanscoperta, alla ricerca di altre stanze non ancora individuate.

Dopo più di un'ora e di giri a vuoto, Arian tornò al laboratorio dove Nikko era all'opera, e vi trovò anche Kai.

«Niente di nuovo?» gli chiese quest'ultimo.

Arian scosse il capo in segno di diniego. «E qui?»

«Stanno facendo qualche passo avanti ma molto a rilento, la quantità di energia sparata verso la città è difficile da sovrastare.»

«C'è qualche possibilità di raggiungere Geodees da qui?»

«Sembra che siamo molto lontani dall'area urbana, si parla di qualche migliaio di chilometri. Impossibile spostarci, almeno non a piedi. Sembra ci sia deserto tutto attorno al sito per qualche centinaio di chilometri», rispose Kai.

«Bel posto dove piantare le tende», disse Arian. Poi aggiunse: «La tecnologia di salto degli Erinoriani è utilizzabile da questo sito?»

«Pare di no, è una delle prime cose che Nikko e gli altri hanno provato. Troppe interferenze.»

«Chissà come avranno attivato i cubi: forse da remoto o da qui per poi trasportarsi via prima che le interferenze diventassero troppo pesanti», ipotizzò Arian.

«Chissà...» poi Kai divenne scuro in viso. «Hai pensato a un modo per tornare nel Lux?»

Arian arricciò le labbra. «In realtà no, penso che non riusciremo a far nulla se i cubi rimarranno attivi.»

Kai sospirò. «Che spiegazione potremmo dare se gli Erinoriani dovessero arrivare qui? Potrebbero darci la colpa di tutto. Potrebbero anche metterci in sospensione...»

«Confidiamo in Enki. A meno che, addormentandoci qui e ora, non si riapra un varco per tornare al Lux e alle nostre realtà. È solo un'ipotesi, ovviamente. Io non sono ancora del tutto certo che questo posto sia reale.»

«Le sensazioni sono molto vivide. Nei sogni non c'è questa continuità, almeno per quanto mi riguarda. Poi, ovviamente tutto è possibile. Se riusciremo a contattare Enki allora avremo la conferma. E potremo iniziare a preoccuparci seriamente...»

Nikko interruppe il dialogo.

«Ci sono novità», disse. «Anche se non sono quelle che ci aspettavamo.»

Arian gli fece segno di continuare.

«Non riusciamo a comunicare con la Torre, le interferenze sono troppo pesanti, ma utilizzando frequenze diverse possiamo aprire un varco. Solo uno di noi potrà passare e vediamo dove finirà.»

«Non riuscite a stabilire le coordinate di arrivo?» chiese Arian.

«Sì, ma con questa interferenza non siamo certi che il varco sarà stabile o le coordinate fisse e raggiungibili. Ma è l'unica opzione che abbiamo al momento. Dobbiamo tentare.»

Arian annuì. «D'accordo. Richiamiamo gli altri saltatori, ci vorrà un volontario.»

«Andrò io», disse Nikko. «Ho stabilito le coordinate del mio alloggio alla Torre: se dovesse andare tutto bene, mi recherò da Enki al suo alloggio e poi vedremo come raggiungervi da lì.»

«Ci sono un sacco di se e di ma in questo piano», osservò Kai.

«Già, ma non credo che ci siano alternative. Gli altri continueranno a lavorare sulle comunicazioni dopo che sarò partito e, se riesco a raggiungere la Torre, proverò a contattarvi da lì.»

Mentre stavano discutendo, gli altri viaggiatori rientrarono nel laboratorio, richiamati dagli Erinoriani. Kai spiegò brevemente la situazione e, nonostante le molte rimostranze iniziali, alla fine tutti concordarono che non c'erano alternative.

Ci volle un altro po' di tempo per impostare il portale e, una mezz'ora più tardi, Nikko era pronto al salto. Tutte le console operative concentrarono l'energia sulla pedana che serviva per aprire i portali. Era una tecnologia un po' vecchiotta rispetto a quella in uso al momento, ma andava benissimo per concentrare il flusso di energia in caso di interferenze.

Quando il flusso raggiunse il punto massimo ci fu una scarica di luce, e il portale si stabilizzò. Nikko saltò sulla pedana e un attimo dopo era scomparso. Arian si avvicinò a Zarko che stava controllando i dati dalla console. «Allora?» gli chiese.

«Il trasferimento sembrerebbe andato a buon fine. Non resta che attendere», rispose l'agente.

«D'accordo, mettiamoci comodi e aspettiamo», disse Arian.

Subito dopo il salto verso la Torre, Nikko si materializzò nel suo alloggio. Quando arrivò si piegò sulle ginocchia e poi fu costretto a correre in bagno: il trasferimento era stato particolarmente turbolento. Dopo essersi liberato lo stomaco ricominciò a respirare e, alzatosi, fece un giro delle stanze per assicurarsi di non ritrovare lì il suo corpo in stato dormiente.

L'alloggio era vuoto e il suo comunicatore abbandonato sul comodino, dove l'aveva lasciato prima di addormentarsi, un paio d'ore prima. Tirò un sospiro di sollievo e si sedette sul letto. Eseguì qualche analisi su sé stesso ma non riscontrò anomalie. Non era certo di essere veramente lì, non era certo di nulla; magari stava solo sognando e il suo corpo era addormentato in un altro posto.

Prima di impazzire decise di procedere con il piano che avevano abbozzato su Rodios con gli altri viaggiatori. Tentò di comunicare con il sito ma il comunicatore non riusciva a connettersi, c'era bisogno di un mezzo più potente. Decise quindi di passare al punto successivo del piano e provò a chiamare Enki. L'uomo però non rispose.

Non c'era alternativa, quindi, che scendere al piano ventottesimo e bussare direttamente all'alloggio dell'amico, nonostante l'orario indecente.

Prima di uscire si cambiò d'abito: stranamente quando era rientrato nell'alloggio indossava lo stesso abbigliamento che aveva indossato nel Lux, semplici abiti che utilizzava quando era in licenza su Geonosees. Perché quando era stato trasferito nella realtà di Rodios non indossava il pigiama? La vita onirica quindi era reale? Sembrava una inezia sulla quale fissarsi ma apriva un'infinità di interrogativi.

Dopo aver indossato la divisa d'ordinanza uscì dall'alloggio e andò a prendere l'ascensore. Si sentiva strano, diverso da quando era andato a dormire: aveva guadagnato una vita. Ricordare era stato come essere investito da un mezzo in corsa, un'esplosione di immagini, di sensazioni e di colori che lo avevano travolto. La sua vita su Erinor come agente improvvisamente gli sembrava vuota e grigia, senza colore né sapore. Ripensò a tutti i viaggiatori che aveva incontrato nel Lux: Arian, Kai e Victoria. Si conoscevano da lungo tempo eppure il giorno precedente in ascensore non l'aveva riconosciuta. Perché adesso? Stava succedendo qualcosa su Erinor per cui la vita come la conoscevano stava cambiando forma?

Nikko giunse alla zona degli ascensori; non aveva incontrato nessuno lungo i corridoi, ma non aveva nemmeno trovato comunicazioni di emergenza: la zona del vortice era presidiata, ma il fenomeno era ancora circoscritto.

Mentre prendeva l'ascensore e scendeva al piano dell'alloggio di Enki, Nikko si chiese chi potesse essere il responsabile della costruzione dell'impianto su Rodios; sarebbero cadute molte teste, ma chissà quali. Dipendeva molto da chi, all'interno del Consiglio, fosse coinvolto: la prima persona a cui tutti avevano pensato era stato Delian ma, sicuramente, non poteva aver agito da solo. Al di là del fatto vero e proprio c'era da capire la motivazione intrinseca e il risultato che i sabotatori si proponevano di ottenere: aprire la porta verso un mondo distruttivo non avrebbe fatto bene a nessuno. A meno che non ci fosse sotto un progetto di livello 9, come aveva ipotizzato Endel su Rodios.

Troppe ipotesi, probabilmente senza costrutto. Meglio parlarne con Enki; insieme avrebbero trovato la migliore procedura da seguire e, magari, una spiegazione plausibile.

L'ascensore lo lasciò al piano e Nikko imboccò il corridoio verso l'alloggio di Enki, o meglio quello di Victoria. Che strana situazione: chissà perché il Consiglio aveva dato l'assenso che il saltatore rimanesse sul pianeta e fosse istruito da un agente: non era mai successo da che ne aveva memoria.

Arrivò davanti alla porta e suonò il campanello più volte. Nessuna risposta. Provò all'alloggio di Enki, una porta più in là, ma anche qui nessuna reazione. Riprovò alla porta di Victoria, questa volta con più insistenza.

Ad Enki sembrava di aver appena chiuso gli occhi quando un rumore insistente lo traghettò fuori dal sonno. «Che diavolo...»

Quando aprì gli occhi rimase sbigottito e la sensazione di torpore si dissipò immediatamente. Era tornato su Erinor, nell'alloggio di Victoria, e lei gli stava dormendo accanto. Com'era possibile tutto questo? Avevano solo sognato di trovarsi su Nova? E i due emofagi? Erano reali?

I colpi alla porta si fecero più insistenti.

Victoria si mosse. «Che sta succedendo? È ora di andare?» chiese con voce impastata. Anche lei quando aprì gli occhi rimase sconcertata e fissò Enki negli occhi.

Lui rispose alla domanda inespressa: «Non so che succede, ma sembra che siamo tornati su Erinor. E qualcuno sta per buttare giù la porta.» Si alzò dal letto e si diresse in soggiorno seguito da Victoria.

Enki socchiuse la porta: era in pigiama e aveva lo sguardo confuso. Nikko entrò nell'alloggio come una furia.

Enki richiuse la porta e si accomodarono in soggiorno. L'uomo appena entrato sembrava sotto shock.

«Scusate se sono piombato qui, ma è una cosa urgente.»

«Il vortice?» chiese Enki preoccupato.

«Sì e no.» L'uomo iniziò a raccontare di Rodios e di come lui e gli altri viaggiatori ci fossero arrivati tramite il Lux. Raccontò anche che tutti nel passaggio avevano conservato la memoria, e di come lui stesso avesse scoperto di essere un Erinoriano.

Enki e Victoria lo ascoltarono con gli occhi sbarrati, soprattutto quando arrivò alla parte relativa a Rodios e ai cubi. Gli eventi che Nikko stava descrivendo fecero passare in secondo piano il fatto che l'agente avesse ricordato la sua vita onirica di punto in bianco.

«Che facciamo? Dobbiamo fare in modo che il vortice non si apra e, soprattutto, dobbiamo recuperare i viaggiatori: se le guardie d'assalto dovessero trovarli lì non so come potrebbe finire per loro.» disse Nikko.

Enki ci pensò su, poi guardò Victoria che annuì. «Anche noi abbiamo qualche notizia da condividere.» E gli raccontarono del loro strano viaggio su Nova.

Nikko rimase paralizzato: gli insettoidi non erano gestibili. Su Erinor non erano equipaggiati per questo tipo di invasioni.

«Mi chiedo se chi ha costruito i cubi e li ha azionati avesse in mente una destinazione precisa o se sia stato solo un caso», disse Nikko. «Comunque, che facciamo?»

Enki sospirò. «Dobbiamo informare Zorda, non credo che ci sia molto altro che possiamo fare senza l'appoggio di un membro del Consiglio.»

«Arian suggeriva di non rivelare nulla riguardo al Lux.»

«D'accordo, vediamo di trovare una storia plausibile, almeno per Rodios. Per Nova non saprei cosa inventarmi però», disse Enki.

«C'è sempre il rischio che al Consiglio sappiano già tutto del Lux e che tutta questa operazione sia stata attivata per avere accesso al mondo dorato. Questa interferenza elettromagnetica ci ha fatto arrivare in mondi reali tramite il Lux, cosa che non era mai capitata prima», aggiunse Victoria.

Enki inspirò a fondo. «Ok, una cosa alla volta. Per Rodios, non mi è stato chiesto di fare nulla: nessuna analisi supplementare, se non tenere sotto controllo il vortice. Potrei però informare Zorda di aver lanciato una scansione profonda del pianeta per verificare tutte le interferenze in corso, visto che i viaggi tramite portale sembrano subire l'effetto negativo di tutta questa energia. Scansionando il pianeta potrei aver trovato una fonte di energia molto pesante che origina da Rodios e chiedere di fare una verifica sul posto. Il rischio è che vengano inviate le truppe d'assalto. Dovremmo informare i viaggiatori di tenersi nascosti per quanto possibile: se venissero scoperti lì la situazione potrebbe diventare molto problematica.»

«Ok, proviamo a fare così. Io mi sposto in uno dei laboratori del centesimo piano, tenterò di contattare il sito senza dare troppo nell'occhio e, allo stesso tempo, tu potresti iniziare la scansione del pianeta: non possiamo presentare a Zorda solo la scansione del sito specifico.»

Enki si alzò e andò a recuperare il comunicatore dalla camera da letto. Tornò in soggiorno con il naso incollato al device.

«Scansione attivata.» disse.

«Non ti serve una console?» gli chiese Nikko.

Enki scosse il capo. «Ho eseguito un paio di aggiornamenti al comunicatore, qualche tempo fa. Ho esteso il campo d'azione in modo esponenziale.»

«Forse allora potresti tentare di comunicare con Rodios.»

«Proviamo. Hai le coordinate specifiche?»

Enki e Nikko fecero comunicare i due dispositivi per condividere le informazioni ed Enki provò a contattare il sito. Dopo qualche tentativo scosse il capo. «Niente da fare, troppe interferenze. Dobbiamo ritarare il segnale, utilizzare un'onda portante diversa», disse.

«Lascia fare a me», disse Nikko alzandosi dal divano. «Ci risentiamo tra un paio d'ore, quando avremo raccolto un po' di dati da condividere. Se ho novità prima, mi faccio vivo. Prima di contattare Zorda dobbiamo aver comunicato con i viaggiatori perché siano pronti a ricevere visite.»

Enki annuì. «D'accordo. A dopo.» Nikko uscì di corsa dall'alloggio e lasciò i due un po' scombussolati.

«Michijel si chiederà dove siamo finiti», disse Victoria spostandosi verso la camera da letto.

«Già, ma almeno li abbiamo lasciati con un piano d'azione. Certo che se riuscissimo ad evitare l'apertura del vortice sarebbe la soluzione migliore», disse Enki sedendosi sul letto. Si sentiva ancora debole ma non sarebbe riuscito a rimettersi a dormire.

«Hai le coordinate di Nova?»

Enki scosse il capo. «Non so se sia stato inventariato nel Dominio, ma meglio controllare. Se riuscissimo a comunicare con Michijel potremmo informarli.»

L'uomo dette un'occhiata al comunicatore cercando il pianeta. Dopo un minuto, trasalì. «Trovato. E sembra che sia una vecchia conoscenza: ci sono rapporti di altri agenti riguardo il pianeta, anche se sono un po' datati; di almeno quarant'anni fa.»

Victoria lo fissò, sbalordita.

«Niente di specifico nei rapporti: sembra che un paio di agenti fossero stati mandati a osservare, direttamente sul posto. Aspetta però, ci sono anche riferimenti a eventi precedenti… sembra che il pianeta, e soprattutto la città di Michijel, fosse sotto controllo da molto tempo. Mi chiedo cosa ci sia sotto.»

«A cosa pensi?»

«Al momento a un sacco di cose, e non molto piacevoli. Impossibile che il sito di Rodios sia stato riattivato senza che il Consiglio ne sapesse nulla. In rete non trovo informazioni, o almeno nulla a cui io abbia accesso.»

«Che tutto questo abbia a che fare con il Lux?»

Enki la fissò. «Perché pensi questo?»

Victoria scosse il capo. «Non lo so, ipotizzo. Di fatto il Lux è l'unico "luogo" al quale gli Erinoriani sembrano non aver accesso, tranne pochi di voi naturalmente dotati. Aprire il vortice usando le linee geomagnetiche dei pianeti potrebbe essere un modo per accedere al mondo dorato. Di fatto noi siamo stati portati su Nova dal Lux e la stessa cosa è capitata agli altri viaggiatori: si sono trovati su Rodios tramite il mondo dorato. Sono solo ipotesi ma forse lo schema è molto più esteso di quanto pensiamo. Forse ne stiamo vedendo solo una parte.»

Enki divenne pensieroso. «A questo punto mi chiedo se sia prudente parlare con Zorda.»

«Temi possa essere coinvolto?»

«Troverei strano che un disegno così ampio non sia stato reso noto a tutto il Consiglio. I siti del pianeta non sono molti e teniamo sempre sotto controllo lo stato vibrazionale del nostro mondo. Impossibile che questi picchi di energia non siano stati rilevati, a meno che non sia stata utilizzata una schermatura.»

«Ma in questo caso nemmeno il tuo terminale dovrebbe aver rilevato qualcosa.»

«Io utilizzo applicazioni non standard, le ho sviluppate nel corso degli anni e non fanno parte dell'equipaggiamento di base dei terminali.»

«Allora bisognerebbe effettuare una scansione del pianeta tramite un terminale standard, per avere la conferma», disse Victoria fissando Enki negli occhi.

L'uomo attivò un'altra applicazione sul terminale, una di quelle di base. Rimasero ad osservare i dati che passavano sul display finché Enki non sbottò: «Maledizione...»

«Che succede?» chiese Victoria, che non riusciva a interpretare quello che passava a display.

«Non c'è nulla, il terminale non rileva nessun picco...»

La donna gli strinse un braccio. Probabilmente l'ipotesi della cospirazione non era così lontana dalla realtà.

«Potremmo chiedere a Nikko di scansionare la superficie dal laboratorio usando una console più potente?» ipotizzò lei.

«Buona idea.»

Nikko era arrivato da poco nel laboratorio di analisi. Non aveva incontrato nessuno lungo la via, immaginò che gli agenti fossero tutti febbrilmente al lavoro presso il vortice e agli ultimi piani della Torre.

I laboratori di analisi erano più o meno tutti uguali: stanze anonime sui colori tinta crema con console tattili lungo tutte le pareti. Una postazione al centro della stanza dava l'accesso all'operatore a tutti gli strumenti contenuti in quello spazio. Le salette più ambite erano quelle munite di finestre, ma rappresentavano appena un due per cento sul totale. Quella occupata da Nikko era priva di finestre.

Per la prima volta in tanti anni, l'uomo vide davvero quello che aveva davanti: una stanza un po' squallida in cui passare molte ore della vita. Improvvisamente si sentì insoddisfatto e irritato. Tuttavia, in quel momento, doveva dare priorità alla situazione contingente. Respirò a fondo e si mise al lavoro.

Aveva già attivato svariate console e iniziato a testare varie frequenze, e forse aveva trovato qualcosa, quando arrivò una comunicazione da Enki.

«Che succede?»

«Abbiamo eseguito una scansione di Rodios da un'applicazione standard e non rileviamo nulla: nessun picco. Puoi controllare anche tu da lì?»

Nikko si acciglió ma eseguì. Controllò i dati a video mentre Enki e Victoria rimanevano in attesa. Dopo qualche secondo, Nikko confermò: «Non rilevo nulla nemmeno da qui. È stata usata una schermatura. Ecco perché non riusciamo a comunicare. Però penso di poterla aggirare. Se mi invii i dati del tuo terminale posso annullare la frequenza di disturbo.»

Enki gli inviò i dati e poi disse: «Andare da Zorda con i soli dati del mio comunicatore potrebbe essere sospetto. Se fosse coinvolto nella cospirazione verremmo tolti di mezzo.»

«Dev'esserci un modo per capire se è implicato anche lui», rispose Nikko.

Nel frattempo, un segnale emesso dalla console richiamò l'attenzione dell'uomo. «Ci siamo», disse. «Identificata la frequenza di disturbo, posso comunicare con Rodios.»

«Facciamo un test? Noi restiamo in linea», disse Enki.

Dopo qualche tentativo il sito esterno rispose: c'era Arian dall'altra parte del terminale. La linea era un po' disturbata, il video funzionava a tratti, ma l'audio veniva trasmesso senza interferenze.

Arian sospirò di sollievo vedendo Nikko. Si ragguagliarono brevemente sulla situazione e Arian li informò che alcuni viaggiatori erano già scomparsi dal sito.

«Immaginiamo che si siano addormentati e che la loro coscienza li abbia riportati sui pianeti d'origine. Eravamo tutti qui in attesa nel laboratorio principale e adesso mancano all'appello almeno sei viaggiatori. È possibile fare una verifica per voi?»

Fu Nikko a rispondere. «Ci vorrà un po' di tempo, abbiamo bisogno della traccia energetica dei viaggiatori, chi tra voi non è più lì?»

«Kai, tra gli altri.»

«Accidenti», disse Victoria sottovoce.

«Va bene, me ne occupo io da qui; il suo pianeta dovrebbe essere Gorgo. Ci sono già stato qualche tempo fa. Ci vorrà tempo per rintracciare Kai, ma dovrei riuscirci.»

«Per il vortice cosa facciamo?» chiese Arian.

«Dovremmo sabotare l'impianto», rispose Nikko.

«La schermatura che è stata utilizzata sul sito per impedirci di captare la trasmissione energetica mi fa pensare alle guardie d'assalto, è tecnologia sperimentale. Se dovessimo riuscire a spegnere tutto, non escludo che gli agenti arriveranno in massa sul posto per controllare la situazione», intervenne Enki. «Penso che dovremo rischiare e coinvolgere Zorda, nonostante tutto: non è mai stato un sostenitore degli assaltatori e forse non è implicato nella faccenda.»

Victoria lo fissò con sguardo apprensivo. Lui le strinse una mano.

«Va bene», rispose Nikko. «Quindi, per ricapitolare: voi su Rodios cercate di rientrare, io verificherò se Kai è tornato sul suo pianeta, Enki andrà a parlare con Zorda.»

«D'accordo. Ci aggiorniamo più tardi», disse Arian chiudendo la comunicazione.

«Resta da capire cosa fare con Nova», aggiunse Victoria quando la trasmissione con Rodios fu conclusa. «Dobbiamo contattarli in qualche modo, anche per sapere come procede la situazione al vortice.»

Enki si disse che Victoria aveva ragione: tutte le fazioni dovevano rimanere unite ed informate se volevano raggiungere l'obbiettivo.

«È una buona idea», le disse. «Ti farò vedere come usare il comunicatore così potrai provare a contattare Michijel.»

Victoria annuì, grata. «Grazie. Visto che sono bloccata qui, meglio se ho qualcosa da fare.»

«Bene, abbiamo un piano», disse Nikko.

«Sì, e dobbiamo affrettarci.»

«Che facciamo nel caso in cui Zorda sia coinvolto nella cospirazione?» chiese Nikko.

«Bisognerà andare avanti in ogni caso. Con quali modalità sarà tutto da vedere. Una cosa è certa: non avrò la possibilità di comunicare con voi se il consigliere dovesse essere coinvolto. Potrei finire dritto in sospensione. Vi invierò un segnale sul comunicatore», disse Enki digitando sul suo terminale. Dopo qualche secondo, sul display dei dispositivi di Nikko e Victoria si accese un segnale luminoso.

Dopo un attimo di silenzio, Nikko salutò l'amico: «Speriamo per il meglio. Ci sentiamo più tardi, e buona fortuna.»

Enki annuì e chiuse la chiamata.

Victoria aveva gli occhi bassi, stava ancora fissando il segnale luminoso sul comunicatore. Se Enki fosse stato imprigionato forse avrebbero messo in sospensione anche lei. Fare così tanta strada per poi finire nell'oblio... non era accettabile.

Enki la riportò alla realtà: «Lo so che sei preoccupata, tuttavia non possiamo fermarci. Dobbiamo procedere e sperare per il meglio, come ha detto Nikko.»

Victoria sospirò. «Va bene. Vediamo come funziona quest'aggeggio», gli disse passandogli il comunicatore.

Enki istruì Victoria sull'uso del dispositivo per riuscire a superare le frequenze di disturbo e a mascherare il segnale per non essere intercettata. Poi andò a cambiarsi e si preparò ad uscire per recarsi da Zorda: l'aveva contattato e il consigliere lo stava aspettando nei suoi alloggi.

«Stai attento», gli disse Victoria stringendosi a lui.

«Userò il segnale di avvertimento se le cose si mettessero male, Nikko farà in modo di riportarti sulla Terra.»

Victoria chiuse gli occhi e un senso di disperazione cominciò a farsi strada in lei ma decise di non dire nulla, la situazione era già critica così e non voleva caricare l'uomo di ulteriori preoccupazioni.

«Ci vediamo più tardi», le disse Enki stringendola a sé.

Lei annuì e lo lasciò andare. Enki uscì dall'alloggio e Victoria, per l'ennesima volta nelle ultime ore, si chiese se l'avrebbe rivisto.

Enki lasciò l'alloggio con il cuore stretto in una morsa. Non riusciva a capire quello che stava succedendo sul suo pianeta e stava andando incontro all'ignoto. Se Zorda fosse stato coinvolto Enki sarebbe finito dritto in detenzione, e probabilmente anche gli altri Erinoriani che viaggiavano nel Lux.

Enki si reputava una persona intuitiva, in grado di capire se la persona che aveva davanti stava mentendo oppure no, e con Zorda le sensazioni erano state sempre piuttosto chiare: una persona ligia al suo lavoro e al suo scopo nella vita. Possibile che si fosse lasciato corrompere da fini illeciti o contro il benessere generale? Enki si augurò che fosse rimasto una persona retta e che fosse stato lasciato fuori dalla congiura.

Il tragitto verso gli alloggi del consigliere fu silenzioso e solitario: non c'era anima viva in giro per i corridoi, come se la Torre fosse un luogo abbandonato.

Enki arrivò alla porta dell'appartamento e bussò. Zorda gli aprì immediatamente. Indossava la divisa d'ordinanza degli agenti e sembrava particolarmente stanco.

Enki entrò nel soggiorno dell'alloggio: una stanza molto grande, che poteva contenere tranquillamente entrambi gli alloggi di Enki e Victoria. L'arredamento era molto minimal e lineare, i colori chiari dominavano la scena. Il consigliere sembrava molto provato, aveva occhiaie scure e occhi particolarmente stanchi. Enki si chiese se questi segnali fossero sintomo di vera preoccupazione.

Si accomodarono sul divano e Zorda incalzò subito il sottoposto. «Allora, che novità ci sono? Devono essere gravi per farti venire qui da me in piena notte.»

«Mi spiace per l'orario ma, come mi avevi chiesto, ho dato un'occhiata in giro.»

Zorda sollevò un sopracciglio ma lasciò che Enki proseguisse.

«Ho lanciato una scansione di Erinor utilizzando i miei strumenti, volevo capire perché il vortice si sta aprendo in quella zona specifica.»

Zorda intervenne: «Cosa hai scoperto?» Sembrava realmente interessato.

Enki infarcì un po' la storia: «Il fenomeno si sta sviluppando sopra l'incrocio di due linee geomagnetiche. Ho seguito il percorso che si dirama da quel punto specifico e sono arrivato a Rodios.»

Zorda sgranò gli occhi. «Elabora, cosa hai trovato nello specifico?»

Enki attivò il comunicatore e visualizzò a display i dati sulle frequenze di Rodios.

Zorda corrucciò la fronte. «Possibile che nessuno si sia accorto?»

«C'è una schermatura attiva.»

Zorda imprecò: la preoccupazione si stava trasformando in rabbia. «Che tipo di schermatura?»

«L'impronta è quella delle guardie d'assalto.»

Enki attese la reazione dell'uomo. Sembrava stesse ribollendo, quasi sul punto di esplodere. Invece si alzò e cominciò a girare in tondo per la stanza.

Finché attendeva che il suo superiore si calmasse, Enki dette un'occhiata al terminale; c'era un messaggio di Nikko che diceva: *"Tutti in salvo, il sito su Rodios è libero."* L'uomo inspirò a pieni polmoni. Un problema risolto.

Zorda tornò a sedersi sul divano. «Ti devo raccontare alcuni fatti accaduti qualche anno fa; tu non eri ancora entrato all'accademia. Sono secretati, livello 9, perciò non devono uscire da qui.»

Enki si mise in ascolto e Zorda iniziò a raccontare.

«Alcuni decenni fa, sul pianeta si sono verificati strani fenomeni: Erinoriani che saltavano in modo spontaneo, senza necessità di comunicatori o altri sistemi di salto, i cui spostamenti non potevano essere tracciati in alcun modo. I saltatori furono messi in quarantena e la loro fisiologia studiata accuratamente. Alla fine, si scoprì che erano tutti portatori di un gene specifico, visualizzato come una sorta di struttura spezzata durante le scansioni...» Enki in quel momento trasalì ripensando alle scansioni di Victoria ma cercò di mantenere un'espressione neutra.

«...i saltatori vennero messi in sospensione, non ci si poteva permettere che vagassero per il Dominio senza controllo, e si studiarono delle contromisure per poter neutralizzare il gene e i salti. Con l'andare del tempo vennero scoperti altri casi su altri pianeti, come se il contagio si stesse diffondendo. Oltre a questo, si scoprì che molti dei salti non si potevano tracciare perché i viaggiatori utilizzavano una sorta di zona d'ombra che si generava durante i sogni, e che veniva utilizzata per spostarsi da un punto all'altro del Dominio.»

Enki si chiese se questa zona d'ombra non fosse il Lux, anche se, da come ne stava parlando Zorda, questo luogo poteva intersecare la realtà.

«Questa zona d'ombra non è tracciabile, non è uno spazio fisico né un'altra dimensione. Sembra che sia un diverso stato di coscienza. Gli scienziati hanno provato per anni ad accedervi, ma non ci sono mai riusciti. Si scoprì però che utilizzando delle frequenze specifiche l'accesso a quest'area sarebbe stato bloccato. Si tentò la procedura: vennero installati molti emettitori lungo le linee geomagnetiche di Erinor in modo che il pianeta vibrasse a quella frequenza. Il primo test fallì miseramente, gli emettitori si fusero durante l'azione. La seconda volta andò meglio, la frequenza fu mantenuta per il tempo che venne reputato necessario e, spenti gli emettitori, si tenne il pianeta sotto osservazione. Nei mesi seguenti non ci furono più casi di salto spontaneo e soprattutto nessun altro sul pianeta sembrò più essere portatore della particella zero, il gene specifico. Il progetto fu secretato e messo nel dimenticatoio. I picchi di frequenza che hai rilevato potrebbero avere a che fare con gli emettitori utilizzati a suo tempo, anche se nei rapporti si diceva che erano stati tutti dismessi e disassemblati.»

Enki però non capiva. «Cosa avrebbe a che fare l'utilizzo di quegli emettitori con il vortice che si sta aprendo?»

«Ci stavo arrivando: è un effetto collaterale. All'epoca non causò grossi problemi perché il fenomeno era stato previsto e si erano dirottate le aperture verso mondi non rischiosi.»

«Quindi si può prevedere dove il vortice si andrà ad aprire.» Quella di Enki era un'affermazione, più che una domanda. Zorda annuì. «Adesso bisogna capire cosa ci sia in atto.»

«Sarebbe interessante capire anche il perché di questa azione: se la zona d'ombra era stata chiusa, che motivo ci sarebbe per andarla a riattivare?»

«Ottima domanda. Dovrei cercare tra i progetti di livello 9 per capire se la pianificazione era stata approvata, cosa di cui dubito visto il gran lavorio che sta dietro alla cosa, e chi l'ha proposto.»

«Nel frattempo, cosa possiamo fare?»

«C'è qualcun altro a conoscenza di queste letture?» Ecco la domanda che Enki si aspettava e che avrebbe rivelato se Zorda fosse coinvolto oppure no.

«Quando ho verificato le letture c'era Nikko presente.»

«È affidabile?» chiese Zorda: Nikko non faceva parte del suo contingente.

«Sì», rispose semplicemente Enki.

«Bene, dobbiamo muoverci. Dalle letture non si capisce quanto ci resti prima che il vortice si apra. Dobbiamo fare un sopralluogo su Rodios e cercare di raccogliere più informazioni possibili, sempre che le interferenze permettano di aprire un varco. Andrete in cinque: tu, Nikko, Jender, Arrow e Jazabel. Meglio essere preparati. Utilizzate l'equipaggiamento delle guardie d'assalto. Per l'occasione istituirò una missione in alta priorità, così non ci sarà bisogno dell'assenso del Consiglio. Raccogliete le informazioni e tornate subito indietro ma, se il sito fosse presidiato, tornate indietro immediatamente. Ci ritroveremo qui tra tre ore e se ci fossero problemi contattatemi. Nel frattempo, io cercherò tra i documenti secretati.»

Enki si alzò dal divano e si mosse verso la porta d'ingresso. «D'accordo, mi muovo subito.»

«Riceverete la notifica entro pochi minuti. Per il varco utilizzate il mio laboratorio.»

Enki lo fissò con sguardo interrogativo.

«I trasferimenti da lì non sono tracciati e la tecnologia è più stabile, soprattutto in casi di alta interferenza. Vantaggi di essere nel Consiglio. Ti invio i codici di accesso.»

Enki annuì. «A più tardi.»

Prima che uscisse dalla porta Zorda lo fermò. «La saltatrice?»

«Nel suo alloggio, preoccupata a morte.»

«Immagino. Che rimanga dov'è, lì è al sicuro.»

Enki si chiese: "al sicuro da cosa?" ma non disse nulla e uscì.

I pensieri stavano affollando la sua mente, impedendogli di pensare lucidamente. La struttura spezzata che aveva rilevato in Victoria dipendeva dal gene della particella zero. Anche Nikko ne aveva parlato: la stessa struttura era stata rilevata su un altro saltatore di un pianeta diverso, l'avevano classificato come rumore di fondo. I dati erano a disposizione di tutti gli agenti: c'era chi stava controllando l'incidenza di questo fenomeno? Che stava raccogliendo dati da molto tempo? Che stava costruendo uno schema molto più ampio di quanto fosse dato vedere in quel momento? Cosa si proponevano di fare questa volta? Riaprire l'accesso al Lux? Probabilmente, a giudicare dai fenomeni che i saltatori avevano sperimentato in prima persona, il piano era questo. E il vortice? Zorda aveva parlato di molti fenomeni sviluppatisi durante la prima operazione. Che questo verso Nova fosse l'unico in atto? Troppi quesiti e troppi fronti da controllare, per due soli agenti. C'era bisogno di una task force per mettere sotto controllo il pianeta.

Le sue elucubrazioni furono interrotte da un messaggio sul comunicatore: erano le istruzioni di Zorda che, come promesso, richiamava la squadra di intervento per un sopralluogo su Rodios.

Dopo che Enki fu uscito dall'alloggio Victoria si concesse un minuto di panico, dopodiché respirò a fondo e chiuse fuori tutte le emozioni negative. Doveva agire e contattare Michijel. Non era certa che sarebbe riuscita, forse la tecnologia di Nova non era così avanzata da captare quel tipo di comunicazioni, ma doveva almeno tentare.

Utilizzò la procedura seguendo le istruzioni che le aveva dato Enki, e si mise in attesa. Dopo qualche minuto, sembrò che il disturbo sul segnale si minimizzasse. Finalmente dall'altra parte della linea qualcuno rispose: «Qui Karto, gilda nera. Chi chiama?»

Gilda nera, Victoria sperò che fosse quella di Michijel. «Sono Victoria, chiamo da Erinor. Ho bisogno di parlare urgentemente con Michijel.»

«Michijel è in riunione, non può essere disturbato. Lascia un messaggio.»

«Devo assolutamente parlare con lui, si tratta del vortice. Ho informazioni vitali.»

Ci fu un momento di silenzio dall'altra parte della linea. Poi un'altra persona rispose: «Sei la Terrestre?»

«Sì, eravamo su Nova fino a poco fa, siamo rientrati su Erinor. Devo parlare con Michijel.»

«D'accordo, attendi in linea.»

Dopo un'attesa di almeno cinque minuti Michijel rispose alla chiamata.

«Victoria, vi abbiamo cercato ovunque!»

«Mi spiace Michijel, siamo tornati su Erinor; ci siamo addormentati e al risveglio eravamo di nuovo qui. Non ce lo spieghiamo. Comunque, com'è la situazione da voi?»

«Il vortice è sempre nello stesso stato in cui era quando abbiamo fatto il sopralluogo, nulla di diverso. E su Erinor?»

«Sembra che anche qui non sia cambiato nulla. Purtroppo, abbiamo notizie non troppo buone. Abbiamo scoperto la fonte del vortice: è di origine dolosa ed è qui sul pianeta.»

Dall'altra parte della linea Michijel si ammutolì. Victoria continuò. «Enki è andato a colloquio con uno dei suoi capi, sta indagando sul fatto insieme ad un collega che è stato direttamente sul sito. Sperano di riuscire a spegnere l'impianto, sempre che il responsabile di Enki non sia coinvolto.»

«Cosa possiamo fare da qui?» chiese Michijel.

«Tenetevi pronti ad intervenire nel caso in cui non riuscissimo a fermare l'apertura del vortice. Vi contatteremo appena sapremo qualcosa in più. D'accordo?»

«Va bene, attendo la tua chiamata», disse Michijel e poi chiuse la comunicazione.

Victoria si chiese come funzionasse la tecnologia di Erinor per riuscire a contattare un comunicatore in un punto preciso di un pianeta lontano. Comparata alla tecnologia terrestre questa sembrava fantascienza. Comunque, ora Victoria poteva tornare a preoccuparsi nell'attesa di avere notizie di Enki. Andò a cambiarsi e si sedette sul divano del soggiorno controllando il comunicatore ogni trenta secondi.

Nikko stava facendo progressi con la ricerca di Kai. Aveva stabilito le coordinate del pianeta e stava scansionando la superficie. "Trovato", si disse. Il segnale sembrava forte e chiaro: era situato in una delle città costiere del continente settentrionale del pianeta Gorgo. Pensò di provare a contattarlo: avevano tutti mantenuto la memoria quando erano stati trasportati su Erinor, anche Kai avrebbe dovuto ricordare.

Nikko agganciò le coordinate del telefono di Kai e fece partire la comunicazione.

Kai rispose dopo almeno un minuto. Aveva la bocca impastata, segno che era stato tirato giù dal letto. «Pronto?»

«Kai mi senti? Sono Nikko.»

Kai spalancò gli occhi. Era a casa, nella sua camera da letto, con il pigiama che aveva indossato prima di andare a dormire. Dalle finestre penetrava un debole lucore, l'alba era ancora lontana. E poi ricordò tutto. Il Lux, tutti i viaggiatori, il salto verso Erinor, l'impianto in funzione, il vortice. Respirò a fondo e sorrise, ricordava tutto: tutti i viaggi, tutti i saltatori, tutte le avventure vissute nei sogni. Le sue due vite si sovrapposero e finalmente sentì di respirare di nuovo.

«Kai, mi sentì?» Nikko lo riportò alla realtà.

«Sì, ti sento. Sei riuscito a tornare su Erinor?'

«Meno male che ricordi tutto anche tu. Sono rientrato alla Torre, ho contattato Enki e adesso stiamo cercando di trovare una soluzione per fermare l'impianto. Volevo solo sapere se fossi rientrato su Gorgo; abbiamo contattato Rodios e Arian ci ha detto che alcuni viaggiatori erano scomparsi.»

«A quanto pare per il viaggio di ritorno era sufficiente riaddormentarsi. Sai se stanno rientrando tutti?»

«Sembrerebbe di sì, li ho ricontattati a intervalli regolari e all'ultima chiamata non ha risposto nessuno. Ora devo andare. Cerco di farti sapere qualcosa appena... be', appena sapremo che succede.»

«D'accordo. A presto allora.»

Kai chiuse la comunicazione e si chiese se, riaddormentandosi, avrebbe potuto contattare di nuovo gli altri viaggiatori. Sorrise e tornò a coricarsi.

Nikko aveva appena chiuso la comunicazione quando un altro segnale su Gorgo richiamò la sua attenzione. Cos'era quel picco di energia?

Enki rientrò nell'alloggio e Victoria gli sorrise e gli corse incontro. Si strinsero l'un l'altra. «Mi sembra di rivivere lo stesso momento ancora e ancora da quando è scattato l'allarme per il vortice: tu che esci e che rientri da quella porta.»

«Finché rientro va tutto bene», disse lui.

«Com'è andata con Zorda?» gli chiese, mentre Enki si spostava in cucina a prendere dell'acqua.

Le spiegò brevemente cosa si erano detti e i prossimi passi che li attendevano. In quel momento il comunicatore vibrò, Nikko lo stava chiamando.

Si aggiornarono sugli ultimi eventi e sulla missione verso Rodios che li attendeva, e poi Nikko aggiunse l'ultima scoperta che aveva fatto dopo aver contattato Kai. Spedì le letture al terminale di Enki.

«Un altro vortice? Proprio su Gorgo?» disse Enki incredulo.

«A occhio sempre su linee geomagnetiche molto importanti.»

«Cazzo... chissà se anche sui pianeti degli altri saltatori...» Disse Enki

Victoria trasalì. «La Terra...»

Nikko verificò subito. C'era un picco di energia anche lì, sopra il polo nord, e chissà a che pianeta puntava.

Enki parlò loro della particella zero: che i portatori del gene fossero la discriminante o una sorta di faro per attivare i vortici?

E su Nova? Che ci fosse qualche Novano tra i saltatori? Questa cosa stava assumendo dimensioni inusitate. Che fosse tutto scatenato dall'impianto su Rodios?

Victoria si sentì sopraffatta: troppi eventi da processare tutti insieme, e la cosa peggiore era la mancanza di una visione globale. Non avere tutte le informazioni la faceva sentire impotente. La stessa emozione era condivisa sia da Enki che da Nikko: che fare? Enki ricacciò il panico indietro: dovevano proseguire con il piano tracciato da Zorda.

«Dobbiamo andare, facciamo questo sopralluogo su Rodios poi, con più informazioni in mano, vedremo come procedere insieme a Zorda. Non possiamo controllare tutto solo in due e non possiamo nemmeno capire che dimensioni ha questa situazione.»

«Va bene, ci vediamo tra un quarto d'ora davanti al laboratorio di Zorda. A dopo», Nikko chiuse la chiamata.

«Ma che diavolo sta succedendo? Non ci capisco più nulla.» sbottò Victoria.

Enki rimase silenzioso. Dopo un po' la fissò. «Io ho cominciato a farmi un'idea, e non mi piace per nulla.»

Victoria lo fissò con uno sguardo interrogativo.

«È ancora troppo presto per parlarne, devo andare in ricognizione su Rodios per raccogliere qualche informazione in più.»

«Posso venire con te?» gli chiese Victoria. Lui ammorbidì l'espressione.

«Vorrei portarti con me. Lo so che ti senti imprigionata, qui.»

«Dì pure inutile», disse lei fissandosi le mani e sospirando.

Lui la strinse a sé. «Vorrei che ci fossimo incontrati in un mondo diverso. Non sarebbe tutto così complicato.»

Il comunicatore di Enki vibrò. Doveva andare.

«Vai», gli disse Victoria staccandosi da lui. «Non c'è tempo da perdere. Dobbiamo arrivare in fondo a questa storia.»

Lui annuì. «Tu cerca di stare tranquilla e di non addormentarti, chissà dove potresti finire questa volta.»

«Non credo che sia così pericoloso, secondo me è sufficiente non entrare nel Lux», rispose lei.

Enki ci pensò un attimo, forse Victoria non aveva tutti i torti. Il comunicatore vibrò di nuovo. Enki andò a cambiarsi per indossare la divisa dei corpi d'assalto. Quando tornò in soggiorno, Victoria ebbe un déjà-vu e sorrise. «Mi sembra di tornare a qualche giorno fa, quando sei venuto a prendermi su Xenyum. Sembrano trascorsi mille anni.»

Enki sospirò, l'abbracciò, le dette un bacio e poi uscì.

Il senso di impotenza tornò a farsi sentire in Victoria: cosa poteva fare per dare una mano?

Enki raggiunse di corsa l'ascensore, che lo scaricò al piano dove era locato il laboratorio di Zorda, un paio di piani sotto all'alloggio del consigliere. Nikko e gli altri erano già lì in attesa.

«Siete qui da molto?» chiese.

Fu Jender a rispondere. Sembrava un po' provato. «Un minuto, siamo appena arrivati.»

«Va tutto bene?» gli chiese Enki.

Jender scosse il capo. «Sono appena rientrato da un turno al vortice. È micidiale stanziare nell'area, non so se sia un effetto collaterale ma risucchia tutta l'energia vitale.»

«Non era così qualche ora fa», disse Enki sovrappensiero.

«Forse la situazione sta peggiorando, immagino che ormai l'ora dell'apertura sia vicina», aggiunse Jender.

Enki salutò brevemente anche le due agenti aggiuntive che Zorda aveva convocato: Arrow aveva molta esperienza sul campo, era stata richiamata da una missione ed era stata su Rodios - informazione che Nikko aveva condiviso con Enki tramite comunicatore - mentre con Jazabel, una donna alta, dai capelli rossi raccolti in una treccia spessa e occhi blu, Enki non aveva mai collaborato. Sapeva però che era un'agente particolarmente dotata ed estremamente empatica, oltre a far parte della cerchia di Zorda. Si salutarono brevemente e poi Enki inserì il codice di accesso al laboratorio.

Sembrava che tutto fosse stato predisposto per il loro arrivo: le console puntavano già alle coordinate di Rodios e il varco era pronto per essere attivato.

Enki disse due parole prima di aprire il passaggio: «Siamo stati incaricati da Zorda di fare una verifica sul sito di Rodios. Il luogo dovrebbe essere abbandonato, ma scansioni della superficie hanno rilevato picchi anomali di energia. Dobbiamo solo fare una verifica per capire cosa sta succedendo. Analizziamo tutto quello che possiamo. Attenzione, che se il sito fosse presidiato abbiamo l'ordine preciso di tornare qui immediatamente. Tutto chiaro?»

Tutti annuirono. Enki si avvicinò alla console principale e attivò il link verso Rodios. Il portale si attivò immediatamente sulla pedana principale e, uno alla vola, gli agenti passarono dall'altra parte.

Si ritrovarono nella caverna appena fuori dalla camera dei cubi; il rumore era infernale. Nikko però era già preparato e aveva informato Enki in anticipo. Gli agenti attivarono l'applicazione per azzerare il rumore di fondo: si attivava dal cerchio di metallo attorno alla fronte. Dopo aver rimosso il disturbo, gli agenti si introdussero con circospezione nella camera: sembrava non esserci nessuno nei paraggi. Nikko e Arrow osservarono che l'attività attorno ai cubi sembrava essere in aumento rispetto a qualche ora prima, quando erano stati sul posto. Enki, Jender e Jazabel, dopo la prima reazione di sbigottimento, iniziarono le analisi.

«La tecnologia è erinoriana, non c'è dubbio su questo», disse Jender fissando il display del comunicatore dove stavano passando i dati.

«Cerchiamo il centro operativo?» suggerì Jazabel.

«Sì, ma dividiamoci in due gruppi, meglio restare uniti», disse Enki.

Nikko annuì. «Andiamo io e Arrow. Voi continuate qui?»

«Sì, teniamoci in contatto», rispose Enki.

Si divisero, e Nikko e Arrow si avviarono verso i tunnel.

«Com'è stato il rientro?» chiese Arrow mentre ripercorrevano i corridoi che avevano già visto poche ore prima.

«Molto turbolento. Il varco dal laboratorio di Zorda è molto stabile in confronto. Sicuramente non è un viaggio da rifare.»

«Meno male che è andata bene, con le letture che avevamo sulla console non eravamo certi che fossi arrivato a destinazione finché non ci hai ricontattato.»

«C'è una schermatura sopra al sito», disse Nikko mentre stavano per raggiungere il laboratorio principale.

Arrow sgranò gli occhi. «Quindi non si riusciva a comunicare non solo a causa delle interferenze.»

«Già.»

Entrarono nel laboratorio e lo trovarono come lo avevano lasciato dopo la visita tramite il Lux. Arrow iniziò a lavorare sulla console principale. Con il comunicatore riuscì a sbloccare diverse funzioni a cui precedentemente non aveva avuto accesso, e iniziò a decodificare le sequenze.

Nel frattempo, Enki stava mappando l'attività dei cubi tramite le sue applicazioni. Arrivato ad un certo punto divenne scuro in volto. Jender se ne accorse. «Che succede? Cattive notizie?»

L'uomo annuì ma non aggiunse altro. Jender sapeva che Enki era una specie di genio nella programmazione: gli aveva passato alcune applicazioni non standard in passato.

Enki gli fece vedere il display del device e Jender sgranò gli occhi, pietrificato. Non andava bene per nulla. Le letture rivelavano tecnologia erinoriana di base e molta altra roba sconosciuta ai suoi occhi, ma che aveva l'impronta del corpo delle guardie d'assalto. Sicuramente Delian era coinvolto, e chissà chi altro. Il Consiglio avrebbe ricevuto un bello scossone.

«Secondo voi c'è modo di fermare tutto senza far saltare in aria il pianeta?» chiese Jazabel avvicinandosi a loro. Anche lei aveva lanciato delle scansioni alternative. La sua applicazione dimostrava che l'energia convogliata dai cubi, oltre a sfruttare le linee geomagnetiche, utilizzava l'energia del centro del pianeta riconvogliandola verso Geodees.

«Questa portata di energia è sufficiente per tirare giù tutta la rete del Dominio», borbottò Enki tra sé e sé.

Rimasero tutti e tre a fissare il display di Enki per un po', fino a che l'ultima scansione non fu completata. Dopo aver contattato Nikko si diressero verso il laboratorio, dove i due agenti stavano facendo progressi.

«Allora, che novità avete?» chiese Jender.

«Pessime: la quantità di energia che viene convogliata verso Geodees è troppa, l'impianto andrà in sovraccarico a breve», rispose Nikko.

«Con che effetti?» chiese Jazabel.

«Tutto il pianeta potrebbe collassare e, peggio, abbiamo trovato degli schemi di frequenza molto molto pericolosi.»

«Tipo?» chiese Jender.

«Le frequenze che stimolano l'apertura spontanea dei varchi. Se si innesca la reazione a catena non potremo più sigillare i portali, si apriranno ovunque e senza preavviso.»

Enki aveva già letto di fenomeni simili occorsi in passato su altri pianeti. Forse anche su Nova stesso, il pianeta di Michijel. Che fosse stata questa la causa dell'apertura verso il mondo degli insettoidi? Quelli però erano fenomeni circoscritti: qui dove si voleva andare a parare? Nikko interruppe le sue elucubrazioni.

«E adesso? Zorda vorrà sapere se c'è una via d'uscita. Avete qualche idea per spegnere tutto prima della catastrofe?»

Si fissarono con sguardo allibito. Poi Enki se ne uscì con una frase detta a mezza voce. «Frequenze contrarie. Non possiamo bloccare l'energia ma possiamo azzerarla.»

«Come? Dovremmo avere un impianto che funziona in modo del tutto speculare ma con frequenza contraria.»

Enki rimase pensieroso. Fu Arrow a intervenire: «Non necessariamente, potremmo usare un effetto specchio. Ho letto da qualche parte di un esperimento portato avanti parecchio tempo fa e che annullava l'emissione di energia di una fonte applicando una superficie riflettente. In questo caso non sarà sufficiente...»

«...ma potremmo utilizzare un emettitore di frequenza per fare in modo di cambiare la polarità della superficie in modo che assorba anziché riflettere», concluse Enki.

Gli altri fissarono i due con sguardo interrogativo.

«È fattibile? Voglio dire, abbiamo la tecnologia per farlo?»

Fu Jazabel a rispondere: «Forse. Mio fratello sta lavorando ad un progetto su Geonosees. Si tratta di emettitori sperimentali per catturare la zona d'ombra, come la chiamano in gergo. So che sembra tutto un po' fumoso ma il progetto sta andando avanti spedito.»

Ad Enki suonò un campanello d'allarme. Era la seconda volta in poche ore che sentiva parlare di zona d'ombra. Non poteva trattarsi di una coincidenza. Una leggera scossa fece tornare tutti alla realtà.

«Dobbiamo andare, di corsa. Riusciamo ad aprire una connessione con il laboratorio di Zorda?»

Nikko annuì. «Sì, è la prima cosa che abbiamo verificato quando abbiamo trovato il laboratorio. Abbiamo agganciato le coordinate bypassando la schermatura, il viaggio non dovrebbe essere troppo turbolento.»

«Andiamo», disse Enki.

Nikko attivò la connessione e il varco si aprì senza scossoni. Saltarono tutti dentro al portale e un secondo più tardi scendevano dalla pedana del laboratorio di Zorda.

Jender dette un'occhiata alle letture del varco su Geodees ma sembrava che non ci fossero stati cambiamenti. Almeno una buona notizia.

Enki contattò Zorda, che li convocò nel suo alloggio immediatamente.

Uscirono dal laboratorio, presero l'ascensore e un minuto più tardi bussavano alla porta del consigliere.

L'uomo li fece accomodare e si fece spiegare la situazione. Gli agenti si passarono la parola l'un l'altro durante il racconto, mentre Zorda impallidiva di minuto in minuto. Giunsero alla fine della spiegazione e parlarono anche del piano che avevano abbozzato poco prima di lasciare Rodios.

«Non abbiamo tempo, il decadimento ha cominciato ad accelerare. Superato il punto critico l'impianto potrebbe anche venire spento ma la reazione a catena sarà inarrestabile. A vedere le letture ci restano poco meno di dodici ore», concluse Enki.

Zorda si sentì sopraffatto. Chiuse gli occhi per un momento, respirò a fondo e cercò di tornare in uno stato di calma. Se la situazione era così grave, sicuramente parte del Consiglio era coinvolta. Lo scopo dietro a tutto era sicuramente quello di accedere alla zona d'ombra, l'unico luogo non raggiungibile tramite portale e precluso alla massa. Possibile che chi aveva progettato tutto non avesse pensato alle conseguenze? Se l'impianto non era stato tarato bene, il Dominio si sarebbe dissolto; non solo Erinor ma anche tutti gli altri pianeti di tutte le galassie dell'universo conosciuto. Le reazioni a catena non si potevano prevedere fino in fondo. Tutto questo per acquisire la particella zero? Enki ce l'aveva, l'aveva sempre avuta anche se ne era ignaro. Così come Nikko, Arrow, Jazabel ed anche Jender. Per questi ultimi due agenti non si era ancora manifestata, così come per egli stesso. Gli tornarono alla memoria gli studi sperimentali che aveva portato avanti quando era un agente da poco entrato alla Guardia, l'applicazione che aveva messo a punto per trovare il gene, i test che aveva eseguito sui colleghi e addirittura sui componenti del Consiglio dell'epoca e poi il richiamo ufficiale che aveva ricevuto: gli si intimava di abbandonare immediatamente ogni altro test e indagine, e gli venne confiscata l'applicazione. Zorda ne aveva fatto una copia ma l'onta subita in pubblico lo aveva fatto desistere da qualsiasi altro tentativo. Durante la ricognizione su Rodios dei suoi agenti, Zorda ne aveva approfittato per riesumare l'applicazione ed eseguire i test sulla popolazione di Erinor: quasi il venti per cento aveva il gene attivo e in un altro trenta era in stato dormiente. In quel trenta mise anche sé stesso. Ma il risultato più sorprendente riguardava la saltatrice: aveva i valori più alti di tutti.

Tra i consiglieri solo in tre avevano la particella zero, gli altri ne erano sprovvisti: questo significava che quasi tutto il Consiglio era probabilmente coinvolto, tranne loro tre.

Tra i tre non c'era Delian: che fosse il promotore dell'azione? Le letture raccolte su Rodios, che imputavano l'intervento diretto agli assaltatori, sembrava fugare ogni dubbio. Zorda aveva anche controllato lo stato dei progetti di livello nove e, con una ricerca non propriamente lecita, aveva trovato documenti legati a piani non resi pubblici ma che sembravano direttamente collegati a quello che stava accadendo su Rodios. Il conto ai responsabili sarebbe stato recapitato in seguito, forse. Per il momento però bisognava riuscire a fermare l'azione in corso.

Zorda si concentrò sulla conversazione in corso tra gli agenti.

«Di che cosa abbiamo bisogno per mettere in atto il piano?»

«Degli emettitori che sono in fase di test, e probabilmente anche di mio fratello che sa come farli funzionare», disse Jazabel. Zorda sapeva che Jork, il fratello della donna, era un portatore del gene, non sarebbe stato difficile convincerlo. «Ci servono anche quattro o cinque emettitori usati nella zona del vortice; serviranno per interpolare le emissioni e generare la frequenza specchio», disse Enki.

«Di questo me ne occupo io», disse Zorda. «Avete già pensato a dove piazzare gli emettitori?»

Nikko e Jender annuirono. «Nella camera dei cubi, ai lati del canale di uscita», disse Nikko proiettando le immagini della camera sul monitor appeso al muro. «Il raggio di confinamento dovrebbe intercettare l'energia in uscita e annullarla. Se l'impianto sarà sufficientemente calibrato dovrà assorbire l'energia, ributtarla indietro e riuscire a richiudere le fessure che si sono aperte lungo le linee geomagnetiche disattivando poi i cubi.

Sempre che riusciamo a tarare gli emettitori correttamente»,
disse Jender. Era il più tecnico tra gli agenti, quello che aveva
più nozioni ingegneristiche tra tutti.

«Se non dovesse funzionare?» chiese poi Zorda.

«Salterà tutto in aria, sarà come aggiungere benzina sul
fuoco», rispose Arrow.

«Con che effetti sul Dominio?»

«Definitivi. Presumiamo che le aperture multiple di vortice
che si stanno verificando su molti pianeti trasmetteranno l'energia
ai loro nuclei e che la reazione a catena sarà inarrestabile», disse
Enki. «È solo un'analisi preliminare ma le proiezioni sembrano
andare in questa direzione», aggiunse proiettando alcuni
grafici dal suo comunicatore. Stava utilizzando una delle sue
applicazioni non standard.

Zorda inspirò a fondo. «Dobbiamo agire tenendo il
Consiglio all'oscuro. Non sappiamo di preciso quanti siano
coinvolti nell'operazione, e non possiamo esporci fino a che non
riusciremo a mettere in piedi l'impianto di neutralizzazione.»

Gli agenti annuirono e Zorda continuò: «Jazabel, riesci a
contattare tuo fratello? Dovremo coinvolgere meno persone
possibile. Ti invierò una comunicazione da fargli pervenire in
modo che abbia le autorizzazioni necessarie a portare fuori dal
laboratorio il materiale che ci serve.»

«D'accordo», rispose lei.

«Jender, Arrow, potete dare una mano nel trasporto e
nella messa a punto di quegli emettitori? Appena li avrete a
disposizione li dovrete far spostare ad un punto specifico di
trasporto a Geonosees, mi occuperò di inviarvi le coordinate.
Da lì dovranno essere inviati direttamente su Rodios, nella
camera dei cubi. Farò convergere lì anche gli altri emettitori»,
continuò Zorda.

«Utilizzeremo quelli in uso alla zona del vortice?» chiese Nikko.

Il consigliere scosse il capo. «No, ce ne sono altri, più potenti, in fase di sperimentazione quasi completata: meglio utilizzare quelli. Ci sono solo un paio di accorgimenti da mettere in atto in fase di taratura ma niente di impossibile. Vi invierò le specifiche. Enki e Nikko, vorrei che voi seguiste questo setup. Appena questi emettitori saranno trasportati in loco vi informerò e ci trasporteremo tutti su Rodios. Cercherò di radunare qualche agente in più: non possiamo fare tutto in sei, ci servono almeno una ventina di persone per riuscire a sistemare l'impianto in tempo.»

«Hai già qualcuno in mente?» gli chiese Enki.

Zorda annuì. «Sì, qualcuno di fidato.» Detto questo si alzò dal divano e così fecero anche gli altri. Prima che uscissero il consigliere si raccomandò nuovamente che la questione rimanesse del tutto riservata e che facessero presto a radunare il necessario.

Prima che Enki uscisse, Zorda lo trattenne un momento. «Quando saremo pronti per raggiungere Rodios porta anche la saltatrice.»

Enki sgranò gli occhi.

«In loco avremo bisogno della maggior quantità di particella zero possibile. Victoria ha il gene più sviluppato, tra noi.»

Enki rimase basito: anche Zorda aveva il gene? «Sì, ce l'ho anch'io ma è in stato dormiente, così come per Jender e Jazabel. Tu, Nikko e Arrow invece lo avete già attivo.»

Enki non seppe cosa dire, tranne chiedere come avrebbero fatto a trasportare Victoria visto che i portali standard con lei non funzionavano.

«Applicheremo delle variabili di fase. Tecnologia sperimentale, ci avevo lavorato con successo quando ero un analista.» Enki si chiese perché Zorda non gliel'avesse proposta già giorni prima, per tirare fuori la donna da Xenyum.

«Questa tecnologia era stata sviluppata appositamente per intervenire in simbiosi con la particella zero a dispetto della fisiologia che la ospita. Quando hai recuperato Victoria non sapevo che in lei il gene fosse già attivo. E poi questa tecnologia è stata secretata anni fa. Tutto il mio lavoro è stato messo sottochiave. Ordini del Consiglio.»

Enki si disse che c'erano troppe cose che il Consiglio aveva tenuto nascoste alla popolazione: Erinor doveva essere un pianeta su cui sperimentare la tecnologia, non occultarla.

«Un'altra azione a sfavore di questa amministrazione», disse Enki. La sensazione di sfiducia e tradimento si facevano strada in lui con sempre più insistenza. Zorda non rispose, ma era totalmente in accordo con il sottoposto. Poi cambiò argomento.

«Hai già avuto accesso alla zona d'ombra?» chiese il consigliere a bruciapelo. Enki si sentì preso in contropiede. «Su Erinor il cinquanta per cento della popolazione ha il gene e il venti ce l'ha attivo. Questo significa che almeno un cinque per cento sul venti ha avuto accesso alla zona d'ombra. Credo che tutto questo processo che è stato attivato miri ad aprire le porte alla zona anche a chi non ha il gene. Potrebbe essere un evento catastrofico: quell'area deve essere preservata. È in contatto diretto con la mente di ognuno di noi.»

«La zona d'ombra? Com'è possibile?»

«Non so darti una risposta ma sembra che sia proprio così. Viene chiamato subconscio ed è proprio degli esseri senzienti. Nonostante siamo alieni l'uno per l'altro, gli abitanti del Dominio condividono la stessa struttura mentale.»

«Sì, ci sono stato. Non possiamo permettere che venga contaminato. Noi lo chiamiamo il Lux. Ci si arriva tramite i sogni e i viaggiatori che ci sono stati non mantenevano la memoria di esso dopo il risveglio dal sonno. Dopo che l'impianto è stato messo in attività tutti i viaggiatori hanno iniziato a ricordare. Anche Nikko. E lui, nei sogni, non sapeva nemmeno di essere un Erinoriano.»

Zorda non immaginava che il suo sottoposto si sarebbe espresso in modo così diretto e aperto. La situazione era molto più complessa del previsto. Dovevano accelerare per fermare questo tentativo di autodistruzione. Zorda non era stato così fortunato da avere avuto accesso al Lux ma, se le cose fossero state risolte, forse un giorno avrebbe potuto.

«Non divulghiamo nulla di quello che ci siamo detti», gli disse Zorda.

Enki annuì. «Ci sentiamo più tardi.»

Ormai erano passate quasi tre ore da quando Enki era uscito. Victoria non sapeva più che fare. Michijel l'aveva contattata: su Nova erano riusciti a replicare il segnale che avevano ricevuto. L'aveva informata che il vortice stava cambiando consistenza e che forse ormai l'apertura era prossima. Erano pronti ad intervenire. Le chiese di contattarlo subito se avesse avuto novità.

Presa dall'angoscia, Victoria aveva poi contattato anche Kai; Nikko le aveva lasciato le frequenze.

Kai aveva un sorriso luminoso, era la prima volta che si parlavano nella realtà.

«Sei stato di nuovo nel Lux dopo che ti sei svegliato?» gli chiese Victoria.

«No; avevo la tentazione, ma non sapevo dove sarei potuto finire. Comunque, è stato un sollievo essere contattato da Nikko, sapere che tutto quello che abbiamo vissuto era reale!»

«Sì, risvegliarsi e mantenere la memoria è stato incredibile anche per me quando è successo.»

«Che sta succedendo su Erinor? Sei ancora in quarantena nel tuo alloggio?»

Victoria sospirò. Gli raccontò quello che sapeva, informazioni che risalivano a qualche ora prima. «Sto aspettando che Enki rientri e nel frattempo sto morendo per l'ansia. Essere bloccata qui senza poter far nulla mi sta uccidendo. Non sono mai stata brava in queste cose.»

Kai sorrise. «Lo so.»

Victoria sorrise a sua volta. «Che situazione assurda.»

«Il fatto che stiamo comunicando anche se non ci siamo mai visti nella realtà eppure conosciamo molto l'uno dell'altra?»

Victoria annuì.

«Dire assurdo mi sembra poco appropriato», disse lui. «Però è confortante sapere che anche nei sogni abbiamo mantenuto la nostra identità», aggiunse.

Victoria era curiosa di sapere più cose su di lui. «Cosa fai nella vita? Naturalmente se avete delle occupazioni su Gorgo.»

Kai sorrise «Sono un musicista. Suono uno strumento molto simile al contrabbasso della nostra orchestra jazz.»

Victoria sorrise a sua volta.

«Suoni anche tu?» le chiese lui.

«Suonavo, ora non ne ho più il tempo però mi piacerebbe riprendere.»

«Chissà, se riuscissimo a incontrarci nella realtà potremmo organizzare una jam session.»

Lei rise «Temo che la mia controparte nei sogni sia molto più ferrata di me!»

Kai rise a sua volta. E poi le chiese: «Senti, ma come facciamo a capirci? Dubito che parliamo la stessa lingua.»

«Qui su Erinor c'è un sistema di traduttori universali integrati nelle comunicazioni. Un po' come nel Lux, solo che lì utilizziamo la nostra coscienza, che fa da ponte.»

«Nel subconscio è tutto molto più semplice.»

Chiacchierarono ancora per un po' scambiandosi opinioni e aneddoti, poi Kai chiuse la comunicazione: doveva prepararsi per andare al lavoro.

Disinnesco

Poco dopo Enki rientrò nell'alloggio e Victoria respirò di sollievo, ancora una volta.

«Scusa se non ti ho contattato», disse lui stringendola a sé. «Appena concluso il sopralluogo su Rodios siamo andati dritti da Zorda e abbiamo abbozzato un piano per spegnere l'impianto. Abbiamo il fattore tempo contro di noi.»

Enki le spiegò la situazione e Victoria sentì il panico farsi vivo man mano che l'uomo entrava nei dettagli.

«Zorda e Jazabel stanno raccogliendo tutto quello che serve. Speriamo di riuscire a interrompere il flusso di energia prima di superare il punto di non ritorno. Manca poco.»

«Ottime notizie», rispose lei sarcasticamente. «Tra quanto vi sposterete su Rodios?» Chiese con una certa freddezza. Si sentiva sempre più impotente di minuto in minuto, imprigionata tra quattro mura, lontano dall'azione. Nel Lux era sempre stata nell'occhio del ciclone, qui si sentiva una marionetta a cui avessero tagliato i fili.

«Probabilmente massimo un'ora. Ma verrai anche tu.»

Lei lo fissò con gli occhi sbarrati.

«Ordini di Zorda. Dice che servirà tutta la particella zero disponibile, e tu ne hai in quantità maggiore rispetto a tutti noi.»

Victoria non seppe se sentirsi felice o agitata, probabilmente entrambe le sensazioni erano vere e reali. Finalmente poteva rendersi utile. Annuì ma esternò le perplessità riguardo al trasporto. Enki le spiegò quello che le aveva riferito Zorda, e della tecnologia occultata dal Consiglio. «Be', auguriamoci che funzioni, anche se proverei qualsiasi cosa pur di non rimanere ancora rinchiusa qui dentro.»

Enki sorrise. «Dobbiamo procurarti una divisa delle guardie d'assalto che sia della misura giusta», le disse controllando dei dati a display sul comunicatore.

Digitò alcuni comandi sul device e poi annuì. «Ok, controlliamo nell'armadio. Vediamo se questa può andare.»

«Ottimo sistema per replicarsi gli abiti. Mi piacerebbe avere la stessa tecnologia sulla Terra», disse lei alzandosi e seguendo l'uomo in camera da letto.

Nella cabina armadio era stata replicata una divisa identica a quella di Enki. L'uomo le fece vedere come indossarla. Ci volle un quarto d'ora per infilare tutte le parti necessarie. Victoria raccolse i lunghi capelli scuri in una treccia ed Enki le poggiò il cerchio di metallo sul capo. «Serve a comunicare in ambienti dove c'è molta interferenza, e gestisce varie applicazioni tra cui il controllo del rumore e la visione notturna», le spiegò. A fine vestizione, l'uomo attivò un paio di applicazioni sul comunicatore di Victoria: la divisa era interattiva e molte funzioni potevano essere controllate tramite app, tra cui il controllo del peso della tuta. Le parti in metallo erano particolarmente pesanti ma l'applicazione preposta rese tutto molto più leggero e fluido. La donna era estasiata.

Tornarono in soggiorno e attesero il via libera, che arrivò molto prima del previsto. Zorda infatti contattò Enki.

«Siamo pronti, tutto il materiale è stato trasportato su Rodios. Stiamo per partire. Raggiungeteci al mio laboratorio. Vi aspettiamo.»

Enki chiuse la chiamata e fissò la donna. «Pronta?»

Lei annuì.

«Quando saremo su Rodios stammi dietro e non esporti.»

«D'accordo. Andiamo.»

Enki le strinse la mano e fece strada. Uscirono dall'alloggio e cinque minuti più tardi entravano nel laboratorio di Zorda.

C'erano almeno altre venti persone nella grande stanza senza finestre e piena di macchinari. Erano tutti abbigliati con la stessa divisa e sembravano impazienti di entrare in azione. Victoria riconobbe Nikko, che le sorrise, Jender che aveva incontrato in ascensore solo un paio di giorni prima, e una donna con gli occhi chiari e lo sguardo acuto, Arrow, che aveva conosciuto nel Lux. Le sorrise e la donna annuì di rimando.

«Bene, ci siamo tutti», disse Zorda richiamando l'attenzione su di sé. Era un uomo alto, giovane quanto Enki, ma gli occhi sembravano molto più vecchi e stanchi, come se avessero visto molte più cose di tutti loro messi insieme.

«È Zorda?», chiese Victoria ad Enki e lui annuì. «Siete coetanei?»

«No, lui è molto più anziano», rispose, e Victoria ricordò che Enki le aveva parlato di applicazioni per controllare lo stato di salute e l'invecchiamento. La donna si chiese quanti anni avesse Zorda e poi si chiese nuovamente quanti ne avesse Enki. Che domanda stupida da farsi in una situazione simile, si disse. Tornò a concentrarsi su quello che stava dicendo il consigliere.

«I macchinari sono stati trasportati su Rodios, alle coordinate indicate dalla squadra di ricognizione. Ci divideremo

306 | I Viaggiatori

in tre gruppi, come vi è già stato notificato. Seguite le istruzioni che vi daranno i vostri capogruppo: Enki, Nikko e Jender. L'attività primaria su cui concentrarsi sarà tarare gli strumenti. Dobbiamo fare presto, il decadimento dell'area sta progredendo molto velocemente. Avremo a malapena un paio d'ore per attivare le sequenze di disinnesco. Vi prego di concentrarvi sul lavoro e tenere tutte le domande che avete sulla missione per dopo. Abbiamo un compito gravoso ma è necessario agire immediatamente, ne va della sicurezza del pianeta e di tutto il Dominio. È tutto chiaro?», chiese al gruppo. Ognuno di loro annuì con fermezza. Erano stati scelti per la missione personalmente da Zorda, godevano della sua fiducia e sapevano che il consigliere agiva sempre per il bene comune. Nessuno di loro nutriva dubbi al riguardo.

«Bene, attiviamo il passaggio e quando saremo dall'altra parte seguite il vostro capogruppo. Victoria, con me», disse poi rivolgendosi alla donna.

Lei si sentì gelare ma Enki annuì e lei fece come le era stato detto. Si avvicinò al consigliere e attese ordini.

Arrow attivò dei comandi su una delle console e il varco si aprì. Uno alla volta gli agenti salirono sulla pedana e passarono dall'altra parte.

Quando furono tutti scomparsi Zorda ritarò il segnale sulla console e il varco cambiò colore e intensità. «Per farti passare», le disse. «Enki ti ha spiegato?»

«Sì», rispose lei. «Serve una frequenza diversa.»

«Esatto. Il varco è pronto. Non temere, passerai dall'altra parte senza scossoni questa volta», le disse invitandola a salire sulla pedana.

Victoria respirò a fondo e percorse i tre passi che la separavano dal portale. Poi allungò l'ultimo passo per attraversare l'accesso luminoso e un secondo più tardi si ritrovò in un turbine di rumore assordante, luce accecante e confusione. Si era rimaterializzata all'interno della camera dei cubi: una grande caverna scavata nella roccia scura, un ambiente enorme e saturo di umidità. Chiuse gli occhi per un attimo, sopraffatta dalle sensazioni che arrivavano dall'esterno, il cuore che batteva all'impazzata, quasi volesse uscire dal petto.

Subito dopo qualcuno le sottrasse il comunicatore dalle mani e un secondo più tardi il rumore si silenziò e la luce diminuì di intensità.

Victoria riaprì gli occhi e fissò Zorda che le restituì il dispositivo. «Meglio?» le chiese. E lei annuì.

Si guardò intorno e fissò la scena che le si parò davanti. Si chiese se stesse sognando perché solo nei sogni aveva vissuto in un'ambientazione così paradossale. Enki le aveva mostrato alcune immagini della grotta ma non immaginava che le sensazioni che avrebbe vissuto trovandocisi immersa sarebbero state così intense.

Cubi immensi, piantati nel terreno, brillavano di luce azzurra intermittente e incanalavano l'energia trasmettendola al cubo successivo. La lunga fila di figure geometriche terminava al limitare della grotta con un lungo tunnel che raccoglieva la massa di luce, sparandola verso l'oscurità. Ai lati dell'impianto erano stati posizionati grandi emettitori con enormi antenne circolari; ce n'erano almeno una decina per lato, nei pressi del tunnel. Tutte le antenne erano posizionate verso i cubi e una decina di agenti per lato stavano già lavorando alacremente attorno a cavi e console operative posizionate appena sotto le antenne. Enki stava coordinando il lavoro di una delle squadre. C'era un intenso odore di ozono nella caverna, l'aria ne era satura.

Zorda distolse Victoria dall'osservazione: «Vieni, raggiungiamo il centro operativo. Da lì coordineremo le attività.»

Lei seguì il consigliere a malincuore. Avrebbe voluto raggiungere Enki, ma sarebbe stata solo d'intralcio in quella fase dell'attività.

Mentre percorrevano i corridoi scavati nella roccia e illuminati a giorno, si chiese perché l'avessero fatta partecipare all'azione visto che non aveva nessuna competenza tecnica e non poteva essere di alcun aiuto.

«So che ti stai chiedendo perché ti abbiamo fatta venire fino a qui ma penso che quando l'impianto verrà attivato e la zona d'ombra si manifesterà, potrai intervenire per stabilizzare il Lux, nel caso ce ne sia bisogno. Non siamo sicuri di quello che succederà o di tutte le conseguenze ma meglio essere preparati.»

«Farò quello che posso», disse e poi aggiunse: «Avete già qualche idea di chi sia il responsabile di tutto questo?»

Zorda rispose senza rispondere: «Qualche idea c'è, ma abbiamo bisogno di qualche prova in più a suffragio di questa teoria. Se riusciremo a spegnere l'impianto potremo continuare le indagini.»

"Una risposta politica", pensò Victoria senza esternare il proprio pensiero.

Nel frattempo, proseguendo attraverso il labirinto dei corridoi, erano giunti alla centrale operativa: una stanza piuttosto grande con pareti in roccia viva, ingombra degli stessi macchinari presenti nel laboratorio di Zorda e con una grande finestra affacciata sulla camera dei cubi. Alle console stavano lavorando sia Arrow che Jender; quest'ultimo stava dando ordini, tramite il suo comunicatore, alle due squadre capitanate da Enki e Nikko, che stavano lavorando presso i cubi. Zorda si avvicinò a Jender chiedendo aggiornamenti e Victoria si ritrovò da sola a fissare il gran lavorio in corso. Si avvicinò alla finestra e guardò di sotto: l'impianto faceva paura visto da lassù, le scariche energetiche che partivano dai cubi erano sempre più frequenti e intense. La donna si chiese se non fosse pericoloso stazionare nei pressi dell'impianto.

Ad un certo punto Zorda dette un segnale alle due squadre e chiese a tutti di ritirarsi nella centrale operativa. Victoria vide tutti gli agenti retrocedere verso il corridoio che lei e Zorda avevano imboccato poco prima, e un paio di minuti più tardi fare il loro ingresso alla centrale operativa.

Enki si avvicinò ad una delle console e poi le fece segno di avvicinarsi. Lei lo raggiunse e insieme attesero che Zorda desse il segnale.

Jender completò un paio di operazioni e poi annuì in direzione del coordinatore: gli emettitori erano pronti.

Il consigliere dette il via e Jender attivò l'impianto mentre tutti gli agenti trattenevano il respiro.

Ci fu una scossa poderosa e, subito dopo, una vibrazione più profonda si fece strada dal basso, come se provenisse dal centro del pianeta. Gli emettitori iniziarono a vibrare all'unisono, e dalle antenne si sviluppò un'onda visibile ad occhio nudo e di colore verdastro. Iniziò a propagarsi e a creare una spessa coltre che ammantò tutto l'impianto dei cubi, imprigionando l'energia che stavano estraendo dal centro del pianeta. Per un momento sembrò che la nebbia verde riuscisse a contenere l'effetto energetico, ma poi bagliori dorati cominciarono a propagarsi sulla superficie della nube.

«Non va bene», disse Jender controllando i dati. «L'energia di contenimento non ce la fa, serve più potenza.»

Enki si avvicinò all'amico e iniziarono a ritirare l'impianto. La nube sembrò solidificarsi e assumere una forma a cupola. I bagliori diminuirono ma ancora la potenza sembrava essere insufficiente.

«Dobbiamo inglobare più energia e ritrasmetterla alla frequenza giusta», disse Nikko, che stava controllando le letture da un terminale all'altro lato della stanza.

«Senza fondere l'impianto però. Manca davvero poco, non so se riusciremo a compensare», intervenne Jender.

Zorda dette un'occhiata al monitor centrale che visualizzava l'azione collettiva di tutte le console di comando.

«Attivate gli accessi secondari, scaricate l'energia ausiliaria verso il centro del pianeta generando un canale parallelo. Mantenete i canali separati: se si dovessero sovrapporre potrebbe essere un problema.»

Gli agenti alle console eseguirono gli ordini senza fiatare. Subito dopo, in risposta ai comandi eseguiti, la cupola divenne opaca e i bagliori si spostarono all'interno.

Fu in quel momento che Victoria si sentì chiamare: c'era qualcosa all'interno della sfera che stava chiedendo aiuto. Stava immaginando tutto? Quell'impulso poteva essere frutto di tutta l'interferenza in corso?

La donna avvertì un senso di urgenza farsi più pressante. Doveva muoversi. Senza dare nell'occhio scivolò verso l'uscita della centrale operativa e ripercorse a ritroso il corridoio verso la camera dei cubi. Più si avvicinava all'impianto più la voce diventava chiara: era un coro di voci all'unisono che stava chiedendo assistenza.

Victoria si affacciò sulla caverna e quasi venne sbattuta indietro dall'energia che stava riempiendo la sala: un vento accecante che si sprigionava dalla cupola; le due energie contrarie che stavano combattendo una con l'altra.

A testa bassa cominciò ad avanzare fino a quando arrivò al perimetro della sfera. Sentì ancora una volta quella voce, carica di disperazione.

Victoria si sentì guidare e appoggiò una mano alla superficie della cupola.

In quel momento accaddero due cose: la corrente di energia che l'attraversò quasi la sbatté indietro ma istantaneamente una forza che conosceva bene la trattenne e l'avvolse, proteggendola.

Era il Lux: era lì, si stava manifestando dentro alla sfera e stava cercando di bloccare l'effetto nefasto dei cubi. Victoria si appoggiò completamente alla sfera e lasciò che il Lux utilizzasse la sua energia e intenzione per rinforzare il campo di contenimento.

Nel frattempo Zorda, che si era avvicinato alla vetrata, aveva assistito alla scena. Quando capì che Victoria era in contatto con la zona d'ombra e che la sfera di contenimento si stava rinforzando richiamò tutti gli agenti. Enki sgranò gli occhi, come diavolo era finita Victoria laggiù?

«Dobbiamo dare una mano alla saltatrice: dobbiamo scendere e aiutare a sigillare la sfera», disse Zorda incamminandosi verso l'uscita della sala di controllo.

Tutti gli agenti scesero di corsa e un minuto più tardi arrivarono nei pressi della sfera. Enki si avvicinò a Victoria e lei gli prese una mano e l'appoggiò alla superficie della cupola. In quel momento le loro menti vennero in contatto. Era il Lux a fare da tramite. «Il Lux mi ha chiamato. Dobbiamo aiutare a sigillare tutto. Anche gli altri devono appoggiarsi alla sfera», disse Victoria. Enki annuì e richiamò tutti gli agenti. Crearono una catena attorno alla sfera che cambiò colore diventando dorata e aiutando a rinforzarne il campo di contenimento.

Quando il cerchio composto dagli agenti fu chiuso, all'interno della cupola Victoria vide tutti i viaggiatori che aveva incontrato nei sogni. Per quanto assurdo fosse, erano tutti lì; in qualche modo stavano aiutando l'azione collettiva. Vide Kai, Arian, Tiris e persino Michijel; anch'egli dunque, era un viaggiatore, come loro. Sembrava che stessero tutti partecipando al rinforzo della barriera, come non era chiaro ma stava funzionando. Forse si erano collegati dai sogni, chissà.

Pochi secondi più tardi la superficie della bolla si indurì ulteriormente, e l'energia che veniva trasmessa dai cubi verso l'esterno cominciò a fare il percorso inverso: veniva risucchiata e incanalata verso il centro del pianeta. Continuò così ancora per qualche minuto, mentre i viaggiatori aiutavano a mantenere il contenimento.

Finalmente giunse un momento di quiete, la trasmissione di energia si affievolì e poi si interruppe completamente. Nel momento in cui non ci fu più alcuna trasmissione la sfera sembrò fissarsi e, per un attimo, trovarsi in uno stato di perfetto equilibrio.

In quel momento tutti gli agenti si sentirono pervadere di gioia e gratitudine: il Lux stava ringraziando per aver aiutato a scongiurare la catastrofe.

Dopo quel momento di pace infinita, la quiete e la bolla si dissolsero improvvisamente, l'impianto dei cubi si spense e il Lux, con un bagliore dorato, scomparve.

Tutti gli agenti crollarono sulle ginocchia, svuotati. Erano riusciti a fermare la reazione a catena. L'impianto era completamente spento, non c'era più nessuna attività in corso. Ci erano riusciti!

Gli agenti si guardarono l'uno l'altro, increduli di quello a cui avevano appena partecipato. Zorda fissò Enki e Victoria; aveva gli occhi splendenti, come se fosse stato toccato da qualcosa di molto profondo e che aveva modificato per sempre la sua coscienza. Ci fu un momento di gioia generale con abbracci e congratulazioni: non era chiaro cosa avessero aiutato a scongiurare, ma ci erano riusciti.

Dopo qualche minuto, Zorda richiamò tutti all'ordine: dovevano abbandonare il sito. I responsabili sarebbero venuti a controllare cosa fosse successo per eliminare le emissioni ed era meglio non farsi trovare lì. Prima di andare però, dovevano sabotare l'impianto in modo definitivo per evitare che venisse messo nuovamente in funzione: una deflagrazione sarebbe servita al caso. Gli agenti rientrarono tutti al centro operativo. Attivarono la console per aprire il varco verso il laboratorio e il consigliere fece passare tutti, anche Victoria. Poi ritarò il portale per poter rientrare e attivò la sequenza di sovraccarico. Gli emettitori che avevano fermato l'impianto si sarebbero attivati per contenere l'esplosione e, a disintegrazione avvenuta, si sarebbero spenti e ritrasportati su Geodees.

Dopo essere certo che la sequenza si fosse attivata, Zorda lasciò il centro operativo e si ritrovò nel laboratorio insieme ai suoi agenti. Fissarono tutti la console principale e attesero il momento della detonazione. Con gran sollievo di tutti, l'operazione andò a buon fine e attesero il rientro degli emettitori per ricominciare a respirare. Zorda si congratulò con tutti per il buon esito del piano ma poi aggiunse: «Il vortice vicino a Geodees si è chiuso: dobbiamo controllare che la stessa cosa stia succedendo su tutti i pianeti interessati dal fenomeno. Non so cosa succederà su Erinor nelle prossime ore: il Consiglio potrebbe venire destituito. Se così fosse potrebbe essere instaurato un governo temporaneo, forse militarizzato, e questo non ci aiuterà ad andare in fondo alla questione. Vorrei che nessuno di voi parlasse con altri dell'azione che abbiamo compiuto stanotte. Deve rimanere tutto secretato. Potremmo rischiare la corte marziale e finanche la sospensione.»

Tutti rabbrividirono all'eventualità.

«Teniamoci in contatto ma, ripeto, non fate parola con nessuno dell'accaduto e non lasciate tracce scritte. Eravate in turno di riposo ed eravate nei vostri alloggi. Utilizzerete i portali per ritornare ai vostri domicili, è bene che nessuno vi veda in giro per i corridoi. Grazie a tutti.»

I portali vennero aperti e uno alla volta tutti gli agenti vennero riportati ai loro alloggi. Rimasero solo Enki e Victoria.

«Grazie per quello che avete fatto stanotte: avete aiutato a salvare il pianeta e probabilmente anche tutto il Dominio.»

Victoria ebbe un momento di smarrimento, sentiva che Zorda stava per dire qualcosa di terribile.

«Devo farti rientrare sul tuo pianeta. Non so cosa succederà qui nei prossimi giorni ma, temo, nulla di buono. È bene che tu sia già rientrata sulla Terra quando la tempesta arriverà, è l'unico modo per tenerti al sicuro.»

Victoria si sentì mancare. Non poteva essere già tutto finito. Aveva appena ritrovato Enki e dovevano già lasciarsi? Lei non aveva ancora completato l'addestramento: come poteva essere sicura di non saltare di nuovo in qualche posto non appropriato? Ed Enki? Cosa lo aspettava?

«Ma non posso, non adesso. Cosa vi succederà?» chiese lei.

«È pericoloso per te rimanere qui. I governi militari sono sempre molto imprevedibili. La tua venuta su Erinor potrebbe essere malvista e potrebbero accusarti di fatti di cui non sei assolutamente responsabile.»

«Se non accuseranno me potrebbero accusare Enki, anche lui è in pericolo a rimanere qui...» si stava arrampicando sugli specchi perché sapeva che l'uomo non avrebbe potuto abbandonare Erinor, soprattutto in un frangente come questo.

«Enki appartiene a questo mondo, come me, e come tutti gli agenti intervenuti stanotte. Dobbiamo affrontare quello che arriverà, non c'è scelta.»

Enki non stava partecipando alla discussione. Sapeva già che non c'era molto da dire per convincere Zorda a lasciarlo andare. Victoria doveva rientrare, era la soluzione migliore per lei, anche se Enki non avrebbe voluto lasciarla andare per nulla al mondo. Che fare? Scappare? Magari su Xender, il suo pianeta? Non avrebbero potuto rintracciarlo lì, ma non sarebbe più potuto ritornare e non avrebbe più potuto mettere piede su nessun pianeta del Dominio, lo avrebbero rintracciato in fretta. Una vita in fuga non era quello che voleva per sé e per Victoria. Doveva affrontare quello che stava per arrivare, uscirne a testa alta e poi, forse, avrebbe potuto lasciare Erinor e costruirsi una vita "normale". Non ci credeva nemmeno lui mentre formulava quell'ipotesi. Non l'avrebbero mai lasciato andare: agenti fino alla morte. Che fare? Zorda aveva ragione. Doveva mettere Victoria in salvo e poi pensare a sé stesso, a come sopravvivere alla tempesta. Forse avrebbero potuto continuare a viaggiare tra i sogni, incontrarsi tramite il Lux, vivere come avevano fatto prima di incontrarsi. Un senso di disperazione si stava facendo strada inesorabilmente, avvelenando tutto il resto. Vedeva il mondo crollare come un castello di carte. Sapeva che avere Victoria su Erinor sarebbe stato solo un momento fugace ma aveva sperato di avere un po' più di tempo. E invece era già arrivata la fine. Tornò a concentrarsi sulla discussione tra Victoria e Zorda, lei non aveva più argomenti.

«Dovete andare adesso, finché i trasporti sono ancora effettuabili senza troppi controlli, poi sarà impossibile spostarsi senza autorizzazioni. Enki, accompagnala tu e poi rientra, ti aspetterò qui per farti rientrare al tuo alloggio. Fai in fretta.»

Non ci fu modo di opporsi: Zorda stava già attivando il portale per lei e un secondo più tardi il bagliore del varco si aprì sulla pedana di trasporto. «Non posso nemmeno cambiarmi?», riprovò lei. Ma Zorda scosse il capo. Si avvicinò, le strinse la mano e la invitò ad andare. Victoria chiuse gli occhi per un attimo, ricacciò indietro le lacrime che stavano per salire e con esse tutta la disperazione, indurì il volto e superò il varco senza guardarsi indietro.

Si ritrovò a casa sua, sulla Terra, nel soggiorno del suo appartamento. Le sembrò di non essere mai partita. Controllò l'ora e la data sulla stazione meteo di fianco al divano: erano trascorsi solo tre giorni dalla sua partenza. Subito dopo un bagliore nella stanza scaricò Enki in soggiorno, di fianco a lei. Victoria scoppiò in lacrime mentre lui la strinse a sé. Rimasero così finché la donna smise di singhiozzare. Si guardarono negli occhi. Anche Enki aveva gli occhi lucidi.

«È un addio?» gli chiese. Ma lui scosse il capo. «Ti ritroverò, fosse l'ultima cosa che faccio», disse lui e lo intendeva davvero; si sarebbero rivisti, a qualsiasi costo, non l'avrebbe lasciata andare.

«Cosa succederà adesso su Erinor?» gli chiese.

«Non lo so, ma penso nulla di buono. Potrebbe iniziare una caccia alle streghe. Il Consiglio probabilmente sarà destituito e sostituito da un governo temporaneo, è tutto imprevedibile in queste situazioni. Noi che siamo stati su Rodios dovremo dare molte spiegazioni su come abbiamo trovato l'impianto e su come l'abbiamo fermato. Verremo analizzati, troveranno la particella zero e troveranno strano che solo agenti con questo gene siano intervenuti per fermare l'emergenza. Non lo so, forse la sto immaginando più brutta di quanto in effetti non sarà.»

Victoria, oltre alla disperazione, sentì anche la preoccupazione montare. Enki era una persona equilibrata, difficilmente si esponeva se non aveva dati certi su cui basarsi. Come si sarebbero ritrovati se lui fosse finito in detenzione? O peggio? Difficile fare progetti così, anche solo mettere giù una data in cui si sarebbero potuti incontrare di nuovo.

«Riusciremo a incontrarci almeno nei sogni?» gli chiese.

Lui sembrò titubare. «Ci proverò, non so a che tipo di controlli verremo sottoposti. Farò il possibile. Tu vieni a cercarmi.»

Lei annuì, sentendosi spezzare di nuovo. Enki la baciò, intensamente, trasmettendole tutto quello che poteva, tutto quello che avevano condiviso e tutto quello che sarebbe venuto. Poi si staccò e le disse che doveva andare. Victoria ricominciò a singhiozzare ma non lo trattenne. Enki attivò il portale. Victoria si rese conto di avere ancora il comunicatore con sé. Enki lo prese, disattivò qualcosa e glielo riconsegnò. «Ci sono le coordinate per comunicare con Erinor. Ho disattivato il segnalatore, gli Erinoriani non potranno rilevarlo.»

Lei annuì. Lui le sorrise e poco prima di sparire nel varco le disse: «A presto.»

Subito dopo la stanza tornò ad essere buia e silenziosa. Enki era sparito. E Victoria era di nuovo sola. Crollò sul divano raggomitolandosi e si concesse di piangere tutte le lacrime che aveva e di far uscire tutta la disperazione prima che si annidasse nel cuore e non la lasciasse più.

La fine?

Victoria uscì di casa insieme a George. C'era una bella giornata di sole, anche se un po' fredda, e la donna aveva bisogno di schiarirsi le idee. Il libro era stato pubblicato svariate settimane prima e le vendite stavano andando bene. Contestualmente all'uscita del libro, Victoria aveva dato le dimissioni dal lavoro: era tempo di riprendere in mano la vita.

Qualche settimana dopo la pubblicazione del libro, la donna aveva traslocato e preso con sé un bel golden retriever di nome George: finalmente, con la casa grande e il giardino, poteva permettersi di tenere il cucciolo che aveva sempre desiderato.

Victoria arrivò nel centro città, parcheggiò l'auto nel *parking* più vicino ai negozi e, con George al suo fianco, si diresse verso il solito percorso cittadino. C'era parecchia gente in giro, tutti in cerca di un po' di sole dopo le giornate di pioggia torrenziale delle settimane precedenti.

Victoria passeggiava senza vedere quello che aveva davanti: per l'ennesima volta ritornò con la mente agli eventi dei mesi precedenti chiedendosi se fossero stati un sogno. Da quando era tornata sulla Terra non era più riuscita ad entrare nel Lux o a contattare gli altri viaggiatori: era stato tutto frutto della sua mente in cerca di libertà? La divisa dei corpi d'assalto però era ancora custodita nel suo armadio e il comunicatore faceva compagnia al cellulare in borsa, lo teneva sempre con sé sperando che prima o poi Enki si sarebbe fatto vivo. Aveva temuto che, con il passare dei giorni, gli oggetti erinoriani sarebbero scomparsi e invece erano rimasti al loro posto, a ricordarle che, per quanto assurdo, tutto quello che aveva vissuto era stato reale.

Victoria si riscosse dai pensieri: stava di nuovo andando in loop. Ogni volta che ci pensava cadeva nei soliti schemi mentali e finiva sempre per innervosirsi, perché non c'era una spiegazione logica.

Era mancata da casa solo pochi giorni. Aveva trovato chiamate non risposte sul cellulare e messaggi di amici e, come da copione, si chiese se fosse veramente stata via. C'era stato veramente Enki nel soggiorno del suo appartamento quando erano rientrati dopo quella notte di follia o era stato un sogno anche quello? Tutto quello che le aveva detto? Non sapeva come sarebbe finita su Erinor, era iniziata la caccia alle streghe e chissà cosa lo aspettava al rientro. Enki l'avrebbe cercata nei sogni: si sarebbero incontrati lì, come prima degli eventi catastrofici degli ultimi giorni.

Tuttavia, dopo averla riaccompagnata sulla Terra, Enki era scomparso: non si erano più incontrati nemmeno nei sogni. Lei l'aveva cercato ovunque ma sembrava svanito nel nulla, come se non fosse mai esistito. E, a corollario di tutto, Victoria non era nemmeno più riuscita ad entrare nel Lux.

Oltre ad Enki anche degli altri viaggiatori non aveva più trovato traccia, come se tutte le porte che avevano utilizzato precedentemente fossero state sprangate.

Con l'andare dei giorni Victoria si era imposta di non farsi prendere dal panico e, per cercare di mantenere viva la memoria di tutto quello che aveva vissuto, aveva iniziato a scrivere tutto quello che ricordava dei mondi che aveva visitato. Pagina dopo pagina, in quattro settimane aveva completato il manoscritto e lo aveva proposto ad una casa editrice. Dopo un paio di mesi il libro era stato pubblicato, dapprima come ebook e poi aveva fatto la sua comparsa sugli scaffali delle librerie, ottenendo un discreto successo di pubblico.

Victoria giunse al solito caffè senza nemmeno accorgersene, il pilota automatico aveva impostato la rotta e l'aveva guidata fino a lì. Entrò nel locale affollato, un bell'ambiente con arredamento minimale sui colori crema e marrone scuro, un posto rilassante.

Dette un'occhiata alle brioche esposte, ordinò al banco e pagò la consumazione. Chiese una ciotola d'acqua per George e si sedette al tavolino più appartato, accendendo il telefono e controllando la posta, in attesa che l'ordinazione arrivasse.

Aveva appena bevuto il caffè quando George cominciò ad agitarsi e ad abbaiare ad un tizio alto dai capelli lunghi e neri e in abiti scuri che, senza chiedere il permesso, si era seduto al loro tavolo. Il cucciolo le saltò in braccio, spaventato, in cerca di rassicurazione. Victoria lo accarezzò stringendolo a sé e, al contempo, fissò l'uomo che si era seduto al suo tavolo, dapprima con uno sguardo interrogativo e poi sgranando gli occhi. Fu come essere travolta da un treno in corsa.

«Michijel...» disse.

«Buongiorno Victoria, felice di trovarti bene. Come stai?»

Fine

Indice

Ringraziamenti

Questo libro è nato grazie ad un sogno che feci anni fa e lo sviluppo della trama per arrivare alla fine della storia è stato un processo che è passato attraverso vari momenti della mia vita.

L'ultimo anno, tra queste fasi, è stato il più ricco e intenso da molto tempo grazie anche a questo impegno creativo fuori dalla mia zona di comfort.

I miei ringraziamenti vanno a tutte le persone meravigliose che lavorano nel team del Proctor Gallagher Institute, a partire da Bob Proctor e Sandy Gallagher e ai loro programmi di coaching.

Ringrazio Peggy McColl, Mary Morrissey, Grigori Grabovoi e il team della Fondazione Grabovoi che ispirano il mio lavoro ogni giorno.

Un ringraziamento speciale alla mia famiglia e ai miei assistenti.

E, ultimo ma non ultimo, un grazie di cuore a tutta la famiglia Hasmark che mi ha aiutato e supportato durante tutte le fasi dell'editing e della pubblicazione di questo lavoro.

Grazie a tutti voi!

Circa l'autore

Barbara Morosini è nata a Vicenza e si è diplomata in pianoforte al conservatorio di Padova. Vive nei pressi della città natale dove lavora nell'ufficio IT di un'azienda della zona. *I viaggiatori* è il suo primo romanzo.

https://www.facebook.com/barbara.morosini.author/

Giving a Voice to Creativity!

With every donation, a voice will be given to
the creativity that lies within the hearts of
our children living with diverse challenges.

By making this difference, children that may
not have been given the opportunity to have their
Heart Heard will have the freedom to create
beautiful works of art and musical creations.

Donate by visiting
HeartstobeHeard.com

We thank you.

www.ingramcontent.com/pod-product-compliance
Lightning Source LLC
Chambersburg PA
CBHW020402260626
47156CB00007B/2203